U0050626

SOMEONE I MET THAT SUMMER

某某 ep.3

木蘇里 著

目錄

CONTENT

PART 4 櫻桃

PART 5

椰子

Someone

PART

4

櫻桃

——我和我喜歡的你

因為太喜歡你，所以我如臨深淵、如履薄冰

〔Chapter 3〕

只能藉著磕磕碰碰，跟喜歡的人更近一點

他們比完英語正賽回到市內剛好週一，完美錯過了一場月假。

盛明陽本來叮囑了小陳去車站接人，結果被附中搶了活。

專車還是那輛專車，司機也還是那位司機，只是副駕駛座上的老師由楊菁換成了徐大嘴。

盛望原本有點慶幸，覺得坐學校的車比坐小陳的車好一點，免得一開車門就看見江鷗和盛明陽，但開門看見徐大嘴也不是一件令人開心的事。

沒有哪個沒畢業的學生喜歡跟政教處主任待一塊兒，更何況還是被沒收過手機的學生。

大嘴一露臉，盛望就把手機塞回了口袋裡。

「學校也沒見你這麼聽話，在外面我還能收你手機啊？」大嘴沒好氣地說：「給家裡報平安還是閒聊？報平安你就繼續，閒聊、玩遊戲，就當我沒說。」

「我爸問我們學校的車到了沒。」盛望回答。

「那肯定要說一聲，免得家長擔心。我們學校這方面還是做得很好的，只會早到不會晚到，怎麼也不能讓學生在車站乾等著沒人接。」

徐大嘴就附中對學生認真負責這個點，展開了千餘字的論述，盛望一邊「嗯」個不停，一邊飛快給盛明陽回微信。

養生百科：最近溫度又降了不少，你江阿姨說宿舍那個被子估計有點薄。下午下課之後有空回宿舍麼？我們去學校一趟，給你跟小添加床墊被。

店慶：不冷啊

店慶：我倆落了兩禮拜的課了，下午下課不一定有空

養生百科：你把鑰匙給我們，我跟你江阿姨去弄一下

店慶：宿舍又不是只有我們兩個人，還有室友呢，你們突然過去嚇到人家

盛望正悶頭打字，忽然聽見江添低聲問說：「皺眉幹麼？」

「我爸。」盛望說著就要把聊天內容給江添看，但剛轉過去又覺得不大合適。

一來這段聊天裡面，他不想讓盛明陽和江鷗來學校宿舍的意圖太明顯，他怕江添看到了以為他後悔。

二來他也不想讓江添看到盛明陽和江鷗的名字，他怕江添心裡有負擔，後悔。

於是他手機在江添眼下一晃而過，沒等對方看見什麼就收了回來，垂著眼抱怨道：「我爸非說降溫了，盤問我倆穿沒穿衛生褲。」

說完他又怕江添不信，乾脆伸手摸了一把江添大腿，小聲說：「我看看你穿了沒。」

「……」江添讓了一下，把他那爪子擋開。

盛望不依不饒想要鑽空子，又被江添抓住了手腕。

前面滔滔不絕的徐大嘴終於住了口，轉頭看過來。

兩人立刻撒了手，盛望還往旁邊挪了一點，靠著車窗心虛地隔出了一條楚河漢界。

他下意識有點擔心——徐大嘴火眼金睛，看他發個短信都能懷疑他談戀愛，現在他跟江添並排坐在大嘴眼皮子底下，簡直是送上門來自首的。

誰知大嘴只是哼了一聲，搖頭對司機說：「哎，幸虧我家只有一個兒子，這要是兄弟倆，喏……」他指著後座兩個說：「估計得從小鬧到大。」

司機一臉感同身受，「我家就是倆兒子，搶玩具、搶飯、搶床，反正就是別人的東西更好。」

「是吧？頭疼呢。」

大嘴又跟他就兒子教育問題聊了起來，沒再管後座兩個人。

盛望愣了好一會兒，這才意識到在大嘴他們眼裡，他和江添是一家的，是兄弟，親一點鬧一點都很正常，怎麼也不會想到別的上面去，只要他們小心一點。

……只要小心一點就好了。

盛望繃了一路的筋骨慢慢放鬆，心情又變得明亮起來，就連給盛明陽回信息，語氣都不那麼僵硬了，好像隔著的那層手機螢幕就是保護膜，耐摔耐砸。

他換了個更舒服的姿勢，頭倚著車窗，右腿靠著江添，跟盛明陽扯起皮來。

店慶：你跟江阿姨說宿舍有空調，晚上睡覺穿長袖我們都嫌熱，再墊一床被就能自燃了。

盛明陽沒好氣地回他：胡說八道

店慶：真的

店慶：不信我晚上回去拍給你看，有個胖一點的室友還穿背心呢

店慶：你想熱死你兒子麼

養生百科：後面氣溫肯定還要降，就算不鋪，放那裡備著也行

店慶：爸你仔細回憶回憶，就我們宿舍那些櫃子，塞得下備用被子？

養生百科終於開始遲疑起來。

盛望又補了一句：下次回家直接帶來不就行了

盛明陽估計跟江鷗商議去了。

過了好一會兒終於回覆道：行，那等下次放假。

他垂放在座椅上的右手很輕地打了個響指。

江添看過來問：「說完了？」

「嗯。」盛望應完，轉頭戳進置頂的聊天框，打字說：睏死我了

某某：……

江添朝他掃了一眼，表情很有些無語，大概覺得這樣有點傻。他臉上寫著「幼不幼稚」，手指卻老老實實配合地打著字。

某某：睏就睡

某某：離學校還有半個多小時

店慶：我能擁有一個人形靠枕嗎？

店慶：算了，我知道我擁有不了

江添薄薄的眼皮抬了一下，落在徐大嘴的後腦杓上，盯了差不多五秒才又垂下去，像是一種無聲的不爽。

明明是個很簡單的動作，放在江添身上，盛望就覺得很好笑。

徐大嘴有著政教處主任的職業病，眼觀六路，耳聽八方。他聽見了盛望很輕的噴笑，轉頭問道：「笑什麼呢？」

盛望瞬間恢復正經，說：「沒笑什麼，朋友圈刷到個笑話。」

大嘴一臉感興趣地問：「哦？什麼笑話？」

盛望：「……」

這回江添偏開了頭。

——笑個屁。

盛望挪了一下腳，不動聲色踩在了江添鞋子上。

好在徐大嘴並不執著於聽笑話，很快就被司機先生的話題引走了。

盛望重新癱靠回去。

店慶：想念小陳叔叔

店慶：在小陳叔叔車後座躺著都可以

店慶：他也不會問我刷了什麼笑話

某某：先把腳拿開

店慶：有大嘴坐在前面，我從頭到腿都得老老實實的，只有腳能靠你一會兒

店慶：這樣也不行嗎？

某某：……

盛望逗著江添，一邊悶笑，一邊覺得這車裡真是憋屈得慌，只想趕緊到學校。等下了車就好了，等到了學校就沒這麼憋屈了，畢竟附中那麼大，他想。

然而，真正下了車，他才反應過來自己想多了。附中那麼大，卻真的沒有比車裡好多少。

他們回來的時候正值中午。

去宿舍放行李碰到了史雨和邱文斌，去梧桐外吃飯又有丁老頭和啞巴。

盛望以前覺得那些巷子空蕩蕩的沒多少人，現在卻覺得有點太過熱鬧了。

一會兒有老人拎著菜跟他們打招呼，一會兒有小孩追打著跑過去，還有很多人家敞著一樓的窗戶，澆花的、做飯散油煙的、看電視閒聊的。

學校的三號路也不像以前那樣安靜了，總有學生拿著飲料或新買的文具走在林蔭道上，不算多，卻給人一種絡繹不絕的錯覺。

市井街巷，熙熙攘攘。

直到這一刻，盛望才真正意識到「假期」結束了。

在之後更長的時間裡，他們不得不把自己藏起來，親暱和歡喜都得掩在更為私人幽密的地方。在隱祕之處，在無人知曉的角落裡。

兩人在上樓的時候，碰到了一大波從食堂過來的老師。

A班、B班還有九班的幾位老師都在。

楊菁直接叫住了他們：「我今早有課調不開，就沒去車站接你們。行李送回宿舍了？」

「嗯。」盛望說：「剛吃完午飯過來。」

「聽說你倆病了？」何進依然第一個操心身體。

「啊？」盛望和江添對視一眼又匆忙移開。

「感冒了一陣。」盛望指著江添說：「他還發燒了。」

「聽說了，說是住的地方停水，病了好幾個人是吧？」

江添不是第一次外出比賽，對這種事並不意外，倒是盛望一臉驚訝。

何進解釋說：「省內弄競賽的老師就那麼多，大家相互之間都認識，學校怕你們在那邊照顧不好自己，所以總要多問一問。」

「哦，怪不得。」

「而且你們集訓期間的表現和成績單是統一寄到學校的，算是集訓回饋。」楊菁說：「昨天我們就收到了。」

盛望：「啊？」

「怎麼一臉嚇到的樣子？」楊菁沒好氣地說：「蹺課了，還是幹壞事違規啦？」

「沒有。」江添說：「就請了一天病假。」

「看到了，回饋上說了，你倆表現一直挺出色的，除了一天病假之外，一節課沒落。」楊菁說：「評語上你倆還算優秀學員呢，就是PK分數上占了點劣勢。」

九班那位英語老師說：「哦？我昨天沒看到，落後多少？」

楊菁說：「四、五分吧。」

「領先的是誰啊？」

「還有誰，一中的唄。」

「那基本沒……比較麻煩了。」

那個老師可能想說「基本沒戲」。

因為集訓成績還會影響到學生正賽的心態，領先的可能更放鬆一些，落後的壓力比較大，調節不好的話，差距只會越來越大。

但照顧到學生情緒，他還是換了個比較委婉的說法。

B班的英語老師拍了拍盛望和江添的肩說：「沒事，能進決賽就已經是突破了，不管怎麼樣都是一次大賽經歷，挺好的。」

楊菁也說：「是，已經給我長臉了。對了，徐今天去接你們說什麼了沒？他昨天捏著成績單在我那叭叭扯了半天，問我這狀況拿國家級的三等有戲麼？」

盛望照實回答：「一開始沒說，都是閒聊，後來下車提了一句，說這個比賽獲獎人數挺少的，如果能拿個三等，學校就非常滿意了，讓我們不要有負擔，後面好好準備別的比賽。」

楊菁點了點頭，「行，總算說了點不那麼浮誇的。」

「老徐就是喜歡誇大，還是謙虛點好。」

何進笑著說完，又問兩個學生：「那你們怎麼回他的？」

盛望猶豫了一下，說：「也不至於落到三等。」

何進：「……」

得，還不如老徐。

楊菁沒好氣地看著這倆狂人，也不知是高興還是愁地憋了一句：「行，下個月出成績，我等著看你倆怎麼個不至於三等。」

盛望進教室的時候，B班數學老師剛好在講臺上分午休練習卷。

他特地走了教室後門，但並沒有什麼用，全班都藉著傳考卷轉頭看他，目光透著羨慕。

學生的羨慕無比單純——如果你有正當理由不用來上課，那你就是全世界最幸福的人。

班委被叫去開個一節課的會，都能得到一句「太爽了」的評價，更何況盛望這種一走就是半個月的。

「別看了，我臉上也沒長答案解析。」盛望感覺自己不小心走了回星光大道，在座位上坐下就拱手告饒。

全班哄笑起來，數學老師撐著講臺調侃他：「盛望心情不錯啊，看來集訓生活過得還可以。」

不知誰嘴快接了一句：「不上課就比較養人。」

班上又鵝鵝一頓笑，終於老老實實開始做題。

盛望一上手就發現自己要完。

連續半個月的集訓留下了一點後遺症——他看到數學題的第一反應不是畫圖、列式子或計算，而是想把題目翻成英語。

平時做這種半小時練習卷，他的時間都綽綽有餘，今天因為該死的後遺症，居然有點緊。老師說收卷，他才匆匆寫完最後一句話。

「好像有點生疏了嘛，啊，盛望？」數學老師隔著幾張桌子衝盛望一抬下巴，說：「速度比之前慢不少。」

盛望這回沒什麼好反駁的，乖乖挨批。

「既然英語已經搞完了，後面要多放點心思在其他課上了，比如，沒事做倆數列題玩玩。」

全班一致發出了「我靠」的叫聲。

數學老師瞪了他們一眼，又半開玩笑半認真地提醒：「你半個月沒碰這些，其他同學可一點沒放鬆，沒幾天又要週考了，要抓緊啊。」

一提到考試，班上哀鴻遍野。

盛望的心理卻跟別人相反，他盼著考試趕緊來。

不是因為狂，而是期中之後他還沒正式參加過什麼考試，他急著考進前四十五，讓A班老何、菁姐他們放寬心。

老師一走，哀鴻們瞬間活蹦亂跳起來。

賀舒首當其衝，彎著腰從前排溜過來，史雨主動讓了大半個凳子給她。

「哎，盛望，集訓營好玩麼？」

作為同樣參加了英語初賽的人，賀舒的豔羨比其他人濃重多了。

「還行。營一般，人比較好玩。」盛望說。

賀舒被逗樂了，「能去的都是大佬，有很好玩的人麼？」

「有啊，江添。」盛望正垂著眼發微信，順口就這麼說了。

賀舒：「……」

盛望朝她跟史雨看了一眼，手指飛快地打著字。

店慶：江添，其貌俊，其聲清，其名有異術，能止小兒夜啼。

某某：……

某某：受什麼刺激了？

店慶：受小情侶刺激了

某某：？

店慶：史雨和賀舒放著空椅子不坐，非要擠在一張椅子上

店慶：賀舒你知道麼？

店慶：算了你不一定記得，反正就是史雨女朋友。

店慶：全班四十多個座位，他們選擇坐在我面前秀

店慶：有對象了不起嗎

店慶：那我也了不起

A班教室裡，大部分人正收了紙筆準備睡午覺，唯有幾個人鬼鬼祟祟。

高天揚跟前面的人互相扔著紙條，這人準頭又不行，總扔到辣椒桌上，再雙手合十，求爺爺告奶奶地拜託辣椒傳給前桌。

辣椒一邊幫忙一邊翻白眼，傳到第五個來回時，高天揚轉頭向後桌看了一眼，剛巧捕捉到江添那一瞬間的表情。

「添哥。」高天揚小聲說：「你剛剛是在笑吧？我沒看錯吧？」

江添從桌下抬起眼，「看錯了。」

「我不管，我看到了。」高天揚嬉皮笑臉地說：「你弟弟說了，這種時候只要跟你強詞奪理胡攪蠻纏就行了。」

江添沒反應過來，「我弟弟？」

「盛哥啊。」

「……」

江添目光朝桌下手機一掃，某個弟弟還在說自己有對象了不起。

趁著他沒回話，高天揚又問道：「那既然你剛剛都笑了，心情應該還可以吧？」

「別扯心情。」江添按熄螢幕，一臉了然地抬起頭，「你又坑我什麼了？」

「這回不怪我啊！我這次還幫你說話了，但是你人不在，威懾力就沒那麼強。」

高天揚轉頭衝前排兩個人招了招手，示意他們趕緊滾過來。

下一秒，宋思銳、文娛委員和班長李譽就一起滾了過來。

一看到李譽和文娛委員，江添忽然明白了什麼。

對著高天揚他們幾個關係好的，江添還能說句「滾」，對著兩個女生他就不大方便，尤其班長還容易哭。

高天揚戳李譽，李譽戳文娛委員。

文娛委員硬著頭皮說：「是這樣，江添，月底又要開校園文化藝術節了。因為高三不參加，這就是咱們最後一屆了，老何的意思是不要占用太多學習時間，但也不要太敷衍。」

「本來呢，全班大合唱是最公平省事的，反正誰都跑不掉。挑首好唱的歌，稍微排練幾次就差不多了。但是……」

高天揚指著樓下說：「被B班和七班的牲口搶了。」

文娛委員解釋說：「那兩個班的文娛委員開完會，連商量都沒跟同學商量，當場填了報名表交掉了。一個年級最多兩個大合唱嘛，我稍微民主了一下，名額就被搶完了。」

江添擰著眉，「所以？」

「所以只能出小節目。你知道的，咱們學校規矩，如果單個節目人數小於等於二，那這個班就得出兩個節目。不然全年級都是獨唱了。」

高天揚指著自己和宋思銳，揚眉說：「現在的安排就是我跟老宋負責說相聲，這是一組，你跟鯉魚合唱……」

江添滿臉疑惑。

「呸……不是，說錯了。」高天揚糾正道：「你彈吉他，鯉魚唱。」

江添納了悶了，「誰說我會吉他？」

鯉魚顫顫巍巍地說：「我也並不大會唱。」

江添：「……」

高天揚解釋說：「我跟老宋，本來就是說相聲的投胎。鯉魚，班長，犧牲小我首當其衝。但鯉

魚容易緊張，獨唱估計能唱到哭。所以……」

江添：「我不會彈。」

「沒事，藝術節你還不懂麼？帥就可以，誰真去欣賞吉他啊。」高天揚說：「添哥，不是我拍馬屁，就你這張臉，抱個掃帚在臺上都有人鼓掌。」

「……」江添一言難盡地看著他，「所以你出的餿主意？」

高天揚一縮脖子，「我哪敢這麼找死。」

鯉魚說：「其實是何老師。」

江添一臉木然，片刻之後說：「我下課找她。」

「老何下午好像要出去聽課。」

「那我放學找。」江添說。

然而真到了放學，江添也沒能堵到何進，反而被人給堵了。

堵他的人姓盛名望，是他給自己招來的剋星。

「聽說你也要表演節目啊？」

盛望岔著腿坐在樓梯拐角低矮的窗欄上，抬頭看著江添下樓梯。

江添回頭盯著高天揚，「你說的？」

高天揚剛下一級臺階又忙不迭縮回教室，「不是我主動說的，剛好盛哥問。」

江添順著樓梯下去，往盛望那邊走，「我不參加。」

「別啊。」盛望拎著書包站起身，「我剛還在慶幸呢。」

「慶幸什麼？」

「我們班大合唱，他們趁著我不在學校，給我把站位定在了第一排正中間。」盛望急忙說：「一群畜生憋到下午才告訴我，害我最後一節課都沒心情上，剛剛聽老高說你也要上場，我才有了點安慰。」

「不上。」江添說：「根本不會彈。」

「吉他嗎？」盛望攛掇道：「緊急學一首簡單的還是很快的，學霸還怕這個？」

學霸油鹽不進，「不學。」

「試試看。」

「不。」

「你忍心放我一個人去丟臉啊？」

江添拉了拉書包帶，非常光棍地說：「嗯。」

盛望瞇起眼，然後一把勾住他的脖子，把他壓得弓著肩低下頭來，「你再說？」

江添喉結卡在他手臂上，動了幾下，只有盛望知道他在低笑。

高天揚和宋思銳這才從教室探出頭，一邊隔著樓梯給盛望加油打氣，一邊隨時準備往回縮。

盛望朝他們瞄了一眼，箍著江添背過身去。

後面是川流不息奔向食堂的同學。

盛望壓低了聲音對江添說：「跟你說個祕密，你的地下情男朋友剛好會彈吉他，他迫切地想教你。一對一，包教包會，不收費。你就說學不學吧？」

「……」

於是當天晚上，高天揚跟鯉魚和文娛委員說了個好消息：「添哥答應了。」

「真的假的？」兩個女生簡直不敢相信。

「吃飯的時候盛哥說的，添哥沒反駁。」高天揚說：「保真。」

「為什麼？怎麼突然就答應了？」

「我哪知道。」高天揚說：「我添哥的心思那是凡人能猜的嗎？是吧添哥？」

他說著又轉頭問道：「所以為什麼呀？」

江添眼也不抬，「中邪。」

高天揚：「……」

說是要弄校園文化藝術節，但真正上心的只有高一年級，高二這邊普遍練習比較少，頂多占幾節晚自習。

A班還鬆一點，何進很大方，尤其對江添很大方，直接給了一張長期假條，說他晚自習想練就可以去練。

不過江添沒有占用幾次晚自習，因為B班看得嚴，盛望出不來，即便拿到假條，也是全班一起去音樂教室練合唱。

週四這天晚上下了最後一節晚自習，江添拎了書包準備去階梯教室找盛望，卻在下樓梯的時候收到了盛望的微信。

店慶：來藝術樓

某某：你去練合唱了？

店慶：嗯

店慶：已經散了，我跟老師要了音樂器材室的鑰匙，請了住宿生晚自習的假

附中的藝術樓在北邊，跟操場離得近，和三個年級上課的樓離得很遠。附中所有的音樂課和美術課都在這裡上，藝術生平時也都在這邊練習，有些刻苦的，每天踩著十一點的門禁離開。

江添跑到樓下的時候，看見盛望等在門口。這個時間點藝術樓大半都是黑的，只有零星幾間教室亮著燈。

盛望朝上面看了一眼，說：「已經沒多少人了，還好跑得快，不然到十一點也練不了多久。」

江添一步三個臺階跨上來，跟他並肩往樓裡走。

過了幾秒，他才開口說：「真的找我來練習？」

盛望摸了一下鼻梁，轉頭看了看身後。

藝術樓門口、走廊拐角處都有三百六十度的圓形監視器。

學校這麼大，監視器多一點很正常。這本來是用於防賊安保的，但在心虛的學生看來，那就是政教處徐大嘴無處不在的眼睛。

盛望以前沒有感覺，現在深有體會。

環形走廊並不狹窄，但他的肩膀、手臂總會碰到江添的。名不正，言不順，只能藉著磕磕碰碰，跟喜歡的人更近一點。

一樓的畫室裡還有兩名藝術生，音樂器材室就在畫室隔壁。

他們走出燈光，走進暗處。

盛望垂著眼用鑰匙開門。

器材室其實並不小，但被一排一排的鐵架子隔成了幾條窄道。架子都是特製的，分門別類放著不同的樂器，除了鋼琴那些不方便搬動的，大多都在這裡。

「好多灰。」

器材室裡的塵埃味有點重，透著陳舊的味道，但他沒有抬手去搧。真正的藝術生都自帶樂器，只有臨時要用的才會來這裡拿，所以儘管最近有藝術節，這裡也依然很冷清。

盛望伸手想開燈，但手指摸到開關上卻沒有按下去。

他用手機螢幕的螢光掃了一圈，開口問道：「這裡會有監視器麼？」

江添跟著掃了一眼，說：「沒看到有。」

盛望點了點頭。

他對上江添的目光，問說：「那這樣算關起門麼？」

江添瞥了一眼他的手機螢幕，又看向他說：「不大算。」

盛望拇指一撥，螢幕忽地熄了。

鐵架和帆布袋都陷入了黑暗裡，窗邊堆著雜物，交錯著幾乎擋住了整片玻璃，走廊上的光透過間隙落進來，很淡。

他們能看到外面的影子，外面看裡面卻是一片黑。

盛望朝窗戶的方向看了一眼，說：「我覺得可以強行算一下。」

結果剛說完這句話，器材室正對著的樓梯上傳來了人聲，因為夜靜的關係，他們聽得很清晰。

「你豎笛自己帶的？」

「器材室拿的。」

「那不是還得還回去？」

「……」

盛望二話不說抬手就拍開了燈，跟江添一前一後往吉他架子那邊走。他們剛拎起一個布包，器材室的門就被打開了。

三名女生走進來說：「欸？」

「江添？」有個女生下意識叫了聲，叫完才匆忙掩了一下嘴，顯然也沒料到開門見帥哥，還不止一個。

「你們也來拿器材啊？」她們問完才想起來自我介紹：「我們十班的。」

江添看上去心情並不大妙，不過他一貫冷冰冰的，大家早已習慣。

倒是盛望看起來也有點不高興，雖然話音帶著笑，但臉色表情卻很淡，冷冷地說：「來借吉他，先走了。」

他們在門口掛著的冊子上登記了一下，拎著黑色的包上了樓。

這回盛望沒了挑教室的興致，隨便找了一間空的就進去了。

藝術樓的設計俯瞰像個音符，教室連廊繞成了一個並不圓的圈，中間是綠化植物園，種著一大片竹子，在裡側的窗戶外影影綽綽，倒是遮擋得很嚴實。

盛大少爺耍流氓被打斷，異常不爽，放下吉他就開始自閉。

江添關上門再轉頭，就見某人已經坐在了窗臺上，還把裡面運動衫的帽子扯出來罩上了。

燈還沒開，他坐在陰影裡，酷倒是很酷，就是脾氣有點大。

江添看了他一眼，忽然沿著教室另一側走了一圈，拉上了所有正對走廊的窗簾，然後鎖了前後教室門。

他走到窗邊，卸下肩上的書包丟在一邊，拉下盛望的帽子，彎腰吻了上去。

十二月下旬的天氣，夜裡涼意深重。

盛望一隻腳踩著窗臺沿，背抵著冰涼的玻璃，抓著江添的後頸。

他們當了好幾天的兄弟、室友兼同學，難得只有兩個人，吻得有點亂，過了好一會兒才慢慢變得溫柔起來。

附中早上的食堂沒有中午那麼擁擠，好多學生會為了多睡一點覺，放棄熱食，弄點餅乾、麵包打發掉。

盛望他們幾個去不去食堂一貫看心情，這天早上他和江添心情就不錯，於是早早在食堂坐下了，沒想到碰到了高天揚他們。

A班那群懶蛋能來吃早飯實在難得一見，盛望招呼了一聲，周圍的座位瞬間被填滿了。

「聽說昨晚你跟添哥練吉他去了？」高天揚扒了一口麵，抬頭問道：「練得怎麼樣？」

江添坐在對面，聞言看了他一眼，說：「不怎麼樣。」

「為什麼？」高天揚問。

盛望和江添腿都長，在桌底下幾乎是交錯的。

他磕了一下江添的膝蓋，眼睛卻看著高天揚說：「吉他不行。」

「哦哦哦，也是。」高天揚完全不知道桌底下的小動作，還覺得他們的話很有道理，「畢竟器材室的嘛，借來借去，肯定不會特別好。那怎麼辦？」

「家裡有。」盛望看著江添說：「週考完回家拿一下？」

週考對附中學生來說已經是家常便飯了，一個學期下來更是接近於麻木。

考前一天，各班就開始例行公事地清理書桌。

A班的學生不愛把書摞桌面，一般上什麼課當天就帶什麼東西，書包一兜，桌子就乾淨了，但B班不同。

不知道誰開的頭，B班喜歡把一學期要用的所有書本、講義都立在桌上，兩邊書架一夾就是一道天然屏障。

平時是很輕鬆，往來學校只要帶幾張考卷，上課睡覺或者幹點壞事也不會一覽無餘，但週考前就很痛苦，得整摞整摞搬到教室後面去。

B班女生數量多，一到這時候只能請男生幫忙。

「女生請誰幫忙」和「男生主動給誰幫忙」並不那麼簡單，往往藏著各種小心思。

盛望第一次直接參與這個過程，還沒反應過來呢，就看見一個男生從後排走出去，一聲不吭搬起一個前排女生的書，哐地放在教室最後。

全班靜默幾秒便炸了鍋，開始拍桌子起鬨。然後男生故作鎮定地走回座位，實際上臉都憋紅了，女生紅得比他還厲害。

盛望：「……」

手機嗡嗡在震，頭頂一陣千軍萬馬的腳步聲，那是A班下課了。

江添問他結束沒，他回說快了。

店慶：得虧徐大嘴不在這裡

店慶：不然一抓一個準

店慶：我連人都沒認全，光看他們搬書，就知道了班上所有情侶

店慶：精準狙擊

某某：……

某某：B班班主任說過他們全班都傻

店慶：老張原話明明是「我們全班都比較單純」。

他跟江添剛吐槽完，身邊的史雨就大搖大擺地出去了，不僅給賀舒把書搬了，還帶了她的空水杯到教室後面裝滿了水。

本著一點室友情，盛望又補充了一句：不過也可以理解，這種時候肯定喜歡誰幫誰。

這句發完一抬頭，四個女生推推搡搡結伴過來問他：「盛望，能幫忙搬一下書嗎？」

盛望：「……」

靠，話說早了。

江添正跟高天揚一起往樓下走，剛走兩級，忽然收到某人發來的新消息，內容就四個字：我喜歡你。

江添不知道對面那少爺抽的哪門子瘋，一頭霧水發了個問號，結果收穫了一排跪著哭的小人。

「嗯？」高天揚突然提高音調發出了一聲疑問。

江添轉頭看向他，卻見對方從他手機螢幕上慌忙收回視線。

「我好像看到了一句話……」

高天揚求生欲極強地說：「我先聲明！我不是故意偷看的，就是想跟你說事情，不小心掃到了一眼螢幕，你看，我馬上就自首了。」

「什麼話？」江添垂下手來，拇指摁熄了螢幕，但他剛摁完就覺得自己這反應還是有點此地無銀了。

果不其然，高天揚瞥了一眼他垂著的手，表情瞬間變得賤兮兮的。

他左右瞄了一眼，搭著江添的肩膀把他擠到樓梯角落，清了清嗓子促狹地問：「添哥，我剛剛是不是看到哪個女生的表白現場了？」

江添：「……」

那一瞬間，高天揚感覺他添哥的表情非常麻木——冷漠之中透著一絲遲疑，遲疑之中還有幾分一言難盡。

他單方面把這認為是冰山的害羞，因為江添麻木地盯了他幾秒後，居然「嗯」了一聲承認了。

其實他添哥不承認也不行，畢竟他高天揚火眼金睛，一眼掃過去就抓到了重點，看到了那句「我喜歡你」。

他觀察了一下，覺得江添情緒尚可，於是狗膽包天繼續試探道：「一般人跟你表白你會搭理嗎？肯定不會。但你剛剛動手回覆了！」

江添依然維持著那副一言難盡的模樣，「……所以？」

高天揚慫了半秒，眼一閉腿一蹬地下了結論：「所以我覺得那女生有戲。」

江添聽完沉默片刻，然後答了聲：「哦。」

高天揚一臉詫異：「你說哦？你居然說哦？」

他以為不管自己說得對不對，江添肯定會否認，他都做好了被嘴硬和嘲諷糊一臉的準備了，沒想到對方居然認了！

江添說完就逕自下了樓。

高天揚傻了幾秒飛奔著追了過去，兩人一起到了B班門外。

他們最近出現在這裡的次數很頻繁，尤其江添，每天午飯、晚飯都來等盛望一起。

B班的老師喜歡拖課，他們有時候得在後門外站上好幾分鐘。即便這麼頻繁了，B班女生看到江添過來依然會騷動。

這會兒B班教室裡沒老師，都在忙前忙後地搬書。

騷動起來的一瞬間，江添發現某人的座位是空的，他在教室裡掃了一圈，才在過道裡看到搬著書的盛望。

他看著斯文帥氣並不壯實，手勁倒是大得出人意料。那麼長的一摞書他拿得穩穩當當，倒是旁邊的女生一直在說：「是不是很重？要不要歇一下？」

「沒事，還行。」盛望彎腰把那一摞書杵在教室後面，直起身拍著手上的灰問：「還有別的東西要搬麼？」

「沒了，沒了，其他我都可以自己搬，謝謝啊。」

女生朝窗外指了指說：「江添來了。」

這話剛說完，女生感覺自己面前掃過一陣風。

下一秒，盛望已經大步走到窗邊了，他扶著窗框對外面的人說：「有幾個女生實在搬不動書，問我能不能幫忙，等一下，馬上就好。」

江添總算明白之前那句「我喜歡你」是抽的哪門子風了，估計剛說完「喜歡誰幫誰」，就被女生給圍上了。

他想起那排跪著哭的小人，有點想笑，於是問盛望：「還有幾摞？」

「兩摞。」盛望說。

江添點了點頭，掃了一眼B班進出自由的亂象，直接從敞著的後門進了教室。

「你幹麼？」盛望愣了一下。

江添把袖子擼上去露出小臂，眼也不抬地說：「幫你。」

他們離開教室的時候，那個被江添幫忙的女生還有點暈。畢竟沒想到這種好事還有買一送一的道理。

盛望在樓底的自動販賣機裡刷了三瓶飲料，給另外兩人一人遞了一瓶。

「老高，想什麼心事呢？」

他擰開瓶蓋，然後弓身讓了一下。

細白泡沫呲地一聲在瓶口迅速堆積，順著縫隙往外溢，在地上落下星星點點的痕跡。

高天揚朝江添瞄了一眼，用眼神示意道：我能說嗎？

江添倒是很直接：「我封你嘴了麼？」

「那我說了啊。」高天揚斟酌了一下，轉頭對盛望說：「我懷疑我添哥動凡心了。」

盛望力道一個沒控制好，不小心擰開了整個瓶蓋，飲料頓時噴出去一小半。

高天揚連退兩步才避免了被噴一褲子的悲劇，「臥槽，盛哥你偷襲我？」

「手滑。」

盛望抿了一下拇指沾的飲料，跟路過的一個同學借了紙巾。

他捂著瓶口問高天揚：「你剛剛說什麼東西？」

「我說……」高天揚開了個頭，想了想改口說：「算了，這麼說吧。剛剛下去B班之前，我瞄到有人跟添哥表白。」

「表白？」

「對，說『我喜歡你』什麼的。」高天揚語氣帶了玩笑的促狹，接著又迅速轉為遺憾：「不過添哥拇指剛好擋著，沒看到那個女生的頭像。」

「沒看見？」盛望表情微妙地「噢」了一聲。

他跟江添分別站在高天揚的兩手邊，隔著高天揚瞥了對方一眼，然後仰頭灌了一口飲料。

高天揚對此渾然不覺，他看向右手邊的江添試圖套話：「所以添哥……」

「嗯。」江添應了一聲。

「那女生是我們認識的麼？」高天揚問道。

江添：「不知道。」

「不知道？」高天揚跟盛望對視一眼，試圖在盟友眼裡找到同樣的反應，可惜只看到了對方對於八卦的麻木。

「那就是可能認識，可能不認識咯？」高天揚反應過來，「我知道了，肯定是你們去參加集訓期間碰到的。」

這次江添「嗯」了一聲。

一看他居然還有問有答，高天揚頓時勁頭更足了。

「欸，添哥。」他拱了一下江添的肩，問：「漂亮麼？」

江添的目光不知從哪處一掃而過，又淡定地垂下眼喝了口飲料，「嗯」了一聲。

不知道是不是錯覺，高天揚總覺得他在「嗯」之前，嘴角動了一下，不知道是笑還是什麼，但這都是無關緊要的小事。

「添哥都說漂亮，那肯定漂亮瘋了！」高天揚轉頭就勾上了盛望，說：「盛哥，集訓營裡有漂亮瘋了的人麼？」

「漂亮的不知道。」盛望低頭掏著手機，說：「瘋了的倒是有。」

「誰？」高天揚的注意力一引就跑。

「你猜。」

「……」

「你先八卦，我發個微信。」盛望說。

高天揚接了聖旨便沒再打擾他，轉頭繼續旁敲側擊地磨江添去了。

盛望這邊拇指動得飛快，江添的手機在兜裡嗡嗡連震，但礙於高天揚正在好奇的興頭上，他一直沒看。

直到午飯吃完回到教室上午休，他才掏出來看了一眼。

就見某人先拷問了一句：漂亮????

然後給他刷了十來個表情包，每個都在舞長刀，刀刀見血，有的一刀串了三、四個，有的一刀串了七、八個，很凶。

光這樣還不過癮，他把頭像換成了大白眼旺仔，局部放大到只有白眼，還把暱稱改成了「你再說一遍」。

半個小時的數學練習，江添花二十五分鐘不緊不慢地做完了，剩餘五分鐘裡，他看某人撒潑撩架看了四分半鐘，然後在最後半分鐘裡把自己的微信暱稱也改了。

都說談戀愛的人在某些時候會變傻，還會在潛移默化中跟對方越來越像，比如口頭禪、比如某些習慣。

江添在這一刻深有體會。

他一邊覺得幼稚，一邊把註冊以來從沒變過的暱稱改成了「哦」。

沒過幾分鐘，盛望就發現了這個變化。

你再說一遍：？

哦：。

真的很像情侶名，悶騷的那種，不動聲色又一目了然。

……還很嘲諷。

盛望一邊覺得爽，一邊想找他哥打一架。

不過高天揚的話提醒了盛望。

他跟江添共同好友太多，頭像又很特別，有心人多瞄幾眼聊天內容，就能看出問題來，畢竟不是誰都跟高天揚一樣耿直。

如果以後有其他人碰巧看到呢？

如果看到的人沒有自首吭聲，而是悶頭瞎琢磨去呢？

他忽然覺得，人與人之間的牽牽連連真麻煩，如果他跟江添沒有這些就好了，身上一根線都沒有，跟誰都不相關，那樣就好了，可以肆無忌憚。

〔Chapter 4〕

你走的路要繁花盛開，要人聲鼎沸

週考這天早上天氣忽然轉了陰，空氣裡濕氣很重，灰濛濛的霧氣從附中東側那條河上飄過來，纏繞在滿學校的梧桐和香樟樹冠裡。

盛望晚上沒睡好，大清早眼皮一直在跳。

他跟江添往明理樓走的時候遇到了幾位老師，隱約聽見他們在低聲聊著什麼事，一看到有學生過來，他們又立刻掐了話頭，神神祕祕的樣子。

「老吳剛剛說什麼你聽見沒？」上了樓梯，盛望才越過欄杆往樓下看，看到了A班數學老師毛髮稀疏的頭頂。

「沒聽見。」

江添走到三樓拐角停下步子，示意盛望往B班走。

「行吧，反正跟我們也沒什麼關係。」盛望收回目光下意識往教室走，剛走沒兩步吧，又倒退回來。

「突然想起來，要考試了，沒個特別點的加油鼓勵嗎？」他要笑不笑地看著江添。

「怎麼樣叫特別？」江添已經上了一節臺階，又側身回過頭來看他。

盛望本就只是逗他一句，沒打算幹麼，見他問了，便隨口說：「手給我。」

江添從長褲口袋裡抽出手，掌心朝上伸過來。

盛望手心、手背各蹭了一下說：「來點仙氣。」

江添挑了一下眉，還沒放下，就見樓梯下面衝上來幾個人，叫嚷著：「等會兒再收、等會兒再收！仙氣這東西不應該見者有份麼？」

高天揚跑在最前面，宋思銳緊隨其後，還有其他幾個男生餓狼似的撲了過來，大叫：「讓我也摸一下，添哥！」

「……」江添二話不說，把手又插回兜裡去了。

高天揚拍了個空，又不依不饒地拍了把江添的肩膀說：「肩膀算嗎？我不管，我沾到了。」

「畜生，我添哥的肩是你能摸的嗎？閃開！我也要沾點光，上次考得稀爛。」宋思銳快步衝了上來。

盛望笑趴在樓梯扶手上，趁著沒人看到衝他比了個飛吻，然後忙不迭就要跑，結果還沒邁步路就被擋了

他指著扒過來的瓜皮們，一臉頭疼地問盛望：「坑我坑得爽麼？」

沒過兩秒，江添就被那群男生給圍住了。

樓梯湧上來一大波嘰嘰喳喳的女生，恰巧都是B班的。

盛望背抵著樓梯扶手側身讓過，女生們往江添的方向瞄了一眼，又嬉嬉笑笑地跟他打招呼。

盛望點了點頭，禮貌地回著話，剛笑完就感覺頭頂被人輕拍了一下。

「幹麼？」盛望靠著扶手轉頭向上看，「這就要報復回來？要不你讓老高他們也來摸我。」

「不是。」江添點了一下自己右邊嘴角，說：「你這邊破了。」

高天揚、宋思銳他們都下意識看過來，經過的女生們也朝他嘴角瞄了一眼。

盛望舔了一下那處，舔到了一塊很小的破口。

這是昨晚在宿舍弄出來的。

江添在洗手台那邊洗漱，他藉口上廁所溜了過去，趁著史雨和邱文斌沒往那邊走，抓著江添的肩膀啃了他一口，結果因為做賊心虛太匆忙，磕到了自己的下嘴唇，又捂著嘴角跑了。

江添作為當事人目睹了整個經過，知道得一清二楚，卻偏要在這時候隱晦地提一句。

周圍人流不息，盛望在各種招呼和笑語聲中感到一陣臉熱。他舔著破口，拎著衣領透了透風，

衝江添高高比了個拇指說：「你贏了。」

他現在越來越意識到一個真理——論悶騷，誰都騷不過他哥。

盛望考試座位在B班第三個，靠窗。

他剛坐下，就聽見後面幾個走讀生說：「哎？聽說了麼？」

「聽說什麼？」

「東門那條河出事了，你們不知道麼？」

「住宿呢，上哪知道去，別賣關子。」這是史雨。

「據說撈到屍體了。」

「啊？」有人倒抽一口涼氣，「真的假的？」

「不知道，我又沒見到。」

「哪來的屍體？」有人猜測說：「不會學校有人跳河吧？」

「咱們學校不至於吧。」

幾乎每個學生都聽過一些傳聞，××市××學校有人跳樓了、投河了、上吊了。一般聽過了、惋惜了，便慢慢不再議論了，直到再聽說下一個。

附中雖然課業考試安排得很稠密，但總體氛圍並不壓抑。

學生之間常流傳一句話，說每次哪哪學校有人跳樓，附中就要往各大教學樓、宿舍樓底下多鋪一層軟泥，鋪到現在，整個附中已經找不到能跳的樓了。

去年高三有個學生試卷被風吹出窗外，情急之下伸手去撈，結果直接從四樓掉了下去，把一眾老師嚇得夠嗆。

據說徐大嘴腿都軟了，直奔醫院才知道，只有一處不算嚴重的骨折。

就這樣，附中第二天又招來一波鐘點工加鋪一層軟泥，致力於讓學生掉下來皮都不破。

一群人議論到最後也沒個什麼結果，畢竟學生每天兩點一線，騰不出多少時間去打聽這些事情，但就因為這個，教室裡的氛圍頓時沉悶起來，不少人答題都有點心不在焉。

直到中午去梧桐外，盛望才從丁老頭嘴裡聽說了大概情況。

老頭一邊給江添盛湯，一邊說：「我沒看見，但是前頭那個大梅看見了，她晚上不是喜歡滿大街鼓掌麼？」

巷子裡有群老太太，跳不動舞了，喜歡沿著學校周邊散步遛彎，邊走邊啪啪拍手，說是手上穴位多，拍一拍長命百歲。丁老頭每次都管這叫鼓掌。

「這天泡水裡多難受呢，據說撈起來的時候都泡發了。」比劃了一個很誇張的距離說：「脹得有這麼大，而且還不是一起漂來的。」

「什麼叫不是一起漂來的？」盛望臉色有點綠。

「被分屍了啊。」老頭說。

「不是學生跳河？」

「哪能啊。」丁老頭說：「就你們學校這個要求，住宿的出門要簽條子，要跳還得先去跟老師要個條子來吧？走讀生就更不可能了，特地從家裡跑來跳嗎？」

老頭說：「咱們這塊還沒出過這種事呢，昨天大半個巷子的人都湧過去看了，我沒趕上，就給拉走了。慘啊，撈上來白花花的。」

「算了，不說這個，你倆考試我特地燉了雞，補補。」他說著把湯碗擱在江添面前，裡面漂了白花花的雞腿。

江添：「……」

這事兒搞得兩個男生都沒了食欲，但又不想辜負老頭辛辛苦苦做的飯，於是有一搭沒一搭地喝著，等那一碗湯下肚，老頭一大碗公飯已經扒完了，逕自收了碗，說去廚房和麵，打算明後兩天包點包子。

江添說：「你放著，晚上考完我幫你弄。」

老頭說：「我不會麼，要你幫？」

「和麵挺費勁的。」盛望問：「爺爺你打算做多少？」

老頭說：「不多，一點點。」

江添毫不猶豫地揭穿他：「起碼兩百個，以前每年都是，十二月底、一月初這個時候就做一大堆，自己也吃不了幾個，一袋一袋往外送。」

「兩百個？」盛望愣了，「那得和多少？不行，還是我們晚上來吧。」

「多事，吃你們的飯，我起碼再老二十年才輪得到你們幫呢。」

老頭一點兒不聽話，嘟嘟噥噥地走了。

結果沒多會兒，廚房忽然傳來叮哐一陣響，像是重物落地打翻了菜盆。

盛望和江添愣了一秒，碗一推就衝進了廚房。

老頭年輕的時候當過兵，年紀大了還揍過熊孩子、熊人，仗著自己勁大胃口好就一直不服老，好像還在盛年，離彎腰駝背起碼還有半輩子。

但有時候，人老了就是一瞬間的事——

他就是看到地上掉了幾粒米，彎腰去撿了，站起來的時候有點急，再睜眼就已經在醫院了。

他迷糊了一會兒，等弄清楚原委，第一反應就是「還好還能睜眼」。

丁老頭平日裡喜歡喝濃茶，做飯口味一直都偏鹹，江添從不吭聲，默默吃了很久，直到有次趙曦他們來吃飯提了一嘴，他才知道自己做得鹹，那之後才慢慢調淡了。

哦，他以前還喜歡抽菸，沒事炒點花生米，燜兩口酒，雖然這兩年被江添盯著減了，但偶爾還是會饞。

總之，各種直接、間接的緣由導致了這次意外。

他醒過來的時候天色已近傍晚，趙曦跟林北庭拎著水果和一袋換洗衣服在病房裡，說：「幸好只是微量的腦出血，也幸好吃飯有江添、盛望在。」

老頭手上還打著點滴，消毒水混合著藥水的味道直鑽鼻腔。他看著自己皮肉鬆弛皺巴巴的手背，忽然意識到自己可能真的上年紀了，不服老不行。

「倆小子人呢？」老頭問。

「被我跟林子轟走了。」趙曦說：「倔得要死，差點下午的試都不考了。這也就是週考，管得不嚴，又是自己學校的好說話，不然遲到那麼久，誰還讓他們進考場。」

老頭當時就有點急，「那他們考了沒啊？」

「考了、考了。」趙曦連忙說：「你先躺好，就算微量出血的你也得臥床，別急。回頭再暈過去，他們還得來。」

他怕老頭想得多，所以沒提別的。

實際上，江添和盛望被他們轟回學校的時候，下午的考試已經開場很久了，考是考了，但成績肯定會受點影響。

考完最後一門，盛望和江添就忙不迭又去了醫院。病房其實有規定探視時間，但並不硬性，護士還是讓他們跟老頭說了會兒話。

「不是讓小趙給你們帶話了？」老頭瞪著眼睛，「明天不上課啊？我這裡根本沒有什麼大事，你們跑來跑去的幹什麼？」

「明天改放假了，這幾天晚自習也都取消了。」江添說。

「騙誰呢？」丁老頭不太相信，「好好的放什麼假？是不是你們打了假條？」

江添說：「河裡不是撈到人了麼。」

「撈到人又怎麼了？」

「我們學校比較小心。」盛望解釋說：「說是事情沒查清楚，不敢讓學生晚上在附近亂跑，要麼晚自習家長接送，要麼最近就不上了。」

「哪可能每家都來接送？」丁老頭說。

「是啊。」盛望點了點頭說：「所以就不上了。」

其實醫生、護士也跟他們說了，丁老頭只是微量的腦出血，好好休息，吊點滴做點治療，那點出血就會被吸收，確實沒什麼大問題。

但他們想想還是有點後怕，別說江添了，盛望都很怕。

隔壁床也住著一個大爺，看著電視睡睡醒醒好幾次，然後墊高了枕頭跟他們聊上了。

「你們附中的啊？」大爺問道：「那邊不是出了事嗎？」

「對啊。」丁老頭說：「這不正說著呢，學校都嚇得放假了。」

倒也不至於是用「嚇得」，盛望想說。

不過大爺顯然要八卦不少，知道的東西多一些，「我今天還聽護士說呢，說撈的是個女的，年紀小呢，二、三十歲吧，不是本地人，好像到現在都沒人來認。可憐啊。」

「是啊。」

「所以說，不能一個人住。」大爺有感而發，嘆了口氣說：「我啊，老太婆走得早，兒子、女兒不孝順，現在就一個人住。那天打麻將昏過去的，還是別人把我弄過來的，要指望他們啊……」

他擺了擺手，說：「那我已經沒了。」

老人家在這種話題上總是很有共鳴，丁老頭拍了拍江添和盛望，對大爺說：「看見沒，我啊，也就多虧這倆小的，不然也沒了。」

「哦，孫子啊？」大爺說：「孫子知道孝順也行啊，很好了。」

丁老頭搖了搖頭，片刻後又點了點頭說：「嗯，孫子。親的。」

大爺琢磨兩下，又說：「不對啊，你下午還跟我說你沒小孩，哪來的親孫子。」

丁老頭哈哈笑起來，指著他說：「你怎麼這麼好騙呢。」

「我沒兒子、女兒，但這個比親孫還親。」丁老頭指著江添說：「誰來都不換。」

盛望玩笑說：「那我呢爺爺，我來換麼？」

丁老頭略微遲疑了兩秒。

江添：「……」

老頭又大笑起來，說：「不換，我兩個都要。」

老頭炫了一會兒孫子，護士就進來了，摁著他們讓病人趕緊休息、睡覺，盛望和江添便叫車回了家。

他們有一陣子沒回白馬弄堂了，弄堂依然很深，走到裡面就聽不到市區喧鬧。

院子外面那盞路燈安靜地站在牆角，盛望腳步遲疑了一瞬，忽然想起江添剛住進來的時候了。

那天他站在二樓，看到江添拽著書包站在路燈下。那時候他們關係其實不怎麼樣，但他還是一個衝動叫住了對方。

為什麼呢？

大概是覺得那樣的江添有點孤單吧。

他又想起昨天一瞬閃過的念頭，想說，如果他是跟江添沒有牽牽連連的人就好了，孑然一身百無禁忌，那樣，想做什麼就做什麼，多好。

現在他又覺得，那個想法太幼稚也太自私了。

如果真的孑然一身空空蕩蕩，那就真的太孤單了。沒人喜歡孤零零的，不論是病房裡那個抱怨的大爺，還是慶幸的丁老頭，抑或是那個至今沒人認領的無名女人。

誰都不喜歡那樣。

他當初叫住江添，就是想把對方拉進熱鬧裡來，既然進來了，就不要再回去了。

不管因為什麼，都不要回去。

我喜歡你，所以希望你被簇擁包圍，所以你走的路要繁花盛開，要人聲鼎沸。

「發什麼呆？」江添走了幾步，發現某人落在了後面。

盛望站在路燈下說：「不是發呆，我在反省。」

「反省什麼？」江添一臉疑問。

「反省這條路鬼影子都沒有，我爸跟江阿姨又不在家，我幹麼要這麼規規矩矩地走。」

「你怎麼知道他們不在家？」江添問。

「當然旁敲側擊問來的。」盛望說：「要都在家，我們回來幹麼，上演感天動地兄弟情麼？」

「不是回來拿吉他麼？」江添說。

盛望：「啊？」

江添問：「你什麼表情？」

盛望癱著臉盯了他幾秒，跑過去跳起來掛在他背後，「你他媽故意的吧？」

這個年紀的男生看著雖瘦，重量卻一點不輕。

江添被他帶得往後退了一步，眼裡帶著兩分笑意說：「我故意什麼了？」

「不是。」盛望怒問：「你不會真信了是跑回來拿吉他的吧？」

「那你想幹麼？」江添問。

盛望沒了聲息。

其實他真沒想過要幹麼，就是覺得學校太悶了，有太多人看著，他們只能在別人不注意的瞬間稍微顯露一點親暱，其他時候都束手束腳。

地下情是很刺激，但真的憋得慌，他就想找個沒人看的地方透口氣，但江添這麼一問，反而顯得他好像圖謀不軌似的。

「幹什麼呢？我這麼正經。」盛望斥道。

江添背後掛了個人，愣是穩穩走到門口開了鎖進去。

他推開門的時候偏頭回了一句：「我好像什麼也沒說。」

——靠。

盛望撤開手默默低頭換鞋，結果正經了沒兩秒，他就抓著江添的後脖頸跟對方親了起來。

他主動的，所以也沒臉再嚷嚷什麼「很正經」之類的話，但只要想到江添那股悶騷勁，他就有點憤懣，於是他又主動讓開一些，然後使壞似的親了一下江添的喉結。

親到喉結滑動了一下，撒腿就跑。

屋子裡沒開燈，四處一片昏暗。

只有院外的路燈穿過露臺落地門，在地上鋪了一片清透淺淡的光。

盛望習慣了宿舍構造，冷不丁回來有點不適應，一路過去叮叮噹噹撞到了不少東西。

江添拇指、食指磨捏著喉結，站在玄關處怔了好久，剛回神就聽到了那一堆動靜。他忍了幾秒，還是沒忍住說：「你聽起來像什麼知道麼？」

盛望的聲音已經到了樓梯上：「像什麼？」

「剛出籠的傻鳥……」江添說。

「閉嘴！」

「……撲著翅膀滿地方亂飛。」江添平靜地說完了後半句。

「放你的屁。」

「撞暈是遲早的。」江添又補了一句。

「滾，你怎麼突然話這麼多了。」

江添拍了開關，頂燈瞬間全亮。他看見盛望趴在二樓欄杆上，肆無忌憚地衝他叫囂。

兩人鬧了一會兒，接了趙曦的電話，簡單說了去醫院看丁老頭的情況，然後才慢慢老實下來。

週考完沒有作業，第二天是突如其來的假期，盛明陽和江鷗都不在家，盛望忽然有點不知道怎麼去花這些時間了。

挺無聊的，但他又莫名很開心。好像跟江添一起待著，哪怕是對著發呆都很有意思。

算了，對著發呆有點傻逼。

他去自己房裡洗了個澡，頭髮都沒吹乾，脖子上掛著毛巾就下來了，在電視上撥撥弄弄開了個遊戲。但是並肩坐著打遊戲，這就太兄弟了，於是他又撥撥弄弄換了一部電影。

江添擦著頭髮下到客廳的時候，盛望正從儲物室裡翻出他兩、三年沒碰的吉他，鼻尖上都滲了汗，還碰了一手灰。

「不是說拿吉他是騙人的麼？」江添說。

「那也不能真的不碰吧？」盛望把吉他擦了一遍，擱在沙發旁邊，又去洗了個手。

這少爺有紙巾不用，甩了江添一臉水，這才大馬金刀地在沙發裡窩下來，問江添：「鯉魚打算唱哪首來著？」

「沒定。」江添在他旁邊坐下來，「她說，能學會哪首唱哪首，反正她都會跑調。」

盛望：「……老何怎麼沒削你們？」

何進不僅沒削他們，還為他們的奉獻精神鼓了掌，就是到時候觀眾可能想削他們。

「你什麼時候學的？」江添問。

「初一還是初二，忘了。」盛望說：「那時候閒的，學了不少東西。什麼空手道、吉他、籃球……」

他報了很多，江添一聽就明白了。

這少爺就是沒有長性，什麼都想試試，哪個帥學哪個。

「你學過空手道，還說自己手無縛雞之力？」江添說。

「因為煩啊。」盛望有一搭沒一搭地撥著弦，說：「又不是每個學校都跟附中似的。我初三待的那間學校，找茬打架的人特別多，可能也是中二病病得有點重，我剛去第三天就被人攔了，非說我搶他女朋友。」

江添挑起眉。

盛望吐槽說：「搶他大爺的女朋友，我人都沒認全呢。」

「然後呢？」江添換了個姿勢，讓他曲著的腿靠過來。

「然後那傻逼想打我，被我打了。」

盛望回味了一下，說：「被打得挺醜的。我當時是很爽，後來一年時間一直在後悔。因為隔三差五有人來找打，然後就動不動被老師請家長，我爸當然是請不過去的，所以老師就找我談話，一禮拜談兩、三回。後來我就學到了，每次轉學第一件事就是聲明我手無縛雞之力，由此避開了很多傻逼。」

「我第一天見你的時候，以為你也是那種一惹就毛的……」盛望頓了一下。

江添瞥向他，「一惹就毛的傻逼？」

「一惹就毛的朋友。」盛望換了個詞，然後立刻說：「沒想到是個男朋友。」

他低著頭撥撥弄弄，然後抬眼邀誇，「幾年過去了，我居然還記得怎麼調音，帥麼？」

「湊合。」江添說

「……」

盛望默默看了他一會兒，一骨碌翻過去把他壓抵在了沙發裡，一邊撓腰一邊問：「你這也湊合那也一般，怎麼這麼難伺候？嗯？」

江添曲起一條腿，一邊擋著免得他滾下去，一邊還得去攥他的手。就這樣還是沒擋住，三滾兩滾就雙雙掉到了地毯上。

這個年紀的男生總是很容易鬧出火來，沒多久，盛望就弓起腰不敢動了。他頭髮凌亂喘著氣看了江添一會兒，讓開身體坐到了旁邊。

螢幕上的電影早就被按了靜音，客廳的大燈也關了，只有沙發後面的一盞落地燈。

盛望抵著江添的肩，心臟怦怦跳。

他抿著唇深呼吸了幾下，啞聲說：「明天再練，我先回房間……」

江添忽然說：「你衛生間隔音很差。」

盛望一僵。

下一秒，他聽見江添低聲說：「我幫你。」

直到這時候，盛望才發現自己是言語上的巨人，行動上的矮子。平日裡逗起江添來得心應手，現在卻因為一句「我幫你」就兵荒馬亂，潰不成軍。

兩人最終也沒敢在客廳胡鬧，還是回了盛望的臥室。

他仰靠在床頭，左手手背抵著眼，右手抓著江添的手腕，手指勾著對方的指縫，並沒有攥緊。手背下的眼睛有點潮，不知道是汗還是別的什麼。他眼睫翕張幾下，從縫隙間朝下看去。

江添的手筋骨修長，腕部往下都沒入了他棉質的長褲布料裡。他茫然半晌才找到焦距，剛看清就又失了焦。

他在一片空白中轉過頭，咬上了江添的脖子。

明明是冬天，房間裡卻一片悶熱。空調在嗡嗡運轉，盛望感覺自己的大腦跟它趨近一致，過了好半晌，他才鬆開口。

江添的眸光也很亂，他偏頭去抽紙巾，正要起身坐到床邊去擦手，就被盛望翻身壓住了。

一個這麼高的大男生分量其實很沉，他半跪在江添身前，半垂著眸子啞聲說：「我差點以為只有我一個人這麼不禁鬧。」

「禮尚往來。」他說。

盛望第一次看見江添這種樣子，半睜的雙眸很性感，發紅的喉結也很性感。

這是我一個人的，誰都看不到。他想。

房間好像更熱了，他舔了一下發乾的嘴唇，收緊手指對江添說：「哥，我想拍你。」

江添曲起一條腿，閉了眼睛。片刻後又微微睜開，他伸手扣住盛望的後頸，低喘一聲，然後偏頭吻過去。

盛望第二天是被樓梯上的動靜驚醒的。

江添已經掀開被子坐在了床邊，皺眉聽著外面的聲音。他摸出手機看了一眼時間，壓低聲音問：「他們幾號回來？」

盛望還陷在剛睜眼的茫然中，愣了好幾秒才明白江添問的是盛明陽和江鷗，「週四啊。」

他嗓子沙啞得厲害，說完端起床頭的杯子灌了兩口水，然後動作一僵，水差點兒潑了一床。

樓下的說話聲不太清晰，但他還是聽了出來，確實是盛明陽和江鷗。

「怎麼今天就回來了？」盛望一骨碌翻坐起來，抓了抓頭髮然後匆忙下地。他拖鞋都沒穿，赤腳踩著地毯走到門邊，本想悄悄觀望一下，誰知剛開門就發現對面衛生間裡有個人——

孫阿姨拎著拖把，看到他愣了一下說：「阿姨吵到你睡覺啦？」

盛望有點懵，「阿姨妳怎麼來這個衛生間了？」

「樓下水龍頭壞了。」孫阿姨說完訝異道：「誒？小添啊，你昨晚也睡這邊了？」

盛望這才想起來背後還有個人，差點兒條件反射把門懟上，好在江添淡定許多，他拎了外套拍了拍盛望的肩，側身越過他從臥室裡出來，對孫阿姨說：「昨天聊事情聊太晚了。」

「嗯？」盛望愣了一下附和道：「嗯。」

極度熟悉江添的人都知道，他解釋這麼多字其實有點反常。好在孫阿姨並不每天都見，對他還沒熟到那份上，所以沒有聽出問題來。

至於盛望，他剛起床反應總是慢半拍，孫阿姨倒是見怪不怪了。

「我剛看到吉他在客廳。」孫阿姨說。

盛望又是一懵，心說不好，昨晚稀裡糊塗上了樓，吉他那些都沒收。

他下意識解釋道：「我翻出來的，上次跟他說要教他彈吉他。後來講了不少小時候報班的事，就……就帶他上來看獎狀，樓下東西都忘了收。」

孫阿姨笑說：「才多大啊，就開始聊小時候啦？」

盛望乾笑一聲，說：「啊……對，回憶回憶童年。」

江添回隔壁的步子一頓，朝他瞥了一眼，然後擰開門進了自己臥室。盛望也縮了回去，頂著一頭睡亂的頭髮，在屋裡漫無目的地轉了兩圈。

丟把吉他在樓下不是什麼大事，兄弟兩個睡一屋也沒那麼奇怪，最主要的是孫阿姨洗了拖把忙忙碌碌在做打掃，那些話問完就忘，根本沒把這些放心上。

他換了衣服，刷完牙，薄荷味的涼氣一衝，頭腦便理智不少，恢復了一貫的狀態，又覺得剛剛那些都不是什麼大問題了。

慌裡慌張的事被他拋到腦後，昨晚的那些便在腦子裡冒了頭，於是盛望剛出衛生間一步，又轉回去往臉上潑了兩把冷水。

他眉梢眼角帶著水珠又懶得擦，乾脆倚著洗手台，邊刷手機邊等臉乾。

手機螢幕亮個不停，不斷有新消息跳進來，他大致翻了一下然後點進了朋友圈，結果剛好刷到了一條新狀態。

狀態發布於一分鐘之前，這麼點時間裡，留言就已經排成了長龍，內容差異不大，不是「我靠太陽從西邊出來了看我刷到了什麼」，就是「我眼花吧添哥居然發朋友圈了」，還有高天揚、宋思銳幾個活寶在接唱「今天是個好日子」。

朋友圈空空如也的江添，大清早破天荒發了一條狀態，內容非常簡單，就是分享了一首歌的吉他彈奏版，歌名叫《童年》。

班長小鯉魚在下面問說：你打算練這首嗎？那太好了，這首我剛好不大跑調。

下面還有其他幾個同學跟著應和說「可以、可以，簡單又好聽」。只有盛望知道，某人在隱晦地調侃他回孫阿姨的那句「昨晚在回憶童年」。

因為這條分享，盛望又往臉上潑了兩次水，然後在那條長龍下發了一句留言。

你再說一遍：自學去吧。

幾秒後，高天揚回覆他：好凶的弟弟。

宋思銳立刻跟上，結果他剛複製完，高天揚就把這句刪了，改成：好凶的盛哥。

大宋：……你玩我呢？

盛望被這倆活寶惹笑了，於是下樓的時候狀態還算放鬆。

他其實有點怕見盛明陽和江鷗，所以一直磨磨蹭蹭不想下去，結果走到客廳就發現，江添已經先他一步坐在了沙發上，他便忽然定了心。

「你不是說週四才回麼？怎麼今天突然回來了？」盛望問道。

盛明陽說：「本來是說週四，但是附中門口出那麼大事，我肯定要回來看看才放心。而且，聽說那個帶你們吃午飯的老爺子病了？」

「這你都知道？」盛望跟江添對視了一眼，訝異道：「我好像都沒跟你提。」

盛明陽笑說：「附中我認識的人還是挺多的，消息靈通一點不是很正常？」

當初選擇把盛望轉過來，就有這個原因。盛明陽認識附中不少人，在這裡也方便照應，倒是盛望自己忘了這茬。

他怔然片刻，「哦」了一聲。

盛明陽沒發現他那瞬間的異樣，問道：「那老爺子現在怎麼樣？」

「送醫院了，有點微量腦出血，住院吊點滴，人已經醒了，醫生說問題不大。」盛望回答道。

託丁老頭照顧了這麼久，老人家生病了，兩位做家長的不可能不去看望，於是這天下午一行四人去了一趟醫院。

這家醫院以腦科著名，每天都人流如潮，只有住院部這邊安靜一些。

幾棟高矮不一的樓房被人工湖景和花園簇擁著，相互之間有長廊相連，是個很適合養病的地方。湖邊和花園裡有家屬推著輪椅帶病人散心，三三兩兩。

盛明陽拎了一大堆吃用的禮盒，在江鷗的介紹下，三言兩語就跟丁老頭混了個熟，沒多會兒便談笑風生。

江鷗拎著病房裡的空水壺出去裝開水，說順便洗兩個柿子來剝。

屋裡的人聊著聊著，話題又轉到了附中門口撈到的女人身上。

這事跟他們其實不相干，但老人家就是愛操心，東聽一句西聽一句，打發時間。

這麼大一個市，這種案子說多不多，但說少也不少。沒出結果之前，總會成為整個片區的談資，於是流言紛飛，說什麼的都有。

隔壁床的大爺神神祕祕地說：「我剛剛下去遛彎，聽人說啊，那個女的被人認了。」

「那就好。」丁老頭點了點頭說：「一直沒人認也怪可憐的。不過這家人也真是夠可以的，那麼大一個人沒了都不知道嗎？」

「不是。」大爺擺了擺手說：「不是家裡人認的，是另一個女的。」

「另一個女的？什麼意思？」

「朋友麼？」盛明陽並不熱衷於聊這些，但他會配合老人適當插幾句話。

「哪啊！」大爺又擺了擺手，然後彎了彎兩根拇指，說：「這個關係。」

盛明陽還沒反應過來，大爺「嘖」了一聲，一語道破說：「壓根不是一般朋友，對象！」

「兩個小姑娘？」盛望愣了一下。

「對啊！」大爺搖了搖頭說：「據說沒了的這個女的不太學好，在外面混，家裡跟她不來往了。這次好像欠了高利貸還是跟人結了仇，反正……」他又咂了咂嘴，搖頭說：「不學好，還跟個女的瞎搞，那個叫什麼來著，同……」

「同性戀？」盛明陽提醒道。

盛望之前聽他們聊天有點睏，想拉江添出去轉轉，結果聽到這個詞從他爸嘴裡迸出來，當時就僵了一下。

他飛快地朝江添看了一眼，又轉頭看向盛明陽，就見對方依然一副溫文爾雅的樣子，聽著大爺在那裡下結論說：「對，挺變態的。」

盛望垂在身側的手一陣涼。他白著臉用力地搓著指尖，下意識想反駁大爺一句，結果剛張口就被江添拽了一下。

盛望皺了一下眉，他以為江添要把他拉出去，當作沒聽見。誰知對方只是把他往後拽了一步，自己開口說：「這麼說人不好吧？」

他一向說話直接，丁老頭、盛明陽都知道，這話從他嘴裡說出來倒也正常。

大爺被他問得一愣，盛明陽立刻打圓場說：「確實，人都不在了，而且實際怎麼樣誰知道呢，咱們又不是員警，是吧？」

丁老頭倒是一直沒吭聲，安靜極了。直到跟著江添下樓，盛望才意識到老頭一直沒參與過關於「同性戀」的話題。

他忽然有種直覺，覺得丁老頭雖然從來沒提過，但也許早就知道季寰宇的某些問題了，只是老頭的態度有點怪……

準確來說，丁老頭對季寰宇的態度一直有點怪，不像是單純的鄰居。

沒有哪個鄰居會像老頭一樣指著季寰宇那麼罵，也不會罵完之後獨自翻出老相冊看舊照片。

盛望剛從電梯出來，忽然抓著江添問：「老頭來醫院是你掛的號對吧，你有他社保卡？」

江添疑問道：「問這幹麼？」

「我能看一眼麼？」

「沒在身上。」

「噢。」盛望想了想又問道：「老頭實際姓什麼，你知道麼？」

江添沒想到他會問這個，沉默片刻道：「姓季。」

盛望腳步一剎。

他還記得很早以前丁老頭給他講的那些，說季寰宇小時候也挺可憐的，沒爹沒媽，是個孤兒，被人拾回去，跟其他幾個小孩一起養著。

不算正規孤兒院，就是看他們可憐，給口吃的喝的。後來因為手續不正規，就被取締了，別人都散完了，只有季寰宇還留在這一帶，混到了高中。

老頭說，季寰宇的名字是撿他回去的人取的，跟那人一個姓。

江添看著他愕然的表情，說：「老頭是不是跟你說季寰宇以前的事了？」

盛望遲疑地點了一下頭。

他不確定江添提到季寰宇三個字會不會心情變差，但現在看來好像還行。

「說過季寰宇是孤兒，被人撿回去養？」

「嗯……」

「撿他的就是老頭。」江添說。

盛望忽然明白丁老頭對季寰宇的態度為什麼那麼奇怪了，那不是在看一個普通鄰居，而是在看一個白眼狼「兒子」，一邊氣一邊自責。

氣他混帳不學好，人渣，變態。自責是不是自己哪裡有問題，沒能把撿回來的孩子教好帶好。畢竟不是真父子，他想管，又沒有立場管，只能遠遠地以一個老鄰居的身分做點什麼。他看著江添長大，應該又感慨又欣慰吧，感慨當初那個走歪的孩子，欣慰江添一直走得很正。

但如果……他某天得知，江添喜歡的也是男生呢？

盛望忽然有點不敢想了。

附中門口那個案子並不那麼難辦，很快就有了結論，居然跟病房大爺說的有七分相近。

去認領的確實是那個女人的同性戀人，犯案兇手是那女人以前的朋友。

理由牽扯到了錢、牽扯到了日常瑣碎小事，還有被動的說不清的感情瓜葛，既簡單也複雜，個中條縷只有他們自己心裡清楚。

東門那條河的角落裡有人放了一捧百合花，途經的學生看到了，到班裡一陣唏噓議論，然後，便也沒有然後了。

這世間悲喜不通，某個人的生死別離在別人眼裡，可能就只是一捧白花而已。

這些事傳到教室的那天，週考成績剛好也出來了。

宋思銳課間去辦公室送了一趟作業，回來就撲到了江添桌邊，一臉震驚至極又不知怎麼開口的模樣。

高天揚重重拍了他兩下，「誒！中邪了你？魂呢？」

宋思銳瞪著眼睛說：「我看到排名表了……」

「然後呢？」高天揚問。

「第一不是添哥。」宋思銳說。

「啥？」

第一居然不是江添，這對整個高二年級來說是件難得一遇的大事，瞬間就傳遍了各個班。

B班上節剛好是體育課，盛望搭著外套從操場回來，抬手接了另一個男生甩過來的籃球，正要進教室呢，就從路過的同學口中聽到了這句話，指尖轉著的球咚地掉在了地上。

教室裡已經有人在議論了，有幾個男生圍坐在相鄰的幾張桌子上，用難以置信的語氣說：「誰傳的？看到排名表沒啊，不太可能吧？」

盛望彎腰撿起籃球，丟在教室角落的架子上。

史雨隔著桌子衝他說：「盛哥！添哥這次不是第一，你聽說沒？」

「聽說了。」盛望走回座位，把外套往椅背上一搭，「那麼多題目沒寫還第一，你們真當他是掛啊？」

這麼一說眾人才想起來，他跟江添週考是出了狀況的，因為送人去醫院，耽誤了考試，就那點時間，怎麼也不可能把考卷寫完。

江添做題速度出了名地快，但仍然有三十多分的題目沒來得及動。

要是換成別人，恐怕當場就崩了。

在這種情況下，居然還有人因為他不是第一而感到驚訝，只能說他平時太過一騎絕塵了。

盛望喝著水聽他們瞎嗶嗶，臉上一派淡定，心裡翻天覆地。

他恨不得搶了班主任的小麥克風跟所有人說：不好意思，這個叫江添的掛已經歸我了。

但同時他又有一點擔心。他知道江添不會砸得太離譜，但他還是想知道實際成績。

大少爺第一次這麼迫切地盼著班主任趕緊來，好在對方沒有辜負他的期待，早早就帶著排名表進了教室。

班主任臉上春風得意，把那張紙在講臺上壓平，大聲說：「咱們班這次考得不錯，幾乎每門平均分都有上升，還有三位同學擠進了前四十五，咱們班的第一，年級排名十二，完全超出我的預料，還……」

他興致勃勃說了半天，一抬頭發現大家並沒有仔細聽，大多數人臉上是明晃晃的八卦欲。

坐在最前面的一個男生沒忍住，小聲問道：「老師，你先說說年級第一？」

班主任住了嘴，他沒好氣地掃視一圈，說：「年級第一A班黎佳。」

盛望輕輕「啊」了一聲，心說小辣椒這次出息了。

班主任又說：「你們哪裡是好奇第一啊，你們就是好奇江添這次考第幾，當我看不出來啊？」

下面同學紛紛清起了喉嚨。

班主任呵地笑了一聲，曲著指節敲桌子說：「來，乾脆這樣，你們猜猜吧，我話放這裡，人家三十六分的題目一個字沒動。」

之前盛望那句解釋只有小部分人聽見，班主任這麼一說，全班都反應過來了。

學生就是這樣，一聽到這種成績相關的話，就喜歡代入自己想一想。眾人下意識設想了一下，如果自己總分直接抹掉三十六……

算了，太過窒息。

還是那個憋不住的前排男生說：「不會還在年級前三十、前二十釘著吧？」

他在B班數一數二，想要擠進年級前二十仍夠嗆，所以猜測的時候也下意識選了這個位置。

班主任搖了搖頭，「那倒沒有。」

眾人剛想「哦」一聲，表示掛逼也不過如此，就聽班主任大喘一口氣，說：「人家第九。」

草。眾人心裡只剩這個字，就連盛望都先跟了一句，然後嘴角忍不住翹了起來。

——牛逼嗎？我的。

這是江添進附中以來考過的最差成績，但某種程度而言，比他多到麻木的第一名還刺激人。

B班嗡嗡的議論聲持續了好一陣，班主任哐哐敲了桌子才讓教室重歸安靜，「八卦夠了吧？找刺激也夠了吧？能老老實實聽聽自己的成績嗎？」

一群人拖腔拖調答了句「能」。

班主任說：「那按照慣例，我先重點表揚幾個同學。曹子雅，班級排名進步三名，年級進步十二名，這麼聽好像進步也不是特別大對吧？但是！進了十二名以後，年級排名四十三，什麼概念？期末還保持這個狀態，你就能升班了。」

「盧薇，班級排名進步十二名，年級進步三十三名，這個勢頭非常好，繼續保持。」

「郭燦，班級排名掉了一個，從第一掉到了第二。」班主任說著看向了那個活躍的前排男生。

對方一臉懵逼，「……不是先說表揚的嗎？」

「我也沒說要批評你。」班主任立刻鼓勵說：「你雖然班級排名掉了，但是年級排名進步了，十八名。我記得你期中考試很可惜，差一點點就能進A班了，後面每次考試都有進步，要穩住，別飄，啊。」

男生說：「沒飄，老師，我現在比較想知道誰這次班級第一，把我擠掉了。」

班主任扶了扶眼鏡，正色說道：「這次我們班的第一是從A班下來的一個同學，當時換班的時候，年級裡的老師都覺得挺可惜的，事實證明金子藏不住，該發光還是要發光的，實力在那裡，是吧，盛望？」

班主任笑著看過來，全班同學跟著扭過頭來。

盛望愣了一下，然後半開玩笑半淡定地說：「是。」

同學：「嗯？」

這幫人以前沒在A班待過，也沒領教過盛大少爺的孔雀開屏和臭不要臉，一時間根本反應不過來，只想啐他一口。

直到班主任切到下一個話題準備批評人的時候，那個叫郭燦的男生突然「我操」一聲，又轉過頭來。

「幹麼呢？」班主任對成績好的學生容忍度高一點，但也不代表能讓他爆著粗口亂打岔。

郭燦說：「他考試不是也遲到了嗎？」

班主任點頭，「對啊！」

眾人愣了一下，這才反應過來他在臥槽什麼——盛望跟江添一樣考試耽誤了大半場，如果江添有三十來分的題目空著，那他也好不到哪裡去。

在這種情況下……B班第一？年級十二？

那不是離江添已經不遠了？

班主任說：「人家其他幾門基本沒有失誤，把分數救了起來，心態非常穩。」

眾人心說：這特麼哪叫心態，叫變態吧。

這節課後，傳遍全年級的名字除了江添，又多了個盛望。

這種並肩一起浪的感覺還不賴，大少爺相當滿意，只是他跟江添之間還隔著幾名，略有點遺憾。他琢磨了一下，偷偷給樓上那位發了條微信……

你再說一遍：好不容易等你考砸一回，我還離你三名遠

你再說一遍：你有點難追

某某：？

某某：我幫你追

盛望盯著那個介面，忽然覺得那個曖昧的備註名可以收一收了。明明有情侶名在那裡，不看多浪費。

於是他把江添備註名那欄清空，對話方塊便刷新了。

你再說一遍：你有點難追

哦：我幫你追

考試總是這樣，幾家歡喜幾家愁，B班大體不錯，但仍有考砸了的，比如某些上次進步就飄了的、比如個別談戀愛影響狀態的。

所以成績下來之後，班上的氛圍多少有點沉悶，但很快又被放假通知調動起來。

雖然河邊女屍的案子有眉目了，附中仍然說話算話，通知一週不上晚自習，還真就打算放足一週。因為學生宿舍跟那條河只有一堵圍牆之隔，很多住宿生都簽了條，決定回家住一陣子。

邱文斌這學期成績進步飛快，他從江添、盛望這裡學到了不少技巧，一輪輪週考下來，考場從十二班跳到了八班，年級排名從倒數爬到了幾近中部，跟家裡關係好了不少。他爸媽生怕學校周邊的意外影響他上升的狀態，急忙把他接回了家。

史雨本來不想簽假條，他想利用這段沒有晚自習的時間跟小女朋友多相處相處，結果賀舒卻並沒有這種想法。

一來她膽子小，怕黑、怕鬼、怕各種東西，自從河裡撈了人，她根本不敢往東門那個方向去，也不敢在學校待到晚上。

二來她這次週考砸了鍋，心情低落，沒有心思談戀愛。

史雨一個人在學校沒滋沒味，也選擇了回家住一陣子，於是四人宿舍變成了兩人間，轉眼只剩下盛望和江添。

盛明陽本想讓他倆也回家住，但盛望藉口「要教哥哥彈吉他」，把盛明陽和江鷗說服了。

盛明陽是欣慰於兄弟情深，不想煞風景。江鷗則是因為意外，她沒想到江添居然有答應參加校園文化藝術節的一天，活像珍稀物種出洞，不敢驚擾。

於是盛望總算撈到了一點真正的二人時間，跟他哥「廝混」了一週。

接著，藝術節說來就來。

藝術節舞臺在附中大禮堂。

下午開始，高一的班級就紛紛去彩排了，前面那棟樓人來人往，忙進忙出。高二倒是淡定不少，至少下午的自習課老老實實上完了。

盛望下課前刷完了全部考卷，掐著時間點給江添發微信。

你再說一遍：男朋友來查崗了

哦：？

哦：我在教室

你再說一遍：誰查這個

你再說一遍：今明兩天的考卷寫完沒？

藝術節第二天放假，算是高二期末考試前最後的狂歡，不過有的老師安排起作業來也很「狂歡」，不要錢地往下扔。

盛望想明天出去轉轉，於是催著樓上那位趕緊把作業寫了。誰知江添很快發來一張照片，拍的是他的桌面，上面總共就三張考卷，已經全部做完了。

哦：老何、菁姐沒發考卷，兩天一共這麼多

你再說一遍：靠！我要回A班

盛望被刺激得不輕，收起刷完的十張卷，正準備去樓上找刺激人的那位吃晚飯，音樂老師就進了教室。

她站在前門口啪啪拍了兩下手，說：「來，東西收一收啊，我們去禮堂那邊。」

「這麼早？」

「不早了，藝術節七點開始，這都五點半了。」音樂老師說：「快，走了。」

「我們都還沒吃晚飯。」

音樂老師：「班長呢？還有文娛委員，去超市先買點東西墊一墊。你們節目還挺靠前的，表演完了慢慢吃。」

盛望「嘖」了一聲，只得又摸出手機給江添發微信，讓他自己去食堂。

大禮堂後臺有一排休息室，因為數量有限，基本都是兩個班共用，盛望他們這間門上就貼著「A、B班」，但並不見A班的人。

「不公平，老師……」不少人敲著礦泉水瓶衝音樂老師抱怨：「憑什麼A班的人可以去吃晚飯，我們就得來這麼早？」

「你第一天見識啊？A班那幫人不一直這樣麼，不到節目快開場都懶得來休息室晃。藝術節又不拿獎！」

音樂老師拍了說話的男生一巴掌，說：「就你長嘴，把衣服換了過來化妝！A班人少，我讓他們不用急著來，來了也是乾等著無聊。」

化妝臺旁邊的桌子上堆滿了未拆封的衣服，一水兒的白襯衫、黑色長褲，簡單省事。

盛望走過去翻了一下，轉頭問：「隨便拿麼？」

「不是，標了名字的。之前不是統計過每個人的尺碼麼，別穿錯。」音樂老師說：「裡面還有A班的幾件啊，你們看清楚再拿。」

「A班跟我們穿一樣啊？老師妳也太省事了。」

盛望本以為名字會貼在袋子上，再不然就是領口、袖口這種看不出來的地方。萬萬沒想到這音樂老師也是個寶才，她讓人把名字印在了襯衫背後，還是塗鴉體。

正面看規規矩矩，轉過去又騷又醒目。

袋子一拆，休息室裡紛紛響起了「臥槽」的叫聲。

盛望扒拉出自己的那件，又想起了上次運動會的那件「超A」班服，沒忍住拍了一張照片給江添發過去。

你再說一遍：這老師有毒

你再說一遍：我懷疑她是高天揚家的親戚，騷起來跟老高如出一轍

哦：正合你胃口

哦：你上次不是積極要穿？

你再說一遍：？？？

你再說一遍：我那是為了騙你穿，你弄清楚點

你再說一遍：哦對，你等下

他又扒拉出江添的那件，拍了張照發過去。

你再說一遍：看，你也跑不掉，開心嗎？

哦：……

哦：幫我燒了

哦：我不穿

想起江添那副不甘不願的冷臉，盛望就笑得不行。

剛笑完，休息室的門就被人推開了，兩撥人前後腳進來。前面兩個是去買晚飯的B班班長和文娛委員，手裡拎著四個碩大購物袋，裡面塞滿了麵包和餅乾。

一群人蜂擁而上鬨鬧著正要搶，後面那撥人就進了門。

眾人愣了一下，瞬間叫道：「見了鬼了，你們A班今天這麼早來？！」

A班這次破天荒來了個早，連表演帶幫忙，到了七、八個人。

江添走在最後，耳朵裡塞著白色耳機，左手滑著手機，右手拎著一個食堂的打包袋，香味從裡面散出來。

他低頭進門，衝盛望舉了舉手裡的袋子說：「晚飯。」

抓著麵包、餅乾的那群人瞬間瘋了，立刻轉頭質問班長說：「我們怎麼就沒點熱食？你們幹麼不去食堂買？」

「做夢，食堂排隊！」班長沒好氣地說。

高天揚跟誰都熟，抖了抖手裡的相聲稿子插話道：「不，排隊不是問題，關鍵在於缺個哥。」

盛望不輕不重踹了他後膝蓋一腳，笑罵道：「滾，羨慕啊？」

「不羨慕，盛哥你好好珍惜這段時光，以後這種待遇就得歸別人了，是吧添哥？」高天揚拽了把椅子坐到盛望面前，趴在椅背上衝江添擠眉弄眼。

江添把吃的擱在盛望手邊，皺眉問他：「扯什麼呢？」

「嘖……」高天揚不滿地抬起頭，他趁著其他人沒注意，壓低聲音提醒道：「跟你聊天那個啊，漂亮瘋了的。不是妥妥的準女朋友麼？」

盛望：「……」

江添飛快朝某人瞥了一眼，抓過未拆封的襯衫丟到一邊，「嗯」了一聲。

片刻後又補了一句：「把準字去了。」

高天揚：「噫！」

江添簡簡單單一句話差點兒把發小憋瘋了。

要不是有老師在場，高天揚能抓著他八卦到天荒地老。

〔Chapter 5〕

無人知曉他們在一起，
但人人都曾見過
他們在一起的樣子

B班那群人在啃乾糧，楊菁和招財喊了小辣椒來幫忙，給女生們化起了妝。

音樂老師負責抓男生塗粉底，抓得雞飛狗跳。

高天揚讓開那群瘋跑的人，又把椅子往盛望面前挪了挪，企圖拉盟友，「哎，盛哥你聽見沒？添哥有女朋友了。」

小辣椒幫楊菁舉著化妝刷，聞言猛地轉過頭來，先是一臉震驚，然後連忙踹了他椅子一腳。

高天揚差點摔地上。

他穩住身形，轉頭問：「踹我幹麼？」

小辣椒朝楊菁她們使了個眼色，從唇縫裡迸出幾個字說：「你以為你嗓門多小啊？」

高天揚一縮脖子，閉嘴老實起來。

這之後，憋得慌的人除了高天揚，又多了個小辣椒。她本來眼睛就大，瞪大了之後更是明顯，總偷偷朝江添這邊瞄，一副打死都不敢相信的模樣，後來撞上盛望的目光才慌慌張張收回去，紅著臉沒再有動靜。

楊菁正給鯉魚化妝。她在掃眼影的間隙四處聊天，還問江添：「聽說你吉他現學的？」

「嗯。」

「練得怎麼樣啦？」

江添還沒吭聲，盛望的動作先僵了一下。

他朝嘴裡丟了個冬棗，心想這真是個好問題……

他打著要教江添彈吉他的幌子，在學校住了一週，除了吉他沒練熟，其他什麼都練了。

這個年紀本就熱烈又躁動，食髓知味，有些事一旦開了頭就很難再摁回去。

宿舍的上下鋪不寬，床簾一掛就像個與世隔絕的祕地，逼仄、狹窄，但極有安全感，他們在裡面接吻愛撫，做著私密又親暱的事。

十、七八歲的男生體火旺，盛望平時還好，這種時候總是極容易出汗。他一直以為他哥不會出汗，冷冰冰的好像從不怕熱。這些天裡才發現原來彼此彼此。

江添穿著長褲，額間汗濕，伸手去拿水杯的時候，肩背脖頸的線條會拉出好看的弧度，跟白天的他相似又相反，有種說不出的性感。

只要看到這一面，盛望就根本想不起屋裡還有把吉他。

他這個「老師」當得根本不及格，「學生」也一點都不勤奮。唯一值得慶幸的是對方真的聰明，三天打魚兩天曬網，居然把《童年》學下來了。

江添正答著楊菁的話，盛望剛回神就聽見旁邊一聲驚呼，接著什麼東西濺到了他的白襯衫上。

他低頭一看，左邊下半截到衣襬斜飛了一排墨點子。

「……對不起！」班長抓著一枝鋼筆，表情已經懵了，「我在改一會兒串場要用的詞，筆不出墨，就甩了兩下。」

音樂老師放開手裡那個男生的臉，大步走過來，抻直盛望的衣角然後搖頭說：「不行啊，太明顯了這個，你站第一排正中間，門面怎麼能穿個髒衣服。」

班長感覺自己闖了禍，扯了張濕紙巾，毛手毛腳就要來擦。

「哎，別……」音樂老師沒抓住他，墨點子被紙巾一抹，又暈染開幾分。

盛望：「……班長，我建議你逃命。」

音樂老師瞪著眼睛轉頭，班長已經慌裡慌張跑向了門口。

事已至此，發脾氣是沒用的，總得把這衣服給解決了。

「要不脫了襯衫，只穿裡面的白T？」楊菁提議說。

「大合唱啊，服裝不統一太難看了，有點瑕疵也很難看。」音樂老師想了想問說：「要不跟後排的換一換？」

「我的給你。」江添把他那件沒拆封的襯衫遞給盛望。

音樂老師愣了一下，「給他，你穿什麼？」

「隨便穿，又不是集體節目。」江添說。

鯉魚附和道：「我們節目就兩個人，顏色差不多就行了吧老師？」

「也行。」音樂老師說。

盛望很快換好了衣服，背後頂著「江添」兩個大字，前面倒是一片雪白，看不出任何問題。

「那一會兒下臺的時候你注意點，最多側對著觀眾席，後面的人別離他太遠，擋一擋。」音樂老師交代著：「不然頂著別人的名字也有點尷尬。」

楊菁在旁邊拆臺道：「妳想多了，他才不會尷尬呢。」

盛望笑起來。

他當然知道楊菁不是那個意思，但對他自己來說，穿著帶有江添名字的襯衫，有種莫名的公之於眾的錯覺。

休息室的門被人敲響，負責統籌的老師過來提醒說：「高二B班的節目還有十五分鐘，你們準備一下。B班下來就是A班，相聲先上，吉他伴唱隨後。」

統籌老師一走，休息室裡的氛圍頓時緊張起來，原本說笑玩鬧的人都停了下來，有要上廁所的、有要出去透透氣的，還有要去舞臺側面觀望一下的。

鯉魚容易緊張，楊菁給她化完妝，她就拽著小辣椒出去了。B班大部分人都化完了妝，就連男生都簡單打了個底，楊菁舉著化妝刷環視一圈，把魔爪伸向了盛望。

「你是門面對吧？過來，老師給你搞個帥氣的妝！」她招了招手。

「不不不。」盛望連忙讓開，「我就算了。」

「別人都化了，你怎麼不合群？」

盛望一把拽過江添擋在面前，說：「老師妳非要過癮拿他過，他化我就化。」

楊菁還沒張口，江添就說：「不可能。」

最後還是音樂老師制止了楊菁的惡趣味，「他倆這個膚色哪裡用塗粉，我帶來的粉能把他倆塗黑，妳信麼？」

楊菁看了看手裡的粉底色號，一時間居然無法反駁，只得放下了刷子。

盛望掛在江添肩上鬆了一口氣，結果就見楊菁轉了兩圈，在化妝箱裡挑挑揀揀，又翻出了一支口紅。

「粉底不塗就算了，口紅還是要的，不然上臺沒氣色。」楊菁語重心長地說：「舞臺燈光能把人照得像病入膏肓。」

音樂老師這次沒制止，反而積極附和說：「這是真的。」

盛望跟楊菁對峙幾秒，拔腿就跑。結果江添個王八蛋居然拽了他一下，嚴重干擾到了他的逃跑效率，而B班那幫已經被塗抹過的男生也不肯放過他，本著彼此共沉淪的心態，群起而攻之，把他摁到了楊菁手下。

「這顏色皮膚白的男生用了很帥，你放心。」菁姐說著魔鬼的話，不由分說給他抹了一層。

盛望從沒試過這玩意兒，感覺怪怪的，下意識想用手背抹掉，又被菁姐強行攔住了，「別亂抹啊，抹完嘴就花了。」

「……」盛望想吃人。

楊菁禍禍完一個，又把目光投向了另一個。

江添反應奇快，幾乎在她轉頭的瞬間人已經到了門口，眨眼便消失在了門外。

盛望愣了一秒，當即追了出去，「你別跑，你坑我的時候怎麼沒點負擔呢！」

禮堂一樓聲光聚集，臺前臺後到處都是人。

江添在走廊盡頭腳步一轉，跑向了二樓，盛望跟了過去。

追逐的兩個大男生身高腿長，上樓梯都是一步三級，幾個輪轉就已經到了四樓。

二樓還有去上廁所的，三、四兩樓連燈都沒開，四周圍是一片昏昏然的黑暗。音響和熱鬧沉在腳下，隔著厚厚的牆壁，顯得有點悶。

四樓的樓梯通往天臺，盛望跑到這裡就覺得有點涼，恰好江添也減了步速，他二話不說勒住了江添的脖子，把他拉得彎下腰來，笑罵著問：「還坑不坑我？再坑，一起上天臺同歸於盡。」

江添任他勒著，撐著膝蓋緩著氣，沉笑了一聲說：「不至於。」

「放屁，到你這就不至於了。我被菁姐摁著的時候，你怎麼不說不至於？」盛望重量幾乎全壓在他身上，也藉機喘著氣。

他掛了一會兒，忽然發現自己手心蹭了一大片灰，於是放開了江添的脖子，「靠，這樓梯扶手一年沒擦了吧。」

「旁邊就是廁所。」江添衝那邊抬了抬下巴，「去洗。」

月光順著天臺樓梯流瀉下來，又清又亮。

江添直起身找了塊乾淨欄杆靠著等人。

盛望洗完出來，一邊甩著手指上的水一邊朝他走去，「反正人要講公平，我塗了，你也得塗，不然這茬兒就過不去了。」

江添看著他走到身邊，問：「你認真的？」

「對，你考慮一下怎麼辦吧。」盛望說。

兩人半真不假地對峙了一會兒，江添終於妥協。

他點了點頭，然後捏著盛望下巴湊過去。

楊菁的口紅質地微微有點黏，唇與唇接觸分離時帶著輕微的拉扯。

江添微微讓開一些，說：「我塗過了。」

「你簡直……」

「什麼？」

「沒。」盛望瞇著眼睛又咬了上去。

小辣椒沒有想到，陪鯉魚上天臺吹風緩解緊張，居然會窺見到這樣一幕。

月光下的樓道角落並不是一片漆黑，所有東西都有著半明半暗的曖昧輪廓，她曾經怦然心動過的男生安靜地吻著另一個男生。

直到那兩人下了樓，她才從大腦一片空白的狀態中回過神，從另一側廁所的牆後走出來。

離B班上場時間很近了，鯉魚從天臺上下來，看到小辣椒的樣子愣了一下，「辣椒？妳幹麼啦？怎麼上了個廁所魂都丟了？」

直到這時，辣椒才真正意識到自己看到了什麼。

「妳沒事吧？」鯉魚越發擔心了。

辣椒被她抓著胳膊晃了幾下才找回自己的聲音，她張了張口，又抿住唇。過了片刻，搖頭說：「沒，我就是……想起來一點事情。」

「什麼事啊？要緊麼？」

「沒事。」辣椒又搖了幾下頭說：「沒事。」

B班的大合唱本身其實沒什麼亮點，就是一個省時省事的節目而已，簡單分了聲部，前排女生人手捧了一盞燈，勉強湊了個整齊溫馨，但下臺的時候還是收穫了熱烈掌聲和口哨，盛望心說，真給面子。

表演過的班級不能回後臺，會有老師引導直接去臺下就座。盛望想溜沒能溜掉，只得跟著眾人在B班分到的位置上坐下。他跟旁邊同學借了紙巾，把嘴唇上殘留的顏色擦了個乾淨，然後手指勾著活結，把統一的那條領帶扯了。

剛扯一半，前排幾個別班女生轉了過來，「你今天特別帥。」

盛望愣了一下，「這歌帥得起來？」

「看歌幹麼呀，看臉！」有個女生潑辣又直接，扒著椅背仰臉問道：「你介意交往麼？」

「……」盛望禮貌地笑了笑，「不好意思啊，已經有了。」

女生失望地轉過頭去，旁邊史雨卻差點把頭擰斷，「你剛說什麼？」

盛望靠回椅背，把扯了的領帶捲成一團塞給統一收發的文娛委員，反問說：「你這時候怎麼耳朵這麼尖？」

「真的假的？」史雨難以置信地問。

「你覺得呢？」盛望說。

史雨兀自在那叨咕半天，覺得他只是找了個婉拒的藉口。

盛望也沒多說，指著舞臺示意他老實看節目。

史雨轉過頭去，他自己卻悄悄走了神。

最近的廝混給了他一點肆無忌憚的錯覺，以至於某些時候他明知怎麼回答是最理智的，卻依然忍不住想要透一點風。

他蠢蠢欲動，想在各種隱晦的話語中告訴所有人，他有一個特別喜歡的人，喜歡到不想讓對方藏在黑暗裡。

臺下大笑一陣接一陣，潮來潮退。

盛望在喧鬧中回神，才發現高天揚和宋思銳的相聲已經接近尾聲。

燈光在他們下臺的瞬間慢慢變暗，最後一點消失於大幕右上角。禮堂裡安靜了一會兒，又隨著重新亮起的燈光慢慢有了人聲。

追光燈自上而下像天柱，江添就站在其中一道光的中心。

臺下響起了一片克制的叫聲，但都抵不過B班這邊的嗡嗡議論，他們說些什麼盛望沒聽清，他正定定地看著臺上的人，因為對方身上穿的是他的衣服，那件被誤甩了墨水點的白襯衫。

只是現在，那排墨水點已經看不見了。江添把那半邊衣襬紮進了長褲裡，另外半邊垂在外。布料鬆鬆地搭在腰胯間，彎出幾道幾何形的褶皺。

冷冷的，又透著幾分大男生特有的囂張落拓。

他的眼珠顏色被映得很淺，抬眸間有微微的亮光。他的視線在臺下掃了一圈，找到了盛望所在的地方，淺淺看了一眼便垂眸試起音來。

江添簡單掃了兩下弦，垂下手對旁邊的鯉魚比了個手勢。

吉他木質的音色不緊不慢響了起來。

盛望一度覺得這是一種神奇的樂器，好像隨便一撥，就是陽光迷眼的青春年少，像少年在操場劃了線的長道上奔跑，但又總帶著幾分莫名的回憶意味，以至於他明明就在這個年紀裡，卻在某個瞬間想用「那一年」來形容這一幕。

那一年，他喜歡的那個人在臺上彈完一首歌，轉身下臺的時候，背上印著他的名字。

臺下的掌聲熱烈而經久，就像一場盛大的祝福。

無人知曉他們在一起，但人人都曾見過他們在一起的樣子。

對每天埋頭試卷，宿舍、食堂、教室三點一線的學生來說，一年到頭沒有什麼節日特別值得關注，只有放假最有意義。

附中的學生數日子靠週考、月考和大型活動，看到運動會就知道十一了，看到藝術節就知道一年要到頭了。

盛望還沒有形成這種條件反射。

他賴在江添床上，光明正大地睡了個懶覺。直到太陽照臉，他迷迷糊糊撈過手機一看，這才發現螢幕上寫著大大的十二月三十一日。

「起床麼？」江添問。

「不。」盛望丟開手機。

這床窄得要命，睡兩個大男生更是擁擠。難為他還翻了個身，手腳並用摟枕頭似的摟住江添，懶洋洋地說：「明天居然是元旦。」

他閉著眼半埋在被子裡，也不知道是單純不想動，還是打算再睡一會兒。江添認命地當著抱枕，他左手其實被壓得有點麻，但反正已經麻了，便沒打算吭聲。

「元旦怎麼了？」他問。

盛望像是又要睡著了，過了一會兒才回答說：「沒怎麼，感慨感慨。感覺這半年特別長，比我以前十幾年加起來都長。」

「有麼？」江添也閉上了眼，他本來已經很清醒了，又被旁邊人的說話聲弄得有點睏。

盛望說：「可能以前不記事。」

每天做了什麼，遇到過誰，大大小小他總是轉頭就忘。春夏秋冬都換得很快，好像刷刷考卷，課間打幾個瞌睡再發幾場呆，時間就這麼過去了。

「現在就不同了，屁大點事記得清清楚楚。」

「為什麼？」

因為想多記住一點，怎麼認識的、怎麼喜歡的，又是怎麼在一起的……他也不知道為什麼要記這些，只覺得自己像個摟著金銀堆的財迷，元寶他要，銅板也不能丟。少一分一厘都覺得虧大了。

他以前一直不理解那些吃喝拉撒睡什麼都要拍照紀念的人，覺得酸溜溜的太過肉麻，現在卻忽然能明白一點了。

但這話有點矯情，給他十張臉他也說不出口，於是他回答江添說：「不知道，可能青春期二次發育了，腦子好，記憶強。」

江添大概被他雷得不輕，憋了半天沒憋住，短促又刻薄地冷笑了一聲。

「你嘲諷我？」盛望從被窩裡抬起臉，他悶得有幾分熱，頭髮淩亂地扎著眼，逼視他哥。

對方沒睜眼，悶不吭聲裝死了事。

盛望盯了一會兒，被窩裡的手悄悄往下，突然偷襲似的順著腰胯往對方長褲裡探。

江添弓起腰，一把抓住他的手腕，睜開眼木然地看著他，「……」

盛望惡作劇得逞，抽了手連滾帶爬下了床，一溜跑到洗手臺那邊，扶著牆笑得特別痞，「我就打聲招呼，早上好啊，江小添同學。」

就因為這聲流氓招呼，他出門的時候下嘴唇是破的。

附中的放假方式向來奇葩、佛系、隨緣，撈到哪天是哪天。市內其他幾所學校都是一號休，它偏要把假期放在三十一號。

學校裡面沒什麼人，處處透著熱鬧過後的冷清，頗有點寒冬蕭瑟的意味，喜樂便利商店破天荒沒開門，就連校門口的流動小吃攤都少了一大半。

江添有點事要去北門，兩人在街巷裡七拐八拐，進了一家叫「酒老太」的小店吃早飯。像這種小門面，美食**APP**上都不一定找得到名字。

「這種地方你都找得到？」盛望找了個位置坐下來，翻著簡陋的早點單。

「以前老頭常來買花生下酒。」江添說。

「西門跑來北門買花生？」盛望感嘆道：「老頭體力夠好的，這邊老闆炒花生特別香？」

江添搖了一下頭，「長得好。」

盛望愣了一下轉過頭去，就見一個小老太太撩開布簾子走過來，擱下兩杯熱茶，笑咪咪地問：「來吃粉絲湯啊？」

盛望也笑著點點頭，「要兩碗。」

「啊，有忌口啊？」

「他那碗別放辣。」江添說。

「等下子哦。」小老太太擦了擦手，又去了布簾子後面。

盛望收回目光喝了口茶，小聲說：「年輕時候應該是個大美人。那老頭現在怎麼不來了？」

江添說：「競爭力不夠。」

「嗯？」盛望難得從他嘴裡聽一次八卦，體驗有點新奇，追問道：「怎麼叫競爭力不夠？」

「脾氣倔，嗓門大，長得凶。」江添簡單概括了一下丁老頭的特性，說：「最後輸給一個退休老教師。」

「那老頭不得傷心一陣子？」

江添「嗯」了一聲說：「氣得把酒戒了。」

盛望：「……」

這氣性真的有點大。

老太太手腳很麻利，不一會兒端上來兩碗粉絲湯。

兩個男生沒好意思讓她走多遠，起身接了下來。

這個城市的冬天很極端，室外只要有太陽就溫暖如春，室內反而陰慘慘的，從骨頭縫裡滲著冷。盛望不愛穿厚衣服，運動衫外面套了件灰黑色的牛仔夾克就出來了，凍得手指骨節發白。兩口熱湯下肚，才徹底暖和過來。

他悶頭吃了一會兒，然後故作隨意地問：「老頭是不是挺愛操心的，經常聽他說什麼什麼事弄得他一晚上睡不著。」

江添動作頓了一下，撩起眼皮看向他。

盛望能感覺到對方的視線，但沒抬頭，只一心一意地挑著湯裡的豆腐果兒，好像真的只是隨口一問似的。

「他就那麼一說。」江添已經收回了目光，淡聲道：「下午看電視能睡三、四個鐘頭，晚上當然睡不著。」

盛望「哦」了一聲，又高興起來。他總覺得江添那碗辣的聞著更香，不顧阻攔撈了好幾筷子，然後捂著嘴唇上那個破口壯烈犧牲在了桌子上。

老太太出來嚇一跳，問江添：「他怎麼吃撐啦？」

「辣哭了。」江添沒好氣地站起身，去櫃檯那邊挑了一罐牛奶，往某人臉上碰了一下。

門口的風鈴忽然叮噹作響，有新客人進了門。

盛望接了牛奶詐屍坐起來，發現來的居然是熟人。

「曦哥？」盛望打了聲招呼。

趙曦進門就看到他倆了，他接連吸了一口，把唇間含著的菸摘下來，摁在了門邊的垃圾箱上。淺淡的煙霧在臉前暈開。

他在煙霧裡瞇起眼，打了聲招呼說：「有假放不睡懶覺，居然來吃早飯？」

「他來北門有事。」盛望指著江添說：「順便吃個早飯。」

「嗯。一會兒去楚哥那裡。」江添說。

「哦，對。」趙曦點了點頭，「快期末了。」

北門藏龍臥虎，公寓樓裡塞了一眾小補習班，客源不斷，生意興隆。

趙曦作為早年的校霸兼街霸，認識的人很多。當初給江添牽了條線，幫他一個朋友的補習班編數理化的補課課件，深化拓展班用的那種，對江添這樣的學霸來說不占多少時間，還掙得多。

盛望剛認識江添那會兒，他會來北門這邊弄，完事才回家，免得江鷗知道想東想西。後來正式開學了，就跟對方打了聲招呼暫停了。

最近臨近期末，意味著寒假將至，又一波補課高峰期要來了。

趙曦跟老太太要了兩份外帶的粉絲湯，一邊等一邊跟兩人閒聊，最後他想起什麼似的問江添：「你是不是年前過生日？」

「嗯，怎麼了？」

「那來得及。」趙曦說：「到時候我跟林子請你們吃頓飯。」

盛望和江添對視一眼，聽出了幾分話外之音，「什麼叫來得及？」

「來得及就是要走了的意思。」趙曦說：「我跟林子要去北京了。」

「度假？」

「工作。」

「那燒烤店……」

趙曦笑了，「我倆又不是大廚，走了也一樣開。石頭那幫人都跟你們混熟了，要去吃串燒，該打折一樣打折。」

盛望輕輕「啊」了一聲，有點淺淡的失落。

老太太很快把兩份粉絲湯打包了，熟門熟路給趙曦放了很多辣，看得盛望嘴疼。

三人一起往公寓樓那邊走。楚哥的教輔班在靠近北門那棟，江添上去拿寒假課件要用的範圍和資料。

盛望在樓下曬著太陽等他，趙曦居然也停了步，他看著盛望打趣道：「幹什麼壞事了，嘴腫成這樣？」

「辣的。」盛望灌著解辣的牛奶，一臉十分丟人的模樣。

「哦。」趙曦又摸出一根菸來，在背風的地方點了叼著，可能是隔著煙霧的原因，他看上去有點累。

「曦哥你最近沒睡好？」盛望問。

「黑眼圈這麼明顯麼？」趙曦揉了揉眼下，又說：「老趙同志這段時間身體不大好，我跟林子最近圍著老同志轉，睡得少。回頭去北京，兩個老的也跟著一起過去。喜樂可能要讓別人代看著，有什麼要買的記得年前趕緊買了，年後不一定給你親友價。」

看他還能開開玩笑，盛望放心了一點。

趙曦沒多留，接了個電話便熄了菸要走，只是走之前他目光掃過盛望的脖子，「嘖」了一聲摘了自己的圍巾，「我估計是上了年紀了，看你大冬天露著脖子就凍得慌，圍上，我走了。」

盛望抓著圍巾一臉懵逼，他人已經拐了彎走遠了。

大少爺圍個圍巾也要講究帥不帥，不能隨便一箍。公寓樓一樓的窗戶被擦得澄亮，他拿來當鏡子照，結果就看見自己頸側有一小塊痕跡，也不知是昨晚還是今早被他哥弄出來的。

剛才趙曦目光掃過的就是這裡。

盛望拎著圍巾僵在原地，心臟咯噔往下一沉。

江添下樓的時候，盛望已經把圍巾裹好了。深灰色的羊絨布料掩住了他的下巴，襯得臉色一片雪白。

「哪來的圍巾？」江添問。

「曦哥塞給我的。」盛望的聲音掩在圍巾下有點悶，「說看著我就冷。」

他們把資料送回宿舍，便步行去了附近一座影城。

大片都留在春節檔，最近新上的沒什麼可看的，兩人隨便挑了一部，結果運氣不好過於無聊，以至於盛望進場沒多久就開始心不在焉。

上午看電影的人不多，他倆本來也就是想找個地方一起待著，所以盛望挑座位的時候找了人最少的影廳，選了沒人選的最後一排。

江添對這個類型的片子實在不感興趣，看到一半便勾著他的手指支著頭睡著了。盛望沒叫他，掏出手機把光調到最暗，刷了一會兒朋友圈，結果刷到了盛明陽分享的兩個影片，什麼也沒說，就豎了兩個拇指。

看縮圖就知道，那是他和江添昨晚藝術節的表演影片。

他愣了一下，連忙給盛明陽發去信息。

你再說一遍：你昨天來學校了？

養生百科：沒有。之前不是跟你提過麼，昨晚陳局約了吃飯，爸爸之前已經推了兩次，這次實在推不開。

你再說一遍：哦，我就是突然看你分享了兩個影片，還以為你跟江阿姨過來看了

養生百科：你們徐主任發的朋友圈，我特地去找他要的影片

養生百科：彌補一下沒能去現場的遺憾，你江阿姨說很帥

你再說一遍：那是，你兒子什麼時候不帥了

盛望鬆了一口氣，心說虛驚一場。

結果剛鬆完，盛明陽就來了一句：我看小添怎麼穿了你的襯衫？

盛望差點把手機扔出。

他撈住手機悄悄瞄了江添一眼，見他只是皺了一下眉便放下心來，咬著舌尖一字一句地回覆道：我襯衫上濺了墨水，大合唱不方便穿，就借了他的。他雙人表演嘛，服裝不用那麼統一。

養生百科：怪不得，我看他衣服都沒紮好，只塞了半邊。你江阿姨說看著就想給他把另外半邊也塞進去。

盛望沒忍住悶笑了一聲，笑完又有點說不出來的滋味。

他沉默了片刻，給他爸回道：我哥這叫酷。

養生百科：哦，我們老同志了看不習慣。跟小添說吉他彈得不錯。

盛望回了個「好」便沒再繼續。

也許是放假的緣故，這天的微信格外熱鬧。沒一會兒就亮了十幾次。盛望原以為還是盛明陽的消息，點進去才發現有動靜的是一個小群。

那是藝術節前拉的一個準備群。本來江添也在裡面，昨晚藝術節一結束他就退了。盛望還沒來

得及。

高天揚他們閒極無聊，正在群裡分享放假這天的午飯，企圖相互折磨，結果小辣椒忽然蹦出來說了一句：昨晚禮堂丟東西了你們聽說沒？

樸實無華高天揚：啊？

大宋：辣椒同學，我很欣賞妳分享八卦的精神，但是這種事標記所有人，可能會被添哥和盛哥瘋狂吐槽

這話說完，小辣椒忽然沒了聲音。

還是鯉魚補了一句：江添不是已經退了？

大宋：哦對，我忘了

鯉魚說：一會兒我也退了，我在家喝粥，淨看你們鬥圖，太折磨人了。

他們雜七雜八聊了好一會兒，小辣椒才又出現，回了一句：手抖不小心@所有人

這話一說完，盛望這裡又顯示自己被@了。

樸實無華高天揚：……服，辣椒妹妹妳是來搞笑的麼？

小辣椒發了個自閉的圖。

樸實無華高天揚：所以禮堂丟東西是怎麼回事？

這次小辣椒回得很快：昨天人多，估計挺亂的，好幾個學生丟東西了。據說咱們班英語課代表丟了包。

你再說一遍：齊嘉豪？

自從當初齊嘉豪坑了盛望，A班就彷彿沒這個人了。大小活動他基本都不參加，好像一心撲在了學習上。換句話說，就是無形中被孤立了。

別人不再主動帶他，他自己也選擇遠離別人。這種若有似無的孤立對任何一個學生來說都不是無所謂的，所以他看似很拚，但成績卻在穩步下滑，於是整個人顯得更加邊緣化了。

盛望換到B班便沒見過他幾次，如果不是辣椒突然提起，他都快忘了這個人了。

辣椒那邊不知是忙還是卡，盛望發完一句消息，她又沒了音。

過了好半天，她才蹦出來說：嗯。

然後她立刻補充道：據說他今天去政教處調禮堂監控了。

盛望本來都準備關螢幕了，突然看到這句話，呼吸便是一滯，血液像被人抽了一泵，胸口冰涼一片。

調監控？調哪個時間的監控？會翻到四樓嗎？

可能是他僵硬得太明顯，江添忽然醒了。他捏了捏眉心，緩了一下睏意才在他耳邊低聲問：「幹麼了？」

盛望下意識按熄了螢幕。

他用力搓了搓指尖，感受到肢體末梢有了溫度，才開口說：「沒，就藝術節那個群，辣椒手抖點了兩次標記所有人，我以為有什麼事，結果就看到他們在發火鍋、燒烤。」

其實調監控意味著他跟江添在四樓做的那些事很可能會被看到，提前跟江添商量一下對策可能更好。但他本能地不想提，就像早上被趙曦看到的痕跡，包括盛明陽發的影片。

他總覺得一旦跟江添說了，就意味著他們不得不把一些現實的問題搬出來掰扯清楚，那個結果恐怕不會讓他們開心。

不會看到的。他在心裡對自己說。

理智上來說，四樓沒有出去的路，要真有手腳不乾淨的學生拿了包，也只會往禮堂外面走，不會吭哧吭哧費勁上樓。而且只要看禮堂內部的監控，就可以知道包在誰手裡了，犯不著那麼較真地哪哪都看，太費時間了。

肯定……不會看到的。

他覺得可能是自己前幾天得意忘形太飄了，所以老天決定給他幾棒子壓一壓，只是不湊巧，這幾棒子都挑在了同一天，來了個連環攻擊，打得他措手不及。

其他倒還好，齊嘉豪調監控這件事就像一柄長劍，懸在他腦袋頂，不知什麼時候會砸落下來，以至於之後好幾天，他都有點魂不守舍，只要江添不在旁邊，他就會肆無忌憚地長久地發起呆來。

直到一週後的某天上午，徐小嘴趁著大課間下了樓，在B班門口把盛望叫了出去，說：「去一下政教處，主任找你。」

盛望愣了一下，看到了他身後跟著下樓的江添，腦中頓時嗡地響成一片。

他舔了一下嘴唇，乾巴巴地問：「找我們兩個麼？」

徐小嘴點頭說：「對。」

「有說什麼事麼？」盛望問。

「沒啊。」徐小嘴搖頭，「就讓我帶個話，沒說什麼事。」

怎麼去的政教處，盛望已經記不清了，一路上跟江添聊了什麼他也忘了，只感覺自己分成了兩半，一半跟江添笑著說話，一半被凍在霜裡一言不發。

結果進了政教處辦公室，沒看見齊嘉豪，倒是看見了楊菁。

徐大嘴拿著兩張絨布本的精裝證書，笑得像個大馬猴，嘴都咧到了耳朵根。

「好啊！好！」徐大嘴把證書展開，在兩人面前晃了一圈，重重拍了拍盛望和江添的肩膀說：「英語競賽成績出來了，可把我嘴笑豁了，兩個一等獎！國家級！我今天憋一上午了，就等著大課間給你倆還有小楊一個驚喜！怎麼樣！高興嗎？」

「……」

我……盛望足足傻了十幾秒，才在心裡狠狠爆了一句粗。

都這樣了，要是真發現點什麼，徐大嘴不可能一字不提，所以應該是沒事了。

懸了一週的劍轟然落地，砸了他一腦門金光。那個瞬間，他搭住了江添的肩，嘴上說著「好大的驚喜，可嚇死我了」，然後把所有重量都掛在了江添身上。

出辦公室的時候，這大少爺儼然是個「屍體」，幾乎是被江添拖行。

「過會兒下樓梯，你確定還要這麼掛著？」江添瞥了他一眼。

盛望：「高興得腿軟。」

江添：「……」

徐大嘴拿著兩張照片在前面昂首挺胸地哼著歌，領著一個拿獎拿到無動於衷的江添，和一個突然高位截癱的盛望來到榮譽牆前，鄭重其事地把兩人照片並列貼了上去，然後在上面橫著貼了新裁的紅紙條——

中學生英語綜合能力競賽

全國一等獎

江添　盛望

榮譽牆在連廊必經之處，新上的照片和紅紙條又格外顯眼，學生往來都會停下看一眼。僅僅過了半天，盛望的照片旁邊就多了一串小愛心，跟江添照片旁的差不多，大概是附中女生的傳統。

盛望看到的時候有點哭笑不得，心說，照片上這位最近這麼慫，妳們愛心居然也畫得下去。

他從措手不及的狀態中跳出來回頭一看，只覺得前幾天的自己簡直傻透了，明明考試的時候心態四平八穩，怎麼碰到這種事就慌成一團自亂了陣腳。

怯懦、幼稚、不堪一擊。他在心裡自嘲著。

人常會這樣，風雨將至的時候如臨大敵，眼看著躲過去了，又覺得那些算個屁。

拜之前的經驗所賜，好好一件事扯上齊嘉豪就讓人很不踏實。

盛望試圖找他旁敲側擊一番，可惜對方跟他只有梁子沒有交情，找不到合適的切入口，只能輾轉從高天揚那邊套話。

「包找著了，昨天拿回來的，沒丟什麼。老宋本著班委職責還去關心了一下，被撅回來了，說老宋假惺惺。」高天揚什麼也沒覺察，一問就嘩嘩往外倒：「反常沒看出來，他自從坑了你之後不是半死不活的麼，上次週考退步據說被他媽打了，最近越來越陰陽怪氣。」

盛望又單獨找藉口去了兩回政教處，那幫老師說話一如往常，徐大嘴由於心情大好，還頻頻跟他開玩笑，不像是藏了事的模樣。他從大嘴口中得知，學校其他幾個丟東西的學生也已陸陸續續找回失物，不會再有誰一拍腦門去查監控。

至此，這段橫插進來的意外似乎就這麼過去了。

他從政教處出來的時候是個傍晚，下午最後一節課剛巧結束。

江添從連廊另一頭的樓梯上下來，拐往三樓的B班。

盛望遠遠看到他，莫名就有種如釋重負的感覺。像小時候在白馬弄堂跑迷路，兜了不知多少圈終於看到家門。

他彎著腰跑過去，本想偷襲一下跳到江添背上，但臨到近處又剎住了步子。他遲疑了一瞬，最後只是在江添左耳邊打了個響指，然後壞笑著縮到右邊。

臨近期末，又是一場事關換班的大考，全校學生都埋頭於如火如荼的複習中。

邱文斌和史雨終於收拾了行李，從家裡滾回宿舍，準備加入複習大軍。結果住回來的第一天，史雨就感覺到了世態炎涼人心不古。

先是盛望趁著課間跟他閒聊。從學校食堂搶食更難了、便利商店時不時提前關門、洗澡水不大充足，聊到家裡床大、伙食好、開關燈自由，還有家長殷切的問候。

聊的時候，史雨跟開閘洩洪一樣滔滔不絕。聊完了，他忽然回過味來，感覺盛望字裡行間都在慫恿他繼續回家住。

這位還比較委婉，江添就不同了。他直接問史雨：「你怎麼回來了？」

史雨說：「還不回來啊？我都在家待多久了。」

江添「噢」了一聲：「我以為你要住到下學期。」

史雨：「……」他琢磨了很久，感覺自己被小團體排擠了。

獨處的時間隨著室友的回歸再次被擠壓，兩人廝混的好日子忽然就到了頭。

江添最近明顯感覺到盛大少爺有點黏人，不是那種肉麻式的，更像是多了個跟寵。

以前的年級體育活動課頂多是A、B班湊半場籃球，兩人藉著比賽磕磕碰碰，誰換下去了，就坐在場邊喝著冰水看比賽，等另一個也下場了，就提前去食堂吃晚飯。

最近盛望對活動興致缺缺，只要江添一下場，不出一分鐘，他保準說手撞了或者腳扭了，擼著頭髮稍的汗珠跑下來。

以前晚自習，盛望都是自己先去階梯教室。江添有時下樓早，有時下樓晚。人到了，盛望才把旁邊的書包拎開，給江添空出座來。

最近不同，走讀生晚自習一下課，他就會逆著人流上一層樓，抱著胳膊倚在A班後門口等江添一起走。

這兩天已經發展到晚自習去洗手間，他都會擱下筆說「我也去一趟」。

但他又只是待著，沒有什麼親暱的舉動。一切監控能夠看到的場合，他都很注意，像一隻繞著人團團轉，但又保持幾公分距離的貓。

只有夜裡偶爾穿過喜鵲橋，在斑駁濃稠的樹影裡，在有枝丫遮掩的地方，他們才會放鬆一些，鼻尖相抵吻著對方。

江添其實能感覺到盛望那些忐忑矛盾、本能的親近、偶爾流露出的得意，以及理智下的收斂。當初在集訓營裡他就知道，只要出了烏托邦就一定會變成這樣，這不是誰的問題。

名不正，言不順，註定難以見光。見不了光的關係，又註定讓人不安。

堆積久了，要麼一發不可收拾，要麼漸行漸遠。
其實他最初是能接受漸行漸遠的。
無數人說，少年時期的戀愛大多沒有結果，時機不對，甚至人也不對。
他跟盛望在這一點上其實有點像，有時比同齡人衝動，有時又清醒得很有默契。
所以他們說過「我喜歡你」，但從沒說過「我一輩子都喜歡你」。
一輩子太長了，這話太重了。
他之前想的是「我陪你走一段，到你不喜歡了為止」，但現在他有一點貪心，想走得久一點。
他擅長把數理化由繁化簡，擅長套公式，但不擅長處理這些。他只能想辦法讓不安因素少一點，至少有個可以發洩的地方，有個窩。

晚自習並不是那麼鴉雀無聲，畢竟全年級的住宿生都聚在一間階梯教室裡，又只有一位老師值班。經常有同學拎著書跑下去讓老師答疑解難，有些排不上隊的，就會找成績好的同學問一下，江添和盛望這裡簡直生意興隆。
江添不擅長講題，他會省略很多理所當然的步驟，點明重點，然後聽得懂的人會覺得「哦，原來這題這麼簡單」，但是轉頭碰到相似題型，依然不會。至於聽不懂的，也不敢衝著那張臉說「再來一遍」。
所以大家一般不找他問，只找他借——借考卷、借筆記、借各種能借的東西。拿到手了，再繞到盛望那邊去問。

江添覺得這種操作簡直令人費解，跟盛望吐槽過兩回，收穫了一頓狂笑，便不再管了。

於是他們晚自習的常態就是，盛望給其他同學講題，江添專心給盛望一個人餵題。餵題的意思很簡單：他幫楚哥做補習班的講義，需要掃蕩各種參考書和題庫。掃到值得一做的題目，就抽一張便條紙標出來貼給盛望。

最近他餵題的頻率見漲，致力於讓男朋友期末摸一把老虎屁股。

盛望對他找題的眼光絕對信任，基本上，餵一道就老老實實做一道，不挑。

這天盛望給一個女生講題有點久，好不容易給對方講通送走，轉頭就見桌邊貼了七張便條紙。

「這麼多？」盛望有點納悶，但還是一張張揭下來對著書做。

做的過程中，江添還在給他桌邊貼條，大有一副要占了他整個晚自習的意思。

他咕噥噥做了四道，終於扔了筆揭竿而起，掐著江添的脖子說：「四道裡面有三道都是重複題型，你玩兒我呢？」

江添悶頭笑了一聲，終於不再欺負人，他把剛寫完的便條紙順勢拍在盛望手背上。

「還來？」盛望問。

江添用下巴指了指它，說：「最後一張。」

盛望低頭一看，就見這張便條紙上沒寫幾頁幾題，只有一句話。

我們租房住吧。

盛望心頭跳了一下，抬頭看他。

江添問：「想麼？」

「想。但是⋯⋯」盛望怔怔地說：「你行李⋯⋯」

江添朝別處看了一眼，幾個同學在數排之遠的地方討論一道難題，聲音不大也不小，嗡嗡的，足以掩蓋他們兩人這點竊竊私語。

他問盛望：「你會某天突然不開門，把我關在外面麼？」

「不會！」盛望說：「想什麼呢，肯定不會。」

「那我為什麼要擔心行李？」江添說。

盛望啞口無言，半晌之後憋出一句：「如果旁邊沒有人。」

江添：「嗯？」

盛望欲言又止，在手背的便條紙上寫了後半句：我肯定把你親到腫。

江添：「……」

盛望嬉皮笑臉地把紙條撕了揉掉。

他每個月的開支盛明陽是不查的，用多用少全在他自己，江添自己也有一點積蓄，至少租金兩人完全沒問題。

這事如果放在以前，他們肯定會拜託趙曦幫忙，但這次盛望有一點顧慮，所以房子是他們自己找了自己聯繫的。

西門、北門合適的房源有很多，他們篩了三套出來，準備挑一天去看看。

恰逢週四丁老頭出院，盛望和江添請了下午兩節課帶晚自習的假，先去北門那邊看了房子，然後去醫院接老頭。

盛明陽已經在醫院了，他對兒子請假這種事看得很開，但嘴上還是說了一句：「其實我們來接就可以了。」

他說的「我們」是指他跟江鷗，畢竟對丁老頭來說，江鷗還能算他「孫子」的媽，盛明陽就是半個外人了，只不過他跟這半個外人特別聊得來。

江添幫老頭把東西收拾好，環視一圈問道：「我媽呢？」

盛明陽朝頭頂指了指說：「剛說在醫院碰到一個老同學，去看看就下來。」

江鷗也沒想到，會在這家醫院碰到杜承。

她對盛明陽說這是她高中老同學，實際上要比同學關係好一點——杜承是她高中時候關係最好的朋友之一。

她是班長，杜承是副班長，就坐在她後桌，經常嘴上抱怨著「活都讓我幹了，頭銜妳最大，這麼好的哥兒們上哪兒找」，然後轉頭繼續吭哧吭哧給她幫忙。她時常過意不去，便會帶一些家裡做的點心，給後桌兩個男生分。

那時候她媽是老師，沒有後來那些老年病，頭腦清醒，性格溫柔，手藝特別好。

杜承常說，他那同桌啥事不幹就能分到那麼多美味，都是沾了他的光。

他同桌名叫季寰宇，是江鷗後來的男朋友、丈夫、前夫。

江鷗喜歡季寰宇這件事，杜承是知道的。

少年心事藏不住，總要有個能聊的朋友，杜承就是那個可以跟她聊心事的朋友，甚至還幫她旁敲側擊過季寰宇的想法，但杜承並不看好他們，他說季寰宇心思太刁太深了，不適合她。

所以當江鷗跟季寰宇真的在一起，他們這個前後桌的三人小團體就散了。季寰宇和杜承原本關係不錯，那之後卻常有小衝突和口角。

江鷗一度很納悶，怎麼好好的兩個人說崩就崩。後來才知道，季寰宇以為杜承也喜歡她，把他當成了潛在的情敵，弄得江鷗哭笑不得，又不知道怎麼解釋。

她年紀小的時候，相信矛盾都是一時的，感情才是長久的，朋友走不散，戀人分不開。

後來才知道，時間滾滾不停，所有人都在向前跑，一切都是會變的。

畢業之後，杜承去了北方，再沒跟她聯繫過。

他成績好，人緣強，據說混得風生水起。

反倒是江鷗和季寰宇，糾糾纏纏十多年，最後一片慘澹。

江鷗跟以前的同學聯繫不多，早年是因為大家都忙，後來是刻意迴避。

離婚之後，她有很長一段時間處於半封閉的狀態，在兒子面前維持著積極向上的心態，實際上早就遮罩了跟季寰宇有關的一切。

後來她從朋友圈間接得知，季寰宇又跟高中朋友熟絡起來，搭了對方的人脈去國外發展了。

此後，除了定期履行的撫養義務，她再沒有過對方新的消息。直到今年，依然是朋友圈間接看到的消息——跟季寰宇一起出國的朋友病了，挺麻煩的，不知還剩多少時間。

那個朋友，就是杜承。

病床上的杜承跟十八歲的他判若兩人，如果不是在走廊碰到探病的同學，江鷗根本不敢認。

當初老師鬧個笑話，前後桌笑倒一片的場景恍如昨日，一轉頭，他們已經人至中年了。

杜承看到她很訝異，從病床上撐坐起來，卻又不說話。

還是江鷗先開的口，她問他怎麼突然回國了。

他指著頭說：「長了東西，擴散了，沒得治，過一天少一天。國外就那麼些東西，看久了也沒意思，就想回來了。」

他沉默很久，又笑笑說：「不想死在外面。」

因為這句話，江鷗在那個病房待不下去，胡亂聊了幾句就匆匆下樓了。一來她這幾年情緒敏感容易哭，見不得這些，二來她也怕待久了，碰到季寰宇。

杜承回國了，季寰宇肯定也在。

江鷗回到樓下的時候，盛明陽正在給丁老頭辦出院手續。

盛望拎著老頭叮叮噹噹的帆布袋子給他講笑話，逗得對方前仰後合。她的寶貝兒子手肘掛著老頭的外套，杵在旁邊，滿臉寫著「這笑話真的無聊至極」，但又忍不住彎了幾下嘴角。

這種場景讓她心情稍稍緩和了一些。

她剛要走過去，手機忽然震動起來，收到一條消息，來自杜承。

微信是剛剛才加的，消息內容只有短短一句話：謝謝妳來看我。

江鷗剎住步子，回覆道：應該的，多少年的朋友了，你好好休養，別想太多。

之後對方再沒回過什麼。

〔Chapter 6〕

言語如刀，說出來的話終究會在心裡留下印子

每年這段時間，都是盛明陽最忙的時候。資金、帳目、客戶往來，每一個環節都容易出問題，偏偏應酬還特別多，疏通這個，打點那個。

自打安頓好丁老頭，他就沒放下過手機，電話、信息一個接一個。哪怕進了梧桐外的老院子，他都是一隻眼睛留心腳下、一隻眼睛盯著螢幕。

盛望本打算找個合適的機會跟他爸提一句，就說後面課業越來越重，宿舍熄燈太早，他跟他哥在校門口租了個房子。

其實合約還沒簽，但以他多年經驗來看，先斬後奏才是對付盛明陽的不二法則。

結果對方實在騰不出空來閒聊，盛望只好把這話題推後了。

江添在醫院就注意到了江鷗的鬱鬱寡歡，憋了一路終於還是問道：「妳怎麼了？」

「嗯？」江鷗心不在焉，差點被廚房的門檻絆一跤。她尷尬地扶住門，解釋說：「沒事，就是最近資金回籠有點問題，有個許可也沒辦下來，折騰得有點累。剛剛醫院又見到一個以前同學，看著也挺難受的。」

「哪個同學？」江添問。

「我說了你也不認識。」江鷗失笑，道：「哪天有空把以前的畢業照翻出來給你認認，我自己可能都認不全，太久沒聯繫了。」

江添剛點了一下頭，想到那畢業照上還有季寰宇，頓時又拉下臉說：「再說吧。」

江鷗看到他那副吃了餿飯的表情，欲言又止，最後無奈地拍了他一下說：「你跟小望玩會兒，我去廚房給你們弄點吃的。」

「別忙了，點外賣吧。」盛望從廚房外面探進來一顆腦袋。

「不信我的手藝啊？」江鷗笑著繫上了圍裙。

結果她這手藝最終還是沒發揮成，盛明陽接了通電話，急忙把她叫出來，兩人得往市產業園那邊跑一趟。

廚房攤子都鋪好了，忽然沒了掌勺，盛望和江添面面相覷。丁老頭擼了袖子準備自己上，被兩個大男生架著摁回床上。

「醫生說了，你血壓高，容易出血，也容易有血栓。」江添一點都不委婉，給他開了電視裹了毛毯說：「在這裡待著。」

盛望拽了他一下，「你挑著說，別又給老頭嚇回醫院。」

江添指著老頭說：「你看他是會被嚇到的人麼？」

丁老頭掙扎著要掀毛毯，「我當年當兵的時候，子彈貼著頭皮飛都不怕，還怕這點小毛病。」

盛望：「……」

他想了想，把毛毯從老頭手裡摳出來，掖得嚴嚴實實，「爺爺，我家隔壁有個鄰居老奶奶，高血壓，就是這麼從床上坐起來打了個晃，人就沒了。」

丁老頭：「……」

「這毛病不能累到，更不能著急。我今天還跟一個護士姐姐聊了，她說隔壁病房有個類似老年癡呆的老人家就是血栓，某天因為個什麼事氣了一下，就變得稀裡糊塗的……」盛望說：「爺爺你看你，剛剛就有點急。」

丁老頭：「……」

老人家骨頭硬，比起怕死他更怕變傻，嘴上罵著臭小子，身體還是老實下來。

盛望還想再開口，江添一把捂了他的嘴，把這嚇唬人的熊玩意兒拖回了廚房。

「再胡說八道，就真要回醫院了。」江添說。

「唔唔唔。」大少爺還被他捂著，說不出人話，乾脆嘶嘴親了一下他手心。

「……」

江添被他弄得心癢，倏地收回了手，盛望撐著流理臺壞笑。

「我也沒胡說八道，護士確實這麼跟我說的，原話。」盛望跳坐在流理臺上，看著廚房洗好的菜說：「這一大攤子怎麼辦？要不咱倆弄點吃的？」

江添狐疑地看著他，「你會做飯？」

盛望矜持地說：「會一點。」

大少爺是個行動派，說幹就幹。他跳下流理臺，洗了手說：「你熱鍋，我把這弄了一半的白菜切完。江阿姨打算怎麼炒來著？」

「糖醋。」江添說。

「行，等著。」盛望站到案板邊，一手按著排好的白菜，一手拿起了刀。

鑑於某人手裡有凶器，江添目光根本不敢離，撐著流理臺盯著他。眼睜睜看著盛望以高空走鋼絲的狀態切了兩刀，寬窄不一就不說了，第三刀對齊的時候，直接對到了指頭上。

我真是信了你的邪。江添心說。

他把某人拎開，抽了刀說：「門在那裡，出去。」

盛望在他背後探頭探腦，「哎，我就是不熟，你讓我再試兩刀。」

「我不想吃白菜炒手指頭。」江添面無表情地說：「一邊待著。」

「那你會嗎？」盛望問。

江添當然會做，畢竟他獨立慣了，也不像盛望有個孫阿姨管吃管喝，他一個人的時候都是自己來，但他並沒有耐心鑽研這個，所以技術並不怎麼樣，只到「能吃」這個程度。

養活他自己沒什麼問題，滿足某個挑食狂魔就很有問題。

江添切完了菜，綳著臉正準備硬著頭皮上，院子門突然吱呀一聲響，啞巴叔拎著兩袋東西解救了他。

啞巴剛從喜樂趙老闆那裡回來，沿途買了餃子皮、絞好的肉和蔥薑，準備回來包點餃子凍上，餓了就下點。

江添二話不說，把切好的白菜剁了，讓啞巴叔拌進肉裡，調好了餡，三人便鑽在廚房裡包起了餃子。

大少爺依然不在行，盯著江添的動作學著包，有時候還攔住對方的手指強行暫停。

他餡不是塞多了就是塞少了，要麼漏一塊，要麼扁扁一片，站都站不起來，偏偏還死要面子強詞奪理：「這皮太硬了，沒有黏性。孫阿姨都是自己擀皮，那個就很好包。」

江添一點也不配合，說：「我們都黏得起來。」

「餡不聽話，老是亂動。」

「我這很聽話。」

「……」盛望一邊試圖給他哥搗亂，一邊努力精進自己的技術，包出一堆醜東西後，終於有了點餃子的模樣。

他把成品托在手心，對江添說：「幫我跟我兒子拍張合照。」

江添：「……」

餃子皮沒剩幾張，啞巴剛好洗了手去一旁燒水，沒人注意到他們。江添抽了張紙巾擦手，摸出手機對準盛望，按下拍照鍵的時候低聲說了一句：「我不認這種兒子。」

啞巴煮上水再回來的時候，發現盛望突然不貧了，老老實實在包最後一個餃子，仔細認真地像在做工藝品，就是脖子有點紅。

盛明陽和江鷗是趕回來的，本打算趁著天剛黑，把廚房丟下來的攤子繼續做完，沒想到剛進門就聞到了醋和餃子香。

丁老頭披著外套從臥室裡出來，招呼他們進廳堂：「回得剛好，倆小孩跟啞巴包了餃子。」

「倆小孩？」盛明陽有點不敢相信，「您確定是兩個都包了？」

「包了，小望學了半天呢。」丁老頭說。

盛望的滿堂子孫下鍋就現了原形，破了不少個，餃子湯都快成白菜湯了，但啞巴還是樂呵呵地都撈了上來，裝了滿滿幾大盤端上了桌。

小院難得這麼熱鬧，三代人也是第一次坐在一起吃一頓煙火飯，有那麼一瞬間，簡直有了溫馨的意味。

老頭從床底翻出藏了很久的酒，倒了三杯，跟盛明陽和啞巴淺酌起來。

喝到興頭上，老頭忍不住調侃道：「小望啊，你這手藝得練啊，不然以後騙不到老婆。」

盛明陽差點被酒嗆到，在旁邊笑得不行。

盛望張口想說點什麼，最終「唔」了一聲，悶頭咬了口餃子。

他其實想說，「那就不娶了」，但他鞋子被江添輕輕碰了一下，瞬間理智歸位，把話又嚥了下去。他其實並不是真的慫，如果只是他一個人的事，那根本用不著怕，當著盛明陽的面出櫃他都敢，大不了打死他。

可是還有江添。

只要牽扯上江添，他就忽然變得膽小了。

盛望的腿在桌下抵著江添，悶頭吃了幾口，又狀似無所謂地玩了一會兒手機。等到長輩調侃的玩笑徹底過去，他才抬起頭，結果就發現，他那糟糕手藝包出來的破皮餃子，都被江添挑著吃完了。

他很輕地眨了一下眼，又匆忙低下頭，心裡酸軟一片。

這頓飯並不豐盛，但他們吃了很久。

盛明陽酒量深似海，最後卻有點微醺。

他倒了瓶子裡最後一點酒，舉著杯子跟丁老頭和啞巴碰了一下，興頭上來了，忽然開口說：「我跟江鷗打算年前找個時間，請幾個家裡人和朋友吃頓飯。都是老大不小的人了，大操大辦有點浮誇，我們商量了一下，覺得還是簡單為好。到時候一定要來。」

盛望吃飽了正在發飯後呆，剛聽到這話的時候，差點沒明白意思。過了好幾秒他才反應過來，盛明陽是說，他跟江鷗要定下來了。

請朋友、家人吃個飯，把證領了，他們就是法律上的一家人了。

盛望的臉在燈光下白得看不出血色，他抿著唇沉默許久，抬眼對上了江添的目光。

「一會兒小陳過來接，怎麼說，你們倆今晚回家住麼？」盛明陽幫著江鷗把碗筷拿去廚房，洗著手問盛望。

「不回了。」盛望搖頭道：「老師只給我們批了晚自習的假，不包括晚上查寢。」

「也行，反正馬上就期末考了，考完回家好好歇一歇。」

「嗯……」

盛明陽抽了張紙巾擦手，面前的窗玻璃水亮一片，盛望就站在那片反射的光亮中出神。

盛明陽瞥了一眼，轉頭問道：「怎麼了？一副沒什麼精神的樣子？」

「沒，就是睏了。」盛望抓了抓眼角，順口答道。

「哦，我以為快考試了有壓力。」

「可能麼？」盛望笑了一下，「你什麼時候見過你兒子考試壓力大。」

「也是。」盛明陽大笑起來往外走，經過的時候拍了一下他的後腦杓。

男生抽條拔節，長起來飛快。

他還記得盛望一丁點大的時候，後腦杓毛茸茸的，垂手就能拍一下。

彷彿只是眨眼的工夫，當年的小崽子已經跟他差不多高了，甚至還要再竄一些，這個拍頭的動作他做起來已經不再順手。

沒幾年了……盛明陽想。

他現在還能罩住兒子的方方面面，再過幾年就說不定了。

成年了，翅膀硬了，飛得太遠了。

沒有哪個家長能坦然接受這個過程，就像獸類爭奪最後的地盤。

好在他這寶貝兒子還算省心。

盛望和江添打了聲招呼，結伴回了學校。

小陳把盛明陽和江鷗接上，驅車開往白馬弄堂。

江鷗在椅背上靠了一會兒，忽然問盛明陽：「怎麼把時間往前提了？咱們之前不是說年後請大家吃飯麼？」

她是個非常知曉分寸和場合的人，很少會當場拆誰的臺。她和盛明陽之間其實常有分歧，這是工作夥伴或夫妻之間不可避免的碰撞，更何況他們兩者兼有，但他們從不會在江添、盛望面前表現出來。

盛明陽拍了拍她的手背，笑笑說：「喝了酒，有點上頭，說到興頭上就自作主張了。怎麼？不想那麼早麼？」

江鷗看了一會兒窗外，「也不是，年前事太多，怕顧不過來。」

其實不怪盛明陽，年前年後區別不大，她只是有點心煩意亂，可能是醫院那場會面的後遺症。

她摩挲著手機螢幕，解了鎖，漫無目的地刷了幾下朋友圈，然後忍不住點進了杜承的相簿。

他的相簿裡東西不多，前期偶爾分享一些文章報導，這兩年多了些生活性的東西，有時是沉悶的掛畫，有時是醫院的照片。大多情緒不高，甚至有點陰晴不定。

江鷗聽醫生說，腦部有病變的人就會這樣，脾氣大改，難以捉摸。她正走著神，隨手一拉刷新鍵，就見杜承的相簿忽然多了一條狀態，發布於剛才……

他給床頭櫃拍了一張照片，上面擱著同學、朋友送的果籃，當然也包括江鷗臨時買的一束花。配了沒頭沒尾的三個字：對不起。

病人的胡言亂語很容易讓人跟著喪氣起來，江鷗盯著那條狀態看了一會兒，感覺不大舒服。

「妳那個同學？」盛明陽問。

「嗯。」江鷗點了一下頭。

「什麼病？」

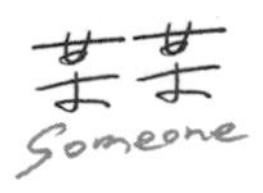

「癌，擴散了。」

盛明陽有點惋惜，「今天太匆忙，過兩天找個時間買點東西，我陪妳再去看看他。年紀應該跟我們差不多大吧，要是出點什麼事，老婆、孩子日子就太難過了。」

江鷗點了點頭，片刻後又不大確定地說：「他好像……沒結婚。」

盛望和江添挑中了一套房，仲介那邊速度很快，轉眼就把手續辦完了，結果房東接連出差，要等他回來才能拿到門禁卡和鑰匙。

這學期也不剩幾天了，兩人索性打算考完試再搬。

盛明陽那天晚上所說的話像這個季節的陰雨天，青灰一片壓在頭頂，盛望和江添默契地跳了過去，誰都沒有主動再提。

因為他們心裡比誰都清楚，他們既不可能莽莽撞撞衝過去告訴盛明陽和江鷗，他們已經在一起了，也不可能攔在兩個長輩之間說，你們別結婚。

這個問題目前無解。

期末考試前最後幾天，很多走讀生自發留下來上最後一節晚自習，也包括A班的幾個。

高天揚去飲水機那灌了瓶水，邁著方步走到江添桌邊說：「添哥，感動麼？晚自習終於不用一個人包場了。」

江添筆尖不停，寫完一道式子才抬頭，「你幹麼多上一節？」

「他屁股重唄，穩坐班上倒數第一的位置，誰拽都不走。」宋思銳插嘴說：「現在知道慌了，怕期末考試被盛哥一腳蹬去樓下。」

「你他媽才屁股重。」高天揚毫不客氣地罵回去，又問：「你怎麼也不走？」

宋思銳說：「我媽放話了，期末能進年級前五，賞新手機一部。」

「你真物質。」高天揚坐在桌子上等上課鈴。他轉頭朝後面看了一眼，叫道：「辣椒？小辣椒？黎佳同學？」

辣椒被他的小紙團扔中腦門，這才抬起頭，「幹麼？」

「妳都考過年級第一了，還這麼拚？」高天揚指了指江添說：「看這架式，是不想讓我添哥回皇位啊。」

辣椒朝江添瞥了一眼，又匆忙收了視線，「你管我。」

高天揚這個粗神經難得能注意到別人的異樣，問道：「哎，我發現妳最近蔫了吧唧的。」

藝術節之後，辣椒的狀態一直不大好。

她不小心撞見了一個祕密，第一場青蔥暗戀自此告終。

說不難受是不可能的，但又沒有想像中那麼嚴重，是一種悶悶的酸。

看江添酸，看盛望更酸，唯有跟高天揚鬥嘴才能短暫地緩和一會兒，偏偏這個傻鳥什麼都不知道，專挑雷區蹚……

江添寫完這道題，在他們拌嘴的間隙裡收了考卷，拎起了書包。

高天揚連忙問：「你拎包幹麼？翹晚自習啊？」

江添朝後門的方向一抬下巴，「去階梯教室。」

高天揚轉頭順著他的目光看過去，這才發現盛望上來了，一手搭著書包，一手插著口袋靠在後門口等人。

「今天這麼熱鬧？」盛望說。

「盛哥！」高天揚和宋思銳衝他打著招呼，接著又熱情問道：「所以添哥你平時都是去階梯教室上晚自習？」

江添還沒開口，盛望就插話道：「對。樓下人多，氛圍好點。」

高天揚一聽氛圍好，立刻把書擼進包裡，「那我也去。」

這話一說完，盛望、江添、小辣椒都默默看向了他。

高天揚愣了一下，抓著頭說：「怎麼了？」

辣椒心想：這就是個二百五，一點眼力見都沒有。

結果幾分鐘後，她這個很有眼力見的人被高天揚和宋思銳這對二百五，一起拖到了階梯教室，還非要坐在江添、盛望正前面。

她聽見高天揚轉過頭去，壓低嗓音對那兩位說：「我下學期也準備住宿，不知道能不能跟老師商量調換一下，我想跟你倆住一屋。」

「我們下學期不住宿。」江添說。

「啊？」高天揚納悶地問：「那住哪兒？」

「租房子。」江添說。

「你倆一起啊？」

「嗯。」

辣椒下意識用手肘拱了一下後排桌子。

她本意是想提醒一下，階梯教室這麼多人，讓他們說話稍微小心一點。

結果提醒完她才意識到自己想多了，附中租房的學生數不勝數，這話本身沒有任何問題。

她不尷不尬地抬起頭，發現那幾個男生都一臉茫然地看了過來。

辣椒對上盛望的視線，差點沒繃住。

她憋了半天，憋出一句：「有話你們下課聊。」

可能是她演技太差，藏不住心事，後來的幾天晚自習，盛望的目光總有意無意掃過她，被她撞見過一次後，抱歉地笑了笑，那之後便再沒看過來，像一種克制而禮貌的觀察。

直到期末考試結束的那個傍晚，這種觀察才有了下文。

她在回家的校車上收到了盛望的微信，他說：辣椒，問妳個事。

這天氣溫驟降，凌晨零星下了幾點雨，又很快轉成了雪，下到傍晚，整個附中已然一片霜白。雪並不很大，盛望和江添沒有打傘，走到西門的時候，只有肩上洇了一點濕痕。

盛望握著手機飛快地打著字，關節透著微紅。

「跟誰聊得這麼爭分奪秒？」江添瞥了他一眼，從口袋裡抽出手抓了一下他的指尖，感覺抓到了冰皮點心。

因為下雪的緣故，西門外沒什麼人。盛望趁機把整個手背貼在他掌心，捂了一會兒又翻了個面，然後搓著指腹繼續打字。

發完那句話，他才抬起眼說：「問辣椒一點事。」

雪沫從他眼睫上滾落下來，江添用指彎接了一下，問道：「什麼事？」

盛望剛要說話，手機螢幕便亮了一下。

他捏了捏手指關節，過了幾秒才垂眸解鎖，就見微信聊天框裡多了一句話。

辣椒：我看到了，就藝術節那天。

果然。盛望心想。

他跟江添對視一眼僵在雪裡，一時間不知道該怎麼去回。

就在他懸著手指斟酌字句的時候，辣椒又發來一句話。

她說：我沒跟別人說。

她說：別擔心。

盛望愣了好久，忽然彎下了眉眼。

這是第一個直白表態的知情人，居然是站在他和江添這邊的。有點出人意料，但放在辣椒身上似乎又是情理之中。

一個朋友其實代表不了什麼，也解決不了什麼，但依然短暫地掃開了陰雲，讓他們放鬆地喘了幾口氣。

於是，寒假就這麼來了。

附中的寒假不長不短，從臘月廿五放到大年初五，避開了前後兩個高峰期，勉強湊了十天。臨放假前，學校開了一場簡短的動員，意思很簡單——寒假結束就是二月初了，距離三月初的小高考剛好一個月。

所謂小高考，就是把選修外剩餘的科目一口氣考完。

像盛望、江添這樣的理化學生，要考的就是史地政生，按分數劃等級，拿一門A，高考就能加一分，四門全A能加五分。

而小高考不合格的考生，沒有參加正式高考的資格，所以各大學校都很重視。

按照附中傳統，學校會停掉主課，專攻這四門，集中複習一個月。按照A班的傳統，那就只有一個要求——全A。

不是盡量，是必須。

誰漏一個，誰丟人。

因此，盛望他們的寒假作業多了一疊史地政生的考卷，算是一種預熱。如果擱在以往，他肯定會在假期前幾天把作業刷完，但這次例外。

寒假剛開始，他就變得「公務繁忙」起來，經常盤腿坐在江添臥室的窗臺上，手機嗡嗡震個不停，也不知道在忙些什麼。

江添頭兩天在趕楚哥輔導班的課件，沒顧得上盯著，等到課件趕完再抬頭，人已經不知道去哪兒了。

盛明陽、江鷗都在，兩人不方便黏得太緊。

江添藉口倒水，樓上樓下轉了一圈，沒找到某人一根汗毛，於是回臥室給盛望發微信。

哦：在哪裡？

你再說一遍：在外面，你歇下來了？

江添挑了一下眉，敏銳地從後半句話裡品出點別的意味來——某人好像是特地趁他幹活的時候溜出去的。

哦：去外面幹麼？

你再說一遍：有點事，你不用繼續弄課件嗎？

哦……

江添沉默片刻，決定出門抓人。

他以為盛望悄悄溜來租的房子這邊了，結果開門卻發現對方並不在。

屋裡倒是多了些東西，飄窗上鋪了毯子，塞了兩個靠枕。客廳一角多了個可以高位截癱的懶人沙發。牆邊黏了個籃球框，玄關還摞了幾個沒拆封的盒子。

江添拆了快遞，裡面是成對的水杯、拖鞋、牙刷、毛巾等，也不管他們有沒有，統統都買了，充分體現了大少爺的闊氣和興奮。

他把這些東西一一擺放好，又把飲料塞進冰箱，然後拎著空了的紙箱扔到樓下垃圾桶，給盛望打了電話。

「人呢？」江添問。

盛望大概聽到了經過的電動機車喇叭聲，嗓音帶著得逞的笑意：「你在學校北門？」

江添不想承認自己抓人失敗，半晌才不情不願地應了一聲。

「我去那邊收了幾個快遞就走了。」

「看出來了。」江添往社區門外走，一邊看著往來車輛，一邊把聽筒換成耳機，追問說：「現在在哪？」

盛望身邊似乎還有人，他低聲問了別人兩句，給江添發來了定位，「有點遠，你要來嗎？」

「嗯，等我。」江添說。

某人平時有點什麼恨不得在他鼻尖下顯擺，這次一反常態，擠牙膏似的語焉不詳，手段堪比釣魚執法，顯然就是為了把他往那個地方騙。

這都看不出來，他這個男朋友就可以換人了。

盛望發來的位置確實有點遠，在邊郊大學城。地鐵要轉兩條線，過去得一個小時。江添沒想明白有什麼禮物一定要在那裡準備。

今天過了零點就是一月二十七號，他生日。傻子都知道大少爺在折騰什麼，但為了配合對方想製造驚喜的效果，他只得紆尊降貴地拉下智商，假裝自己是個二百五。

有點傻逼，但他樂意。

江添原以為那會是某間店面或者餐廳，到了地方卻發現，居然是大學學生宿舍旁的一棟小樓。

盛望發著語音給他指路：「進來上二樓，左手邊第三個房間，寫著活動室的那個。」

江添順著樓梯上去，看到那個房間門口掛了個木牌，上面寫著：來訪請先敲門，謝謝配合。

他有點納悶，還是抬手敲了兩下。

門從裡面打開，他找了一下午的人就站在那裡，手裡獻寶似的舉著個小東西，彎著眼睛對他說：「哥，給你看個寶貝。」

他手裡的小東西極度配合，細細地叫了一聲。

那是一隻奶貓。

看到牠的一瞬間，江添恍然有些出神，因為牠長得跟當初梧桐外的那隻太像了，就連左耳多出來的那團斑紋都一模一樣。

有那麼幾秒鐘，他差點以為那隻叫「團長」的小貓時隔十二年，又來找他碰瓷了。

盛望把貓往江添面前送了送，說：「我問過了，給摸。就是年紀有點小，不能太用力。」

江添僵立了一會兒，有點無從下手。

這麼多年過去了，他看到這樣的小貓崽子依然是相似的反應，半點兒長進都沒有。還是盛望輕輕踢了一下他的鞋，他才抬手撓了撓奶貓的耳朵根，小東西立刻眯起眼睛呼嚕嚕地哼了起來。

「你跑這麼遠就是來摸貓的？」江添手指陷在奶貓細軟的毛裡，指尖碰著盛望，低聲問道。

「來拿領養單的。剛簽完字填了表格，牠現在名義上歸我們了。」盛望衝身後抬了抬下巴。

活動室裡放著很多貓窩和爬架，牆角擱著餵食、餵水的盆，三隻年紀偏大的母貓蜷在光照好的地方曬太陽，肚皮上趴了幾隻花紋各異的小貓，一看就不是同窩的。

靠窗的地方放著一張辦公桌，桌邊夾著一疊表格，盛望指的就是那個。

「這學校辦流浪貓救助，生下來的小貓可以領養。其實這種花紋的還有四、五隻，你微信頭像角度太單一了，我也不大確定，就要了幾個影片讓丁爺爺看，他說這隻最像，簡直跟團長一模一樣。」盛望說完，摟著小貓看向他，「像麼？」

江添點了點頭。

「本來想明天拉你過來的，但人家救助協會的人要回去過年了，幫忙看貓的大爺又不管領養，我怕晚了被人搶先，就今天來簽了。那個副會長去複印資料了，我在這裡等他。」盛望一口氣不停地解釋了一長串。

江添安靜地看著他，過了片刻問道：「找了多久？」

野貓隨處可見，寵物貓店裡都有，但要找一隻連花紋都這麼相似的，無異於大海撈針。不知道這人費了多少心思。

盛望卻在滿嘴跑火車：「還行，之前就有在留意，後來又偷了你的頭像出去懸賞，找起來就很容易。」

他說完靜了幾秒，問道：「這個生日禮物……你喜歡麼？」

「喜歡。」江添說。

他其實一直是個戀舊的人，也許是記憶力太好的緣故，總會對一些遺憾耿耿於懷。就像他始終記得「團長」是怎麼慢慢長大的，又是怎麼漸漸變老的。

但印象最深的，卻總是牠趴在窩裡停止呼吸的那一幕。

老頭在耳邊說：「已經沒了，別看了。」

他卻固執地在那蹲了一天。

老頭說：「把你那手機頭像換了吧，總看著心裡不堵得慌？」

他卻一用就是好幾年。

老頭還說，貓老了就回不來了。

可是……

看，有人把牠送回來了。

窗外，太陽矮矮地垂掛在遠處的樹枝上，深金色的光斜照進屋內，給抱著貓的男生鍍了一層毛茸茸的邊。

江添不擅表達，說不出什麼好聽話。

他垂眸看了一眼小貓，問盛望說：「送給我當兒子麼？」

「你等下。」盛望一隻手摟著那小崽子，拎起尾巴認真看了一眼貓屁股，「對，兒子。」

江添偏開頭沉沉笑了起來。

「笑屁。」盛望說：「這總比餃子好吧？」

「嗯，好不少。」江添轉回去：「那牠跟誰姓？」

盛望：「……」

副會長拿著複印好的資料上了樓，盛望終於從他哥的悶騷話裡回過神來，他說：「名字還沒取，你慢慢想，反正暫時帶不回去。」

副會長就聽見了最後一句，走過來把資料遞給盛望說：「對，這貓還沒滿一個月，得跟著母貓喝一段時間的奶。再等一個月多吧，我們把前幾針疫苗打了，到時候喊你們來領，太小了帶回去很難養活。」

「行。」

「那我到時候聯繫誰？」副會長問。

盛望想說聯繫誰都一樣，反正也是一起來接，結果副會長已經點開微信二維碼，讓江添也加一下好友。

「那個……」盛望下意識出了聲。

副會長一臉茫然地看過來，「怎麼了？」

其實也沒什麼，他只是忽然敏感了一下，覺得加兩個人的微信不是個好兆頭，好像他們誰不能來似的。

但這話說出來就顯得很奇怪，於是他笑著擺了擺手說：「算了，沒什麼。」

江添在返程的地鐵上收到了趙曦的語音，對方問他和盛望晚上有沒有時間，出來吃頓飯。

「我們明天的機票走，想避開臘月最後兩天高峰期，而且明天不是你正生日嘛，家裡人什麼的總要給你過的，我跟林子就不霸占了。」趙曦說。

江添因為禮物心情正好，回覆他說：行，我來請吧，楚哥剛給我轉了帳。

輔導班的楚哥很上路子，念著要過年了，把第一批課件的報酬提前結了，還給江添額外發了個大紅包，希望他年後再費點心思，課件裡加點競賽初級難度的東西。

江添從裡面撥了一部分出來轉給江鷗，說是季寰宇給的。

但是直到他們從梧桐外地鐵站出來，江鷗都沒有任何回覆，這讓他有點納悶。

「怎麼了？」盛望注意到他皺著眉看了好幾次手機。

江添說：「我媽沒回。」

江鷗手機不離身，對江添的消息回覆得尤其快。以往這種信息發出去，不出幾秒就會收到回音。今天都快一個小時了，實在有點反常。

盛望腳步頓了一下。

江添注意到他臉色的變化，又說：「我出來的時候他們兩個正忙，估計沒看到。」

盛望點了點頭，「忙什麼？」

江添沉默數秒，「發請柬。」

說是發請柬，其實沒那麼正式。

盛明陽和江鷗打算在江添生日後一天請吃飯。在這之前，他們已經跟朋友們打過招呼了，只是今天再統一聯繫一遍，顯得禮貌尊重。

他們邀請的朋友成分比較複雜，有些確實交情深，一通電話打過去不可能三兩句就掛，總要聊上一會兒，有些則是有生意上的往來，這種就更不容怠慢，連寒暄帶說笑又要花上不少時間。

一來二去，整個下午都耗在上面了。

江鷗這幾天有心事，精神一直懨懨的，想到兒子要過生日了勁頭才足一點。可惜老天彷彿有意要逗弄她，先是倒水的時候走神燙到了手，接著換衣服不小心弄斷了項鍊。下午安排人給幾個客戶寄新年禮品的時候，又發混了信息。

其實這些都源於她的心不在焉，但總給人一種流年不利的錯覺。

盛明陽接過剩下那點事，讓她靠著沙發歇一會兒。

江鷗咕噥說：「不知道是不是更年期綜合症，心慌得厲害。」

盛明陽跟她開玩笑：「沒見過脾氣這麼好的更年期，估計還是這兩天睡眠不好。」

江鷗「嗯」了一聲，靠在沙發上閉目養神。她歇了一會兒又坐起來，回了幾條朋友微信，順手刷了一下朋友圈。

沒翻幾下，就看到了杜承下午發的狀態。

他說：頭疼使人精神錯亂，感覺自己什麼事都做得出。

配了一張自嘲的玩笑圖。

江鷗皺起眉，她連滑幾下，略過了那條朋友圈，然後衝廚房忙碌的孫阿姨說：「孫姐，銀耳湯還有麼？我想喝點熱的，不大舒服。」

「有的，我給妳盛。」

孫阿姨舀了一盅端給她，江鷗伸手去接的時候，微信突然震了一下。她眼皮莫名一跳，垂眸去看手機螢幕，杜承的微信頭像從底下翻到了最頂上，旁邊顯示著消息內容。

他說：最近一直睡不著，老是想起以前。可能虧心事做多了，死都死不順當。我知道大過年的，說這些喪氣話挺敗興的，但我也不知道自己能不能過完這個年，索性仗著現在腦子不清不楚，衝動錯亂，一鼓作氣給妳道個歉。

他說：我混帳，不是東西，噁心齷齪。我跟寰宇對不起妳。

碗底忽然灼燙，江鷗手一縮，滿滿一盅銀耳湯掉落在大理石，噹啷一聲，白瓷四分五裂，迸濺一地。

江添本想藉這頓晚飯給趙曦和林北庭好好送個行。

趙曦也本想趁著酒興，在臨行前點破一些事，跟這兩個弟弟聊幾句。

可惜一切並不總是那麼盡如人意，事情來的時候往往倉惶迅急，並不會先喊一句三、二、一。

江添在席間給江鷗撥了幾次電話，等候音響了幾十遍始終無人接聽。他正納悶的時候，江鷗給他回了一條微信：這幾年的錢真是季寰宇給的麼？

這頓晚飯最終沒能吃完，草草收場。江鷗一直不接電話，盛望情急之下給盛明陽撥了幾遍，最後一個終於接通。

盛明陽說：「我們在省立醫院。」

「省立醫院？」盛望朝江添看了一眼，急忙問道：「江阿姨怎麼了？為什麼去醫院？」

「沒生病，不是生病。」盛明陽那邊似乎一團亂，聽得出來他正陷在突如其來的糾紛中，言語匆忙，又不想讓盛望他們跟著心慌，「有點事，你跟小添……小陳？去跟護士打聲招呼。」

他話說一半，急急向身邊的人交代了一句，這才又對盛望說：「你跟小添一會兒自己回家。爸爸這邊……」

「不回。」盛望斬釘截鐵地說：「我們現在過去，房號多少？」

盛明陽的聲音夾在嘈雜中，遲疑片刻說：「算了，過來吧。903，來的路上注意安全。」

盛望生怕江添擔心，掛了手機立刻安撫道：「別著急，江阿姨沒事，沒生病。估計有別的什麼事……」

「季寰宇。」江添打斷道。

「什麼？」

「是季寰宇找她了。」

江添臉色很難看，壓著火氣。說話間已然攔了一輛路過的計程車，大步過去拉開了車門。

盛望愣了一下，跟趙曦和林北庭匆忙打了聲招呼便緊追過去，跟著鑽進了車裡。

司機大概被催過，門一關，車子就直衝出去。

江添的家事很複雜，扯上「季寰宇」這個名字就更是一團亂麻。

這點趙曦還是知道的，也清楚這是江添的雷區和忌諱，所以沒有貿然摻和，只是給兩個弟弟各發了一條微信說：有什麼需要就給哥打電話。

江添這一路異常沉默，手機介面停留在江鷗的聊天框，一眨不眨地盯著最末端。

看到江鷗那句問話的瞬間，他就知道瞞不住了。

他花了這麼多年砌的一堵保護牆，被人掄了一記重錘，功虧一簣，轟然倒塌。

一定是季寰宇跟江鷗說了什麼，否則她怎麼會忽然起疑心。江添心想。

省立醫院是之前丁老頭住的那家，離梧桐外並不遠，三公里而已。司機把車開成了遊蛇，在夜晚擁擠的道路上鑽行，愣是不到十分鐘就把人送到了目的地。

他們在 903 門外見到了季寰宇。

他敞著大衣外套從拐角過來，眼下兩團青黑，下巴還帶著沒剃乾淨的青茬。衣冠還在，風度全無，緊擰的眉心裡滿是煩躁和厭惡。

他抓著手機差點撞上來，匆忙說了句「抱歉」才看清自己撞的是誰。

「小添？」季寰宇剛張口，江添就攥著他的衣領一拳揮過去。

周圍響起一陣驚呼，走廊裡頓時混亂成片，避讓的、拉架的、勸解的吵成一團。

他腦中嗡嗡作響，連砸了對方幾下，才被人從背後抱住拉拽開來。

「哥！別在這裡。」盛望箍著他，「別在這裡打。」

「小添！」盛明陽和小陳的聲音也夾在裡面。

護士、醫生都趕了過來。

四周全是人，男女聲混成一片，尖銳地扎著大腦，像淺池裡聒噪的蛙。

「我跟你說過別找她……」江添帶著一身低氣壓，滿臉陰鬱。

「我沒找她！」季寰宇踉蹌著站直，臉色同樣很難看，「我沒找過她！」

「不是你還有誰？」

「我……」

他欲言又止，少見地在人前爆了一句粗，擦著嘴角磕破的地方，低著頭無聲罵了句「操」。

「小添！進去再說，先進去。」盛明陽橫插過來抓住江添胳膊，盛望在後面半抱半拽著，把他拉進了903。

江鷗就站在那裡，一貫紮得齊整的頭髮鬆散著，垂落了幾縷在臉側。她垂著目光，拉著嘴角，眼下微微浮腫，不知是哭過還是單純太過疲憊。

江添想叫她一聲，還沒張口就看到了扶著床欄的人。

有一瞬間，他覺得這人陌生又眼熟。陌生在於對方病入膏肓的模樣，眼熟在於對方抬眸看過來的神態。

他愣了兩秒，終於認出來。這是那個跟季寰宇在昏暗臥室裡糾纏不清的男人。

江添不記得那人的臉。

幼年時期長久的排斥，讓他遺忘了長相，像刻意打上去的馬賽克，但他記得對方驚愕的眼神，那一剎那的對視令他噁心了很多年，以至於再次見到的這一刻，那種翻江倒海的反胃感又來了。

江添臉色瞬間冷下來，下意識摸向後頸的疤。

這個動作落在江鷗眼裡，她僵了好一會兒，慢慢抬起頭啞聲問：「小添，你認識他啊？」

雖然是個問句，但她的語氣卻是篤定而麻木的。

江添搖了搖頭，幅度小得彷彿只是動一下。

「你認識他。」江鷗又說了一遍。

江添這次沒再否認，而是陷入了沉默。

「你怎麼認識他的？」江鷗聲音很輕也很慢。明明只是站著，卻好像極費力氣，「是見過麼？在附中那個老房子裡？」

過了半晌，江添才擰著眉含糊應道：「嗯。」

「所以……」江鷗噓了一下，像是在把某種翻湧的情緒摁下去，又像是在努力壓著噁心，「所以你知道了？你知道他跟你爸……他跟季寰宇什麼關係？」

「嗯。」

那個瞬間，江鷗感覺有點心疼，但巨大的荒謬感鋪天蓋地淹沒過來，以至於她掙扎在其中，忽略了那點酸軟的刺痛。

她說：「所以就我不知道。就我一個人，跟傻子一樣，什麼都不知道。」

「小鷗……」季寰宇叫了一句。

「你別叫我！」江鷗聲音快破了。

她平日裡總是溫溫柔柔的樣子，從來沒有用過這樣尖銳的音調：「你不要叫我，我噁心！」

其實來醫院之前，她覺得自己是可以保持理智的。

杜承給她發了很多消息，她坐在沙發上一條一條地看，每個字都看得很清楚，沒有崩潰，也沒有混亂，只是覺得冷，從胸口到四肢冷得打顫。

杜承說：寰宇打給小添的錢全都被退回來了，一分沒收，他一直覺得自己沒盡到義務。

她看到這句話的時候，大腦還沒有變成空白，甚至還給江添回了一條微信。

她以為自己可以冷靜的，沒想到只是情緒太濃了，堵在了路上，直到這一瞬間才洶湧爆發。而當她意識到的時候，她渾身都在抖，眼圈瞬間就紅了。

她說：「我真的覺得好噁心啊，季寰宇。我十八歲就跟你在一起了，你知道那是多少年嗎？我這一輩子就一次十八，你能還我嗎？我因為你，跟我媽吵過多少回架，你數過沒？她年紀大了，記不清人了，還抓著我跟我說：『妳別一門心思惦記著那個男生，媽比妳識人。』我哄過她多少回？我跟她說了多少次放心？我媽到走都沒放過心。你能把她還我嗎？你當初跟我說，兒子你會照顧，你照顧了嗎？我把他接回去的時候，睡著了幫他蓋個被子他都躲，你知道嗎？」

季寰宇僵在那裡，形容狼狽。既像被迫遊街示眾，又像反省，既惱怒又羞愧。

「你不知道，你只知道跟杜承混在一起。」江鷗說。

她第一次這樣言語直接地戳向某個人，一個彎都不打，怎麼尖銳怎麼來，像是崩潰前的歇斯底里：「小望……」

盛望突然被叫到，愣愣地看向她。

江鷗指著病床邊的男人說：「你知道他是什麼人麼？」

盛望動了動嘴唇，他有點心疼江鷗，想讓她別這樣，因為她每一句話都是雙向的，既扎了季寰宇，也扎了她自己。

但他沒有立場也沒有資格勸阻，不止他，這裡誰都沒有資格勸。

「他是阿姨的中學同學，就坐阿姨後面。」江鷗認真地說：「阿姨把他當最好的朋友之一，『有了孩子我當乾媽』的那種朋友。」

「這麼好的朋友，跟我丈夫滾到一張床上去了。」江鷗話還是跟盛望說的，目光卻盯著季寰宇，垂在身側的手一直在抖，「男的跟男的，是不是很噁心？」

她知道季寰宇好面子，不喜歡在任何一個外人面前暴露不堪。所以她偏要說，還偏要挑跟他最沒關係的人說。

她所有的注意力都在季寰宇身上，所以沒有發現，在她說完那句話的時候，盛望的臉色變得煞白一片。

他很輕地眨了一下眼睛，朝後撤了一步，又被江添抓住了手腕。

季寰宇第一次碰到這樣的江鷗，滿身痛處都被戳了個遍。那點愧疚瞬間消失，被惱羞成怒填塞滿了。

他深呼吸了一下，克制著語氣說：「小鷗，我從來沒有想要故意噁心妳。我發誓，當年跟妳在一起是真心的，我……」

江鷗閉了眼睛，一副把他遮罩在外的樣子。

她在季寰宇身上吃過太多虧了，她已經被搞怕了。以前她試著信他每一句話，現在她一個字都不想信。她甚至陷入了一種惶恐不安的境地，覺得周圍誰都有問題，誰都不說真話。

「好，不說這個，我知道說了妳也不信。」季寰宇噤下話頭，又試著解釋道：「我答應過小添，不找妳、不給妳添堵。小添不說，我也是這麼想的，我也沒臉找妳，我自己都覺得自己噁心、齷齪。但是杜承不一樣，他一直以為妳是知道的，只是時間久了看開了。杜承他……」

「你在幫你的出軌對象跟我解釋嗎？」江鷗說：「還是你本來就是同性戀，你們高中就在一起了，我才是那個橫插進去的？」

季寰宇有些煩躁：「不是，我只是……」

江鷗臉上一點血色都沒有，這句話本來是為了刺激季寰宇，可是說出來的那一瞬，她才意識到，這句話刺激的是她自己。

如果真是這樣，那她真是活得一塌糊塗。沒做過一次正確選擇，從頭到尾都瞎了眼。

她感覺胃裡一陣翻江倒海，腳有點站不住了。於是她白著臉對季寰宇說：「我不想聽你說話，我看到你們這樣的人就想吐。」

「我們這樣的人？」季寰宇的耐心終於告罄，他冷下臉來尖刻地問：「哪樣？跟男的在一起？同性戀？」

他性格很極端，氣急了也依然口不擇言，只想把箭都扔回去，專挑對方的心口扎。

江鷗的心口，大概只剩一個兒子。

於是季寰宇朝江添這邊看了一眼，敏感地捕捉到了他跟盛望之間那點微妙的東西。季寰宇嗤笑一聲，對江鷗說：「那妳記得也提防提防兒子，搞不好跟我一樣。」

江鷗和盛明陽下意識朝江添看過來。

在他們目光落下之前，盛望把手從江添指間抽了出來。

江添攥得用力，他抽得也用力。

其實只是為了遮掩而已，但江添手指從他腕間滑落的時候，他心臟重重一落。就像站在出了故障的電梯裡，腳底突然一空。

江鷗的錯愕只有一瞬，下一秒，她就站直了身體，甩了季寰宇一巴掌。

她幼年乖巧，少年活潑，人至中年反倒柔弱怯懦起來。

四十多年從沒跟人動過手，這是第一次。她把江添擋在背後，對季寰宇說：「你放心，小添跟你沒有一點相似之處，永遠不可能跟你一樣。」

這一個巴掌、一句話彷彿用了江鷗所有力氣，打完之後她整個人都在晃，幾乎就要站不住了。盛明陽眼疾手快扶住她，轉頭叫了護士。

一群人手忙腳亂地湧進來，又帶著江鷗他們湧出去。

盛望不記得自己是怎麼跟著離開的，只記得所有人臉色都很差，腦子也亂，像被打散的鳥群。

等到一番折騰完回到家，盛望在沙發裡坐下來，才後知後覺感到掌心一陣刺痛。他低頭一看，兩隻手掌被掐出了一片紅印，幾乎破皮見血。

他攥得太緊了……

孫阿姨這天夜裡沒回去，在盛家忙前忙後。屋裡的氛圍沉悶而壓抑，所有人說話都是輕而慢的，有種精疲力盡的意味。

江添靠在沙發上，沉默著不知在想些什麼。

過了許久，盛望轉頭看過去，發現他抓著手機不知不覺睡著了，眉心卻是皺著的。

盛望茫然地盯著手機時鐘，看著指標一格一格挪著，終於挪到了零點。

他想親一親江添，跟他說，哥，生日快樂。

但他說不出口，因為江添根本不可能快樂。

一點也不。

江添睡得並不踏實，卻還是做了好幾個夢。

夢見杜承從煙霧後面探出頭來說：「寰宇，他都長這麼大了？上一次見還是十年前。」

夢見季寰宇對江鷗說：「妳兒子也喜歡男的，高興麼？」

夢見江鷗在尖叫，而他站在梧桐外的長巷裡，老邁的團長趴在腳前一動不動，丁老頭朝他和貓看了一眼說：「難啊，救不活了，走吧。」然後在他面前關上院門。

他在原地站著，覺得又累又荒謬。明明手裡什麼東西也沒拿，卻想要撐著膝蓋歇一會兒。

他試了幾次，怎麼都彎不下腰，只覺得疲憊又煩躁，便從夢裡驚醒了。睜眼的瞬間，江添沒弄清自己睡在哪裡，只看到盛望坐在面前，眼裡映著溫亮的燈光，目不轉睛地望著他。

「哥。」盛望很輕地叫了他，然後單膝支著靠過來，親著他的眉心、眼尾和嘴唇，小聲說：「十八歲了，我愛你。」

夢裡那些令人煩躁又難過的情緒瞬間消失，就像有人短暫地卸掉了他脊背上的鋼板，讓他能彎腰喘一口氣。

江添反客為主，抓著盛望的後頸想要吻回去，卻又忽然想起他們還在客廳，屋裡最危險的地方，隨時可能有人來。

他僵了一下，鬆開了手。

「幾點了？」江添低聲問。

他坐直起來才發現自己身上蓋了條絨毯，只是在剛剛的動作下滑到了腰際。

「一點二十多。」盛望看都沒看手機就報了時間。

江添心裡軟成一片，他伸手碰了碰對方的臉問：「一直在等？」

「沒，上下樓好幾次，不耐煩地看了N回時間。」盛望指著茶几上的遙控器說：「剛剛在考慮把你打醒，然後假裝換臺。你可能感覺到了殺氣，自己醒了。」

江添笑了一聲，正想說點什麼，遠處臥室門被人打開，蒼白的燈光從裡面漏出來，斜長一道，直直從沙發上切過去。

沙發上的兩人匆忙分開。

盛明陽趿拉著拖鞋走過來，撐著沙發背低聲問：「小添醒了？餓麼？孫姐煨的銀耳湯還在鍋裡溫著。」

「不餓。」江添掀開毛毯，朝臥室方向瞥了一眼。

他不擅於跟人熱絡相處，不喜歡示好，但不代表他不明事理。他知道季寰宇也好，杜承也好，不論給他和江鷗帶來過多少陰影，都跟盛家沒有關係。盛明陽其實完全可以選擇不承受這些，但他卻全部接納了下來。

這讓江添生出一種很奇怪的感覺來，就好像一直由他擔著的東西，突然被盛明陽分過去了。他似乎應該輕鬆一點，可事實卻並沒有。這跟他多年來所習慣的不一樣，但他理智上知道，自己應該道謝或者道歉。

「今天……」

江添沉默片刻，剛一張口就被盛明陽打斷了：「今天的事情是個意外，跟你們誰都沒關係。就算有點什麼，那也是我們這幫長輩之間要溝通的。我本來不想讓你們去醫院……算了，已經這樣就不要老去想，都是多少年前的事了。」

他嘴上這麼說，眉心卻是皺著的。也許是太晚沒睡的緣故，臉上滿是倦意。

大概每一個說「算了不要想」的人，都只是在表達一種希望而已。

江添看著他的臉色，又沉默下來。

盛望朝他哥瞥了一眼，拽了毛毯折起來，岔開話題：「爸你出來是……？」

「哦。」盛明陽看了看手裡的空杯子，說：「你江阿姨有點發燒，給她倒點水備著。」

「發燒？」

「放心，吃了藥了。就是睡不踏實，關了燈就慌。今天受了這麼大的刺激，換誰估計都夠嗆。那些事放我身上，我可能也要崩潰一陣子。她本來就是不愛發脾氣的人，有什麼不高興也悶在肚

裡，今天這麼發洩出來說不定是好事。我找朋友約了個醫生，年後帶她去見見，聊一聊。這段時間就……就互相多擔待一點吧。」

「行了，不早了。折騰一晚上，你倆也趕緊睡覺吧。」盛明陽拍了拍沙發背，忽然朝靜音的電視機掃了一眼，玩笑似的指了指盛望，「說是要在這看會兒電影，你這看的是默片啊？」

有那麼一瞬間，江添感覺盛明陽的視線從他這裡掃過，也不知有意還是無心。

盛望嘴唇動了一下，說：「不然呢，我哥睡覺，我開著大音響轟他麼？」

盛明陽又催促了兩句，端著水杯去了廚房。不久後吱呀一聲響，他帶上門回了臥室，只是門並沒有關嚴，光從塊變成了極細的一條，依然落在沙發上。

兩個男生分坐在沙發兩端，被那條線切割成了兩塊孤島。

片刻後，有人穿過那條線抓住江添的手晃了晃說：「上樓麼？」

「嗯。」江添朝臥室那邊看了一眼，拽著他回到二樓臥室。

剛剛在沙發上囫圇睡過一覺，他其實不大睏。

倒是盛望，眼皮都開始打架了，還跟在後面轉悠不停，好像犯了什麼錯似的。

他洗漱，盛望倚在門口。

他鋪床，盛望抓著被子一角幫忙。

他翻出楚哥的那摞資料書，盛望抽了一本說，他也可以分一點。

「你怎麼了？」江添最後不得不轉身逮住他。

盛望盯著他的手指，安靜片刻之後反握住說：「我以後不抽手了。」

江添愣了一下，才反應過來他在說什麼事。他先是有點哭笑不得，緊接著更為複雜的情緒漫湧上來，他忽然就不知道該答什麼了。

過了很久，他才眨了一下眼說：「恐怕不行。」

他當然清楚盛望為什麼會是那種反應，如果不那麼做，以季寰宇那股噁心人的勁，不知道會說出什麼更瘋的話，大概又是每一句都直捅向他。

他是江鷗最後的防線，如果連這條線都塌了，那離瘋也不遠了。

只是理智歸理智，清楚歸清楚。他理解所有原因，不代表手裡變空的瞬間不會感到難過。

這才是他跟盛望之間的無奈和無解。

索性他們爭吵、衝突，不斷爆發矛盾，或者在時間消磨中感到乏味、無趣、相看兩厭。常態下的一切導火線，理性想來都沒那麼難以接受，因為當人站在爭吵的終點，厭煩總是多於愛意的，也就沒那麼難過了。

但他們沒有這些，只有理解下的不得不為。

就像他此刻正在做的。

「我現在是高危分子。」江添語氣有點自嘲，又慢慢沉斂下來：「季寰宇那句話，我媽和你爸應該都聽進去了。」

「不會，誰都看得出來，他當時是狗急跳牆亂咬人。」盛望說。

江添搖了一下頭，「聽到了就是聽到了。」

他們或許會覺得荒謬，並不相信，但是言語如刀，說出來的話終究會在心裡留下印子，然後在某個不經意間冒一下頭。

不管有意或是無意，他們一定會在不知不覺中變得多疑敏感起來。

盛望垂下眼，抓著江添的手指收得很緊。

過了許久，他開口說：「我爸一半開明一半古板，我記得以前有誰在他面前提過……」

他頓了一下，又繼續道：「提過同性戀相關的話題，他反應不大，沒有說過誰誰很噁心或者很變態之類的話。上次在醫院聊那個案子，老頭他們是話趕話，我爸那性格你懂的，就是順著別人說，不代表他自己的意思。」

這話其實只說了一半，盛明陽確實一半開明一半傳統。別人的兒子喜歡女人還是喜歡男人，跟人在一起還是跟妖在一起，他都接受良好，甚至能包個大紅包真心送祝福。那是因為他不愛嚼舌根，也管不著。

但他自己的兒子就不同了。

這些盛望不打算提，他只想把好的那些說給江添聽：「江阿姨那邊……也是因為有心結，年後醫生跟她好好聊一聊，把心結解了，等到她不會因為人渣對這些帶偏見，就容易很多。」

「高中離家太近，大學就不一樣了，山高皇帝遠，不像附中這邊，老師多多少少都認識我爸和你媽。」盛望說：「我加把勁跟你進同一個學校，再租個房子，把貓兒子帶上。有句話叫遠香近臭，那時候我倆都是香的，再跟他們慢慢磨，總有能說通的一天。」

「現在我爸一言不合就敢給我辦轉學，大學就不會了。我不信我考上清華、北大了，他會說『走，為了阻止你談戀愛，我們換個學校』。」

江添終於被他的話逗到，笑了兩聲。

盛望頓時來了勁，把他撲到床上鬧似的，狠親了半天。

其實歸根結柢，不過是時機不對。

有時候盛望會希望時間過得再快一點，最好躺下去再睜眼就已經成年了、大學了，或是工作了，如果是那時候認識江添，恐怕又是另一種樣子。

所以，再等等就好了，只要熬過這兩年。

聊天的時候，「高中」、「大學」，幾個字就能帶過去了，花不到兩秒的時間。可睜開眼，日子卻還在緩慢地往前爬。

他們夜裡好不容易緩和的心情，在第二天清早就被毀壞殆盡，因為江鷗的狀態實在很差。她有努力讓自己平靜下來，說話帶著笑，拉著孫阿姨在廚房忙碌，想給江添做一頓好好的生日餐。她做完一件事就匆忙去找下一件，一秒都沒讓自己閒下來，結果只是江添說了一句「想跟盛望出門一趟」，她就不小心打破了一整只砂鍋。

滿鍋滾燙的燉菜灑了一廚房，潑得她兩腳通紅。

「阿姨，我們只是去拿蛋糕，之前訂好了的。」盛望不知道她在想什麼，也不知道她是不是沒聽清江添後面的話，驚疑不定地解釋了一句。

「我知道、我知道。」江鷗坐在沙發上，燙到的地方抹了藥膏。她低聲說了幾遍，然後歉疚地說：「阿姨沒事，就是剛剛走神了一下。」

這麼一來，他們誰也沒再提過出門，改讓蛋糕店把東西送過來。

蛋糕有兩個，都是盛望很早以前訂好的，一個是拿來吃的，一個是可以保留的翻糖。這主意還是他從微信群裡看來的，鯉魚跟辣椒約著寒假去學這個，說是做好了可以保留很久。

他訂給江添的翻糖蛋糕有個小房子，房前站著一群Q版小人——江鷗、丁老頭、高天揚、趙曦、林北庭，他自己以及一隻貓，團團圍著代表江添的那個小人，熱鬧豐盛。他猶豫許久，看在父子關係的面子上，走後門把盛明陽也加了上去。

屋旁有個牌子，上面寫著「最好的十八歲」。

可是等到蛋糕進門的時候，廚房滿是狼藉，屋內一片沉寂。

蛋糕裝在透明的盒子裡，遠看漂亮極了，近看卻有些瑕疵。

盛望讓店裡用了最好的糖，可以保留很多年。但是送來的路上，不知是被磕了還是怎麼，有幾個地方已經出現了裂紋。

盛望有點急，送貨員一直在道歉，還是江添拎過了蛋糕說：「我帶上樓了。」

這是他喜歡的人送他的十八歲，每個他在意的人都圍在身邊，圓滿而美好，他得好好珍藏。儘管現實完全不一樣。

鑑於江鷗反反覆覆在發燒，每天都處於心神不寧的狀態裡，盛明陽不得不把安排好的宴席無限期往後推，還得給每一個被邀請的人解釋一番。

盛望和江添替他承擔了一大半瑣事，這才使得他沒有太過焦頭爛額。

盛明陽在給別人的電話裡說：「幸虧有兩個省心兒子。」

他對江添其實很好，但一直保持著應有的距離，因為他知道江添不是容易親近的人。他以前從不會用「我兒子」來形容江添，但這兩天卻頻繁提及。

這幾個字聽在盛望和江添耳朵裡，就成了一種強調和提醒。正如之前江添說的，季寰宇的話像一把鈍刀，在他們心裡磨了一道印跡，不至於流血，卻又隱隱作痛。

以至於盛明陽也好，江鷗也好，總會無意識地觀察江添，盯著他的一舉一動。

在這種盯視之下，那種某一個人驟然抽手的事發生過很多次，多到他們自己都有些麻木了。

以至於寒假的最後一天，盛望抓著手機下樓吃飯，等待的時候坐在了沙發最左側。

片刻之後江添跟下樓來，習慣性地坐在了最右邊，中間已經沒有那道臥室門漏出來的光線了，卻依然隔山隔海。

盛望盯著那片空白處，忽然冒出一種古怪的想法。

如果沒有那間出租屋在遠處等著他們，如果他跟江添日日夜夜身處的環境都是這樣，如果分坐兩端和劃開界限已經成了一種條件反射的日常，那他們還算情侶嗎？

就好像周圍站了一圈看不清臉的人，他開口時，他們扎江添一刀，江添開口時，他們扎他一刀。時間久了，會不會就分不清那種難過是誰引起的了？

〔Chapter 7〕

他怎麼跑，
都找不到想見的那一個

白馬弄堂的這棟房子已經成了一個隨時爆發的炸藥桶。

盛望在整理行李的時候，無意間聽到江鷗和盛明陽的談話。

其實也不算談話，是江鷗單方面的道歉。她這段時間精神高度緊張敏感，每天做得最多的事就是道歉，讓人無力招架又無從苛責。

她覺得自己眼下的狀態很有問題，對盛明陽並不公平，想要分開一段時間。

盛明陽只是寬慰道：「沒事，別想太多，先把身體調養好要緊。」

然後去露臺抽了很久的菸。

盛望直覺他們兩個可能結不了婚了。

他以為自己知道這一點的時候會慶幸或遺憾，實際上卻沒有任何感覺。他和江添並肩站在鋼絲上，光是保持平衡就耗盡了所有心力，根本無暇去管其他。

附中開學要召開年級家長會，一方面聊一聊上學期的期末成績，另一方面為三月初的小高考做個動員。

家長會比以往都要正式，學校生怕有人不跟家長提，直接拿著聯繫單群發了一遍消息。

說來諷刺，這段日子大概是盛明陽在家待得最久的一次。

他從政教處徐大嘴那邊收到通知，當即爽快答應下來。

他本想自己一個人去，讓江鷗在家好好休息，由孫阿姨照顧她。但思來想去，又覺得有個機會散散心也好，轉換一下環境，也許能讓江鷗從那些糟心事裡跳出來，別再鑽牛角尖。

盛望本想趁開學喘一口氣，結果被這個家長會打回原形，以至於去學校的路上神色懨懨。

盛明陽自己開的車，他從後視鏡裡瞄了兒子好幾次，終於還是笑著問：「怎麼了，多大人了還捨不得假期呢？」

聽到這話的一瞬間，盛望覺得諷刺得有點荒謬。

他實在沒忍住扯了一下嘴角，像是不經意的自嘲。

江添的手垂在座椅上，在盛明陽和江鷗看不到的地方，輕輕撥了一下他的小指。

盛望心裡的煩躁少了一些。他目光看著車外，手指卻勾緊了江添。在盛明陽又一次朝他看過來的時候，含混敷衍地「嗯」了一聲：「起早了，有點睏，我睡會兒。」

他順手抓了個腰枕墊靠在窗邊，閉上了眼睛。

一天二十四小時，一年三百六十五天，刨開上課和睡覺，剩餘不過零頭而已。這樣想來，其實畢業也並不久遠。

他在寒假翻了很多書，刷了很多題。有時會產生一種錯覺，好像只要他們拚命跑、拚命跑，跑得比別人都快，日子就會縮短一點。

盛明陽認識的朋友多，人還沒進附中呢，電話、微信就震個不停。彷彿不是來開家長會的，而是來搞聚會的。

他一整個假期都被江鷗的事情困鎖著，直到這時才想起來，很久沒關注過兒子學校的情況了，惡補起來像個臨時抱佛腳的考生，什麼都往耳朵裡填塞。

其實也並沒有什麼，大多是關於成績和學校表現的話，還幾乎都是誇獎。

但盛望就覺得，他跟江添像是被養殖的什麼東西，窩在透明的培養皿中，任由別人口述著觀察日誌和成長報告，上一句是誇獎，下一句永遠未知，而他們只能聽著。

「聽見沒？小添厲害啊，除了送老先生去醫院的那次有點影響，每次考試都是第一。期末這次發揮得尤其好。」盛明陽收了線，毫不吝嗇地誇著江添，江鷗也笑得溫和漂亮。

成年人就連偏見都是「體面禮貌」的，這一刻，他們彷彿已經忘了自己平日是怎麼有意無意觀察江添的，好像那些因為季寰宇生出的嫌隙根本不存在。

「望仔也很不錯。」盛明陽笑著說：「第二。說實話，一個學期能追到這個程度，爸爸真的挺高興的，看得出來是吃了苦下了工夫的。」

盛望「嗯」了一聲。

不知道為什麼，這個「第二名」從那些電話裡透露出來總是虛無縹緲。他感覺不到真實，既沒有高興，也沒有如釋重負。

盛明陽和江鷗進了學校沒多久，就被老師引往大禮堂，年級家長會在那邊召開，徐大嘴春光滿面，還帶他們看了榮譽牆。

看到他們走遠，盛望才拍了拍江添，兩人上了明理樓。幾級臺階一跨，僵化很久的血液才活泛起來。

盛望大步跨上二樓，插著口袋轉過身來，一邊看著江添笑一邊倒退著往上走。

他說：「聽見沒，第二，我說什麼來著？一個學期必然摸上老虎屁股。」

江添「嗯」了一聲，步子配合著他，不緊不慢。

他應聲的時候還帶著假期裡慣性的陰鬱，過了幾秒終於融化開來，開了個玩笑：「好摸麼？」

盛望剛要開口，何進抓著幾張紙從樓上匆匆下來，見到江添的時候鬆了口氣，「怎麼來這麼晚？走，跟我去禮堂。」

「幹麼？」

「第一嘛，學生代表。一會兒家長會上需要說幾句話。」何進抖了抖手裡的紙，「就一小段，照著念就行。」

盛望在旁邊站了一會兒，拍了拍江添的肩膀說：「我先上去，晚點再說。」

晚點再說。這句話充斥在他們整個假期裡。

這種被突然打斷再另找時機的瞬間發生過太多次，他們已經說得很熟練了。只是，大多數被打斷的話都只在那一刻是有趣的，過了那個點，就沒有再續上的意義了。

盛望往樓上走的時候，何進又叫了他一聲，提醒道：「這次期末考發揮不錯。一會兒趁著自習，把東西搬回樓上，我剛跟班長他們說過，給你騰個位置出來。」

「啊？」盛望愣了一下。

何進笑說：「怎麼，放個假把神經放鬆了，反應還變慢了？考了第二，回A班了！」

盛望進B班教室沒多久，鯉魚和高天揚就下來了，趴在後門口衝他招手。盛望跟前後桌打了聲招呼，拎了書包出來了。

高天揚再次成功苟在了A班，又替盛望高興，顯得很亢奮，手舞足蹈，「你來得晚，還沒顧得上打聽吧？我去辦公室替你偷聽過了，盛哥，你這次就跟添哥差五分，老吳說你有兩個小失誤還蠻可惜的。我感覺添哥皇位有威脅了，這學期可以期待一下，你倆一位爭奪戰了。」

鯉魚說：「何老師讓安排個位置出來，騰出來的空位太靠前了，你個子高，視力也沒什麼問題，坐前面擋人，所以還給你排的老位置，坐江添前面。」

直到這時，盛望才真正意識自己回A班了。

之前那個換班的傻逼決定，至此終於畫上了一個句號。

他繞了一個大圈，又坐回到江添前桌。

往後的日子也驟然變得明晰起來——聽課、刷題、參加競賽。他也許可以搶幾次第一，也許能跟江添並肩拿幾個獎，把榮譽牆玩成連連看，比誰照片更多一點。

這麼一想，好像很不賴。

這大概是近期唯一一件值得高興的事。

盛望跟他們往樓上走，順口問了一句：「那這次有幾個慘遭流放的？」

「哦，就一個。」高天揚的笑意沒了，說不上來是唏噓還是別的什麼。

「一個？誰？」

「還有誰？齊嘉豪唄。」

盛望愣了一下，刹住了步子。

「他上學期就一路往下掉，遲早的。」高天揚朝樓上瞄了一眼，壓低聲音說：「你今天來得晚，你要早點來還能看見，齊嘉豪他媽來這邊了，我靠……說真的，有點慘，我都……」

話剛說一半他就倏然停住了，因為齊嘉豪拎著書包從樓上下來了。他嘴角破了，頭髮很亂，鼻子裡塞著紙巾，洇出一片紅，顯得滑稽又狼狽。

盛望回A班，他被擠出去了。一個要上樓、一個要下樓。這個交錯尷尬而嘲諷，又是註定的。最狼狽不堪的樣子被最討厭的人迎面撞見，又避無可避。齊嘉豪那個瞬間看向盛望的眼神滿懷怨憤，偏偏又梗著脖子帶了幾分不屑。

他經過拐角的時候故意沒讓，重重撞過盛望的肩，憤憤地說：「繼續說啊，剛剛不是說得很開心麼，操！」

「你有病吧？」高天揚有點訕訕，但被連帶著撞個踉蹌，心裡還是竄了火，尤其被撞的盛望根本什麼都沒說。他知道，齊嘉豪只是找由頭起茬而已。

齊嘉豪倏地站住，陰沉著臉轉頭道：「我有啊，你們不是一直覺得我有病麼？覺得我是個傻逼，當我不存在，現在總算轟出來了，高興嗎？」

他又轉而盯向盛望，問：「把我擠走了，爽嗎？」

那個眼神帶著某種說不上來的意味，像是拎著油桶在火邊圍觀。他上一秒是狼狽的，下一秒又有幾分高高在上的感覺。

這讓盛望莫名其妙，又很不舒服。他忽然想起小辣椒許久之前的提醒，說齊嘉豪丟了包要查監控，最終又不了了之。

盛望本想回他一句「你之前第二麼？我是搶了你的名次還是怎麼？」但想到那次監控，又蹙著眉把這話忍了回去，他拽了一下高天揚說：「老高，走了。」

「走什麼？幹麼慫呢？你不是挺傲的麼？」齊嘉豪蹭著鼻旁的血，不依不饒。

他在A班的角落裡憋了大半個學期，被無形地排擠和孤立，起初是覺得自己錯了。時間久了，怨憤和委屈就占了上風，再到被擠出A班，被他媽劈頭蓋臉摔打的瞬間轉化成了扭曲的憤怒。

「你們幹麼呀，別吵了，今天家長都在呢。」鯉魚有點懵，試圖在裡面緩和一下。

高天揚翻了個白眼跟著說：「是啊，家長會，你在這裡鬧丟不丟臉？」

「要什麼臉！我媽打我的時候，你們那麼多人在旁邊，我要什麼臉？我人都滾出A班了，要什麼臉？」齊嘉豪吼起來。

盛望實在沒忍住，「那你找你媽去。」

「我媽不講理，但你們是噁心。」齊嘉豪說。

盛望對「噁心」這個詞幾乎要有條件反射了。整個寒假都因為這個詞籠罩在令人窒息的盯視裡，以至於他聽見這兩個字就煩躁至極。

奈何齊嘉豪還在說：「都覺得我垃圾、傻逼，但是以前衝著垃圾老齊長老齊短的也是你們。那你們算什麼？」

高天揚：「我們瞎，行嗎？」

「是挺瞎的。」

齊嘉豪點了點頭，又看了盛望一眼，一字一句地說：「供著兩個同性戀當寶。」

盛望腦中嗡的一聲，樓梯拐角瞬間陷入一片死寂。

樓上樓下的教室喧鬧不息，卻好像被阻隔在厚厚的磨砂玻璃之外，彷彿另一個世界的存在，模模糊糊的，他聽不清楚。

他只有一個念頭：果然……

那柄懸在頭頂的劍時隱時現，果然沒有消失，只是在等一個時機轟然砸落。它大概是冰做的，否則碎片埋到頭頂，怎麼會讓人遍體生寒。

「你他媽放什麼屁呢！」

高天揚最先從怔愣中反應過來，彷彿聽了什麼天大的笑話，又憤怒不已。

齊嘉豪拽了拽書包，說：「你不知道啊？你最好的兩個朋友兄弟亂……」

「倫」字沒能出口，盛望已經一拳砸了過去。

高天揚怎麼破口大罵的，鯉魚是怎麼勸架的，徐大嘴又是怎麼抽身從禮堂趕過來的，盛望都記不清了。

他不知道齊嘉豪為什麼最初選擇不說，後來又沒能忍住。他只知道對方開口的那個瞬間，他跟江添勉強維持的平衡被毀得一乾二淨。

鋼絲鏘然斷裂，他們兩腳一空，直墜深淵。

等他終於砸落在地，怔然回神，他已經站在了政教處辦公室裡，盛明陽在不遠處，聽著齊嘉豪奮力辯駁。

徐大嘴信奉一切事情低調處理，能少牽涉幾個人就少牽涉幾個人，除了消息靈通聞訊而來的盛明陽，再沒有別人。

禮堂那邊一切照常，學生代表發言剛剛結束，臺下家長們掌聲熱烈。

對比之下，這間沒開空調的辦公室冷得像冰窖。

齊嘉豪說他沒撒謊，他看見過，就在藝術節那天，他只是當時不想說。

盛明陽說：「我自己的兒子自己清楚，我信他做不出那種事。學校這種地方不是有監控麼？是真是假，一查就知道了。十幾歲的學生有點衝突口角很正常，急起來口不擇言，這都可以理解。但是風言風語攔不住，傳出去就害人了。老徐，幫我查。」

他或許是真的不信，也可能是在找證據支撐自己。他的每一句話都很平靜，卻像摁著盛望的肩膀，一刀一刀扎進他身體裡……

也不全對。

盛望想，其實也是他按著盛明陽，一刀一刀地扎過去。

他在徐大嘴站起來的時候開了口，聲音沙啞。他說：「別查了。」

假期沒結束的時候，盛望總會想，時間久了他和江添會變成什麼樣。

但他忘了，他們隱患太多，連「久」的機會都不一定有。

江添的座位在主席臺最邊上，他其實發完言心思就飛了，但扭頭就走實在不合適，愣是被何進摁到了下一個流程開始，才逮住機會離開。

他幾乎是大步跑回明理樓的。

盛望終於搬回了A班，他占了很久的座位終於能還回去了，從此往後他不用抬頭，就可以看到對方的影子落在他的書桌上。

可當他跑到頂樓，扶著後門門框剎住腳步，卻並沒有在教室裡找到盛望的身影。

教室氛圍很奇怪，從他進門起，嗡嗡的嘈雜就被按了靜音鍵，所有人都抬頭望向他，卻沒人說話。江添愣了一下，走回自己座位邊問高天揚：「盛望呢？」

周圍人的表情瞬間古怪起來，就連高天揚也僵了一下。

江添抬起眼，發現鯉魚和小辣椒在前面欲言又止。

那個瞬間他心臟忽地一沉，彷彿有所感應。

「看什麼看，自習呢！」高天揚衝周圍喊了一句。他扔開一字未動的考卷，有點煩躁地抓了抓頭髮，拉著江添出了教室。

「盛哥去政教處了。」高天揚說。

「為什麼？」

「打架。」高天揚遲疑片刻，又補充道：「因為齊嘉豪說你們……」

他聲音驀地低下去，「同性戀」這幾個字說得異常含糊，總覺得當面說這個，就像給江添直直捅了一刀，血淋淋的。

而當他說完再抬眼，江添已經大步下了樓梯，眨眼便消失在了視野裡。他只記得對方跑過樓梯拐角的時候，嘴唇緊抿，臉色一片蒼白。

奔往政教處的路上差點撞到人，但江添已經記不清了。

他滿腦子都是盛明陽從禮堂前排彎腰離開去接電話的一幕。他不敢想像兩者之間的聯繫，就像他不敢想像盛望孤零零地站在政教處的辦公室裡。

而當他直闖進那間辦公室，卻只看到徐大嘴扠著腰愁眉不展地站在窗邊。

被推開的門砰地撞在牆上，他在木門的顫動聲中張開口，嗓音艱澀：「老師……」

徐大嘴轉過身來，神情複雜地看著他，說不上來是想罵他還是想嘆一口氣。

江添努力壓著呼吸，問道：「盛望呢？」

「走了。」徐大嘴說。

有那麼一瞬間，江添皺著眉，似乎無法理解這兩個字的意思。

他腦中嗡然一片，像是浸沒在了冰河裡，一陣一陣冷得發麻。

「什麼走了？」他聽見自己不解地問了一句。

徐大嘴最終還是嘆了口氣，「被他爸爸帶走了。」

「去哪裡了？」

「我哪知道呢？」徐大嘴擰眉看著他，「江添……」

他剛說完這兩個字，就見門口的男生垂下眼。

他似乎終於繃不住了，彎腰撐著膝蓋，鼻息粗重，像是跑了幾萬里。

徐大嘴忽然就說不出什麼了。他不是沒處理過這種情況，正是因為碰到過，才更想嘆氣。中學裡面沒有祕密，只有不脛而走不知真假的流言，就算他告誡過知情人，有些東西也依然會傳遍四處，甚至要不了幾分鐘。

徐大嘴看見江添撐在膝蓋上的手指捏縮起來，攥成了拳，拇指死死掐著關節。

看得連他都感覺到疼了，江添才站直身體啞聲問了一句：「打他了麼？」

徐大嘴啞然許久，回答道：「沒有，沒打。」

江添點了一下頭，走了。

徐大嘴看見他跑過窗下，穿過樓後堆滿枯葉的花壇，直奔往三號路……不知道要去哪裡找。

其實有一瞬間，盛明陽是想打的。

盛望說「別查了」的那一刻，誰都看得出來他這個口口聲聲說「不可能」的父親有多無地自容。他手都已經抬起來了，又在最後關頭垂了下去，手指顫得像痙攣。

他在那裡站了很久，最終只是強壓著情緒對徐大嘴說：「老徐，我帶他出去一下，就不占用你時間了。」

哪怕盛怒之下，他也沒有生拉硬拽弄得一團狼狽，父子兩個都不是這樣的人。

他只是拍了一下盛望的肩，示意他往外走。

臨出門前，他又剎住腳步，轉頭衝一臉愁容的徐大嘴說：「有什麼錯我替他認，小孩不懂事，我這個當爸的也一塌糊塗，給你添麻煩了。」

他微微躬了身，像那些明明事業有成對著老師卻卑微恭順的家長一樣。

那個巴掌明明沒落下來，盛望卻感覺自己重重挨了一下，從臉一直疼到心臟。

他想說你別這樣，但造成這個場面的恰恰是他自己，他沒有資格說這句話。

可是他真的錯到這個程度嗎？他明明……就是喜歡一個人而已。

那個瞬間，盛望難受得想彎下腰。但他最終只是沉默地跟著盛明陽往外走。

他以為盛明陽會直接把他帶回家，他知道對方需要一個沒有外人的地方，但盛明陽沒有。

車直接上了繞城高速，速度極快，跟盛明陽一貫的開車風格完全不符。

不知過了多久才踩下急剎，盛望被安全帶勒得生疼，又重重磕回椅背。

車停在郊區某個產業園區不知名的偏道上，周圍無人往來。

這個角度剛好正對太陽，無論駕駛座還是副駕駛，都被扎得睜不開眼。盛明陽伸手想拿墨鏡，但最終又垂下手來煩躁地拉了手剎車。

他開不下去了。

盛望的眼睛被光線刺得一片酸澀，但他沒有閉上，只是一直盯著那個光點，盯到世界變成一大片空白，才聽見盛明陽開口：「什麼時候的事？」

他嗓音裡面帶著一絲火氣，在車裡響起來時卻悶得壓抑，像稠密的水草層層纏繞上來，又一點一點勒緊。

「不記得了。」盛望說。

四個字就把盛明陽的火氣全勾了上來，他重重地拍了一下方向盤，「什麼叫不記得了？你們哪天開始鬼……」

他可能想說「鬼混」或是別的什麼，但話到一半自己就說不下去了。他揉摁著眉心深呼吸了幾下，默然很久，才竭力放緩了語氣：「你跟我說實話，是不是小添他……」

「不是。」盛望打斷道。

那個瞬間，他感覺到了巨大的荒謬。

他想說，你知道季寰宇究竟給江添留下過多大的陰影嗎？你知道他被纏繞在那些根本不該他承受的東西裡有多痛苦嗎？你知道他花了多少時間才從那些事情裡掙扎出來嗎？

而你們就這麼武斷地、毫無根據地，把所有問題都歸到他的身上，就好像他生來就該是那樣的。就好像他根本不會難過一樣。

「我追的。」盛望說：「我喜歡的，我先開的口，我想盡辦法勾的他，我還因為他不給回應，把自己砸到了B班，又因為想跟他待得久一點，拚命考回來了，你看不出來我平時繞著他轉的時候有多開心麼？」

盛明陽臉色難看極了，盛望每多說一句，他的表情就狼狽一分。好像被曝光示眾的那個人是他一樣。

他皺著眉，終於找到間隙打斷道：「別說這些！」

盛望停了話，臉色同樣很難看。

過了片刻他才生澀開口說：「你問的，你讓我說實話。」

「爸爸知道你不是這樣的人，沒那些毛病。」

「你不知道。」盛望說：「你不知道，我自己最清楚。我喜歡我哥，我是同性戀。」

盛明陽還在試圖講道理：「我知道你現在這些話有點逆反心，純粹為了氣我……」

「我沒有。」盛望垂下眼，「我沒想氣你，我一邊高興一邊難受，很久了。」

車內一片死寂，盛明陽像被人打了一巴掌。

盛望說出這句話的時候，他知道自己剛剛說的所有都只是在強找理由。他就是不想承認兒子變成了這樣。

盛望垂眸坐著，餘光裡，他爸的手指攥著換檔撥片，無名指和小指微微抽動著，像不受控制的顫抖。如果手邊有什麼東西，如果他是獨身一人，可能已經砸了一片了。

但他只是攥了一會兒，冷下臉說：「斷掉。」

盛望抬起眼。

「你不用回學校了，晚點我給老徐打電話。」盛明陽說：「給你辦轉學。」

力和反胃。

「我不轉。」盛望說。

「要麼你走，要麼他走！」盛明陽終於沒壓住火，吼了一句。

吼完他顫著手指發動了車子，眼也不抬地說：「我有的是辦法，你自己選一個。」

車子直竄了出去，盛望像被摁死在椅背上，片刻後又驀地鬆開。他在不斷的急走急停中感到無

他還記得江添生日那晚他為了哄人開心說的玩笑話，沒想到一語成讖。

「爸，你知道快小高考了麼？」他在暈眩中閉上眼，牙關咬得死緊。

忍了片刻他才繼續道：「你有想過現在轉學有多大影響麼？你每次去辦那些手續的時候，想過這些麼？想過我有可能追不上麼？想過我有可能這一次就真的適應不了，然後一落千丈麼？」

「你自己想過麼？」盛明陽面無表情，「你但凡多想一點，都做不出這種荒唐事。」

「我不覺得荒唐。」

「你真不覺得？你不覺得荒唐，為什麼怕被發現？不覺得荒唐，為什麼一邊高興一邊難過，你難過什麼呢？不是應該理直氣壯麼？」

盛望張口結舌。

他想說不是這樣，但那個瞬間他忽然找不到反駁的詞彙了。就好像人在暗處走久了，連自己都會摸不清路。

盛明陽看也不看他，繼續冷言冷語：「你現在去告訴所有人，你跟你自己的哥哥搞在一起，你看看別人什麼反應！」

他氣到幾乎口不擇言，說完自己先閉了一下眼。車身跟著抖了一下，盛望卻並不覺得驚心，只是胸口冰涼一片。

不知過了多久，他才固執地說了一句：「我不斷。」
盛明陽沉默地握著方向盤，很久之後點了點頭說：「你這話別跟我說。」那跟誰說呢？盛望有一瞬間的茫然。
車子在山林彎道中呼嘯而過，開進了郊區公墓裡。這個時間不早不晚，整個公墓陷落在冷清和寂靜中，白色的大理石像結了厚霜，冷得人心口發麻。
盛望被拽進那座蒼白的建築裡，穿過一排排同樣蒼白的照片，然後在其中一張面前停下。
盛明陽拽著他，指著照片上笑著的人，卡了許久疲憊地說：「你跟你媽說，來，望仔。你看著她，說，你要跟你哥在一起，你是同性戀，說！」

江添跑到三號路的盡頭，順著學校西門出去，在盛明陽停車的地方剎住腳步，那裡早已換了人停。他在原地轉了一圈，又匆忙跑向梧桐外。
丁老頭和啞巴兩人在屋內摘菜，一個只會比劃，另一個卻看不大懂，只能沉默無趣地對坐著。老頭在家悶了一個假期，成夜成夜地琢磨著江鷗、季寰宇那些事。
人老了就是這樣，每時每刻都在操心。他有時會半夜驚醒，有時乾脆就睡不著覺。也許是天太冷了，人也變得滄桑遲鈍起來。
以至於江添出現在門口的時候，他有幾秒沒反應過來，許久才「哦」了一聲，亮了眼睛說：「小添啊？今天不是開學麼？」
江添扶著門框喘氣，「嗯」了一聲。直到這時他摸向口袋，才發現自己去禮堂開會沒帶書包，手機還藏在包裡。

「跑這麼急幹什麼？」老頭顛顛過來。

江添低下頭，他咬了一下牙關，才把那股酸澀的感覺嚥下去，問老頭：「盛望來過麼？」

「沒啊。」

意料之中。

江添點了一下頭，動作卻生澀艱難。

他跟老頭借了手機，給盛望打過去。

電話響了幾聲被接起，他心臟瞬間活了過來，可還沒來得及開口，就聽見高天揚在那邊說：

「添哥……」

他心臟又砸回了地底。

「盛哥書包在教室裡。」高天揚低聲說。

江添掛了電話，在老頭的通話記錄裡翻找到了盛明陽，又撥了過去，對方已關機。

他又叫了車衝回白馬弄堂，屋內空無一人。孫阿姨臨走前打掃過，整個房子裡飄浮著洗潔劑的味道，因為潮濕未散的緣故，空曠得讓人發冷。

他把所有能找的地方都找遍了，一無所獲。最後抱著微乎其微的希望，跑到附中北門那個一天也沒住過的出租屋。

裡面一片冷清，他知道沒人，他也沒帶鑰匙。但他站在那裡，還是忍不住敲了門。彷彿多敲幾下，會有人從裡面開門迎他進去似的。

因為他記得有人說過，不會把他關在門外的。

可他敲了很久也沒人來開。

他從小到大都習慣扮演著類似成年人的角色，照顧丁老頭、照顧江鷗、照顧他自己。他把所有能扛的不能扛的都背在身上，雖然很累，但他一直覺得自己承擔得來。

以至於有時候會產生一種錯覺，好像他什麼都不怕、什麼都擔得起，他無所不能。

可當他十八歲，真正邁入成年，才發現有太多事情是他顧不全的。

他像個拙劣的瓦匠，拆了東牆補西牆，左包右攬卻捉襟見肘。到頭來，他連跟盛望站在一起這件最簡單的事都做不到。

他也才意識到，他跟盛望之間的牽連密密麻麻，卻細如髮絲，全都握在別人手裡，只要輕輕一鬆，就會斷得一乾二淨。

城市那麼大，人來人往，周圍密密麻麻的面孔模糊不清，他怎麼跑，都找不到想見的那一個。

江添再次見到盛明陽是這天中午，在兵荒馬亂的醫院。

他們誰都不想把事情捅到江鷗面前，但偏偏忘了一件事——世上從沒有密不透風的牆，而學校恰恰是流言最容易滋生的地方。

江鷗開完年級家長會，打盛明陽的電話無人接聽，只有一條微信留言說「有點急事，晚歸」。因為季寰宇的關係，她跟盛明陽本就處在將斷未斷的矛盾期，又因為身體緣故，生意那邊也不再插手，所以她看到微信並沒有多問，而是跟著大部隊去了明理樓，想跟江添、盛望打聲招呼再走。結果在走廊間聽到了那些關於她兒子的傳言。

高天揚認識江鷗，也是最先發現她狀態很不對勁的人。

盛望、江添的手機、書包都在教室，高天揚只能輾轉回撥上一個號碼，電話便通知到了丁老頭那裡。

於是事情變得一發不可收拾。

江添趕回附中時，迎接他的就是這樣的一團亂麻。

那一瞬間他感覺有人在跟他開一個荒誕玩笑，他明明已經很用力了，卻好像總是慢了幾秒。他沒趕上第一步，就註定錯過所有，然後眼睜睜地看著車廂一節撞上一節，撞得天翻地覆面目全非。

而他只能站著、看著。

他不善言談、不善發洩，是個徒有其表的啞巴。

盛明陽趕到醫院的速度已經很快了，他出電梯的時候，看到江添坐在走廊某個無人的長椅上，支腿弓身，頭幾乎低到了肘彎。眉宇輪廓依然帶著少年人的鋒利感，卻滿身疲憊。

他本來是想說點什麼的，他帶著滿腔強壓的怒意而來，看到了這副模樣的江添，忽然張口忘言。這一剎那，他驀地意識到，眼前這個大男生其實跟盛望差不多大……

他好像從沒真正意識到這一點。

但這個念頭只是一閃而過，又被壓了下去。

江添聽見腳步朝他看了一眼，又下意識瞥向他身後，電梯裡空無一人，鏘啷一聲又關上了。

盛明陽皺著眉，片刻後開口道：「盛望沒來，我託人照看了。」

這種向別人交代他兒子行蹤的感覺很古怪，他心裡一陣煩躁，剛壓下去的火氣又翻湧上來。但他做不到像對盛望一樣跟江添說話，他會下意識克制，打官腔。

直到這時，他才發現自己其實根本沒有真正把江添當成家裡人。

江添從椅子上站起來，他其實比盛明陽高，雖然有著少年特有的薄削，依然會讓人感到壓迫。

他說：「我的問題，你別罵他。」

盛明陽覺得很荒謬，明明是他的兒子，別人卻在越俎代庖，好像他是個大反派，存心害盛望一樣，「你什麼時候見我罵過他？」

他反問一句，實在不想多說，匆匆進去了。

盛明陽從沒見過江鷗這樣歇斯底里的模樣，有一瞬間他甚至覺得她會瘋，或是一時衝動做出什麼不可挽回的事來，總之，跟他當年認識的人完全不同。

他們之間要說有多深的感情，並不至於，只是剛好有這麼一個人，剛好勾起他對亡妻的幾分懷念，剛好合適。

就好像江鷗最激烈的感情也不在他這裡，而是給了季寰宇一樣。

寒假那段時間裡，時刻緊繃的神經消磨了不算濃厚的感情，他對現在的江鷗只剩下幾分責任、幾分同情，還有不想承認又忽略不掉的責怪……

沒有江鷗就沒有江添，事情也不會鬧到這樣無法收拾的難堪境地。

但是同樣的，對江鷗來說，沒有盛望就不會有今天這些事。

所以責怪之餘，盛明陽又有幾分歉疚。

病房裡充斥著濃重的藥水味，伴隨著女人崩潰的尖聲和低低的不曾間斷過的嗚咽，以及時而爆發時而歇止的泣訴，像幾種相互矛盾又強行雜糅的糟糕音調，壓抑得讓人待不下去。

盛明陽不知道江添在醫院待了多久，僅僅幾分鐘，他就有點受不了了。這期間他又去了幾趟樓下，丁老頭趕去學校的時候，因為神思恍惚，在跟江鷗的拉扯間摔了一跤。

都說年紀大的人不能摔跤，丁老頭還多一樣，他不能生氣也不能著急。

寒假裡季寰宇那些糟心事已經讓他徹夜難眠，變得遲鈍了，這次又來一擊，整個人都變得萎頓起來。丁老頭白髮蒼蒼地倚靠在床頭，肩背佝僂，看著窗外不知哪處，長久地發著呆，像是一下子就老了。

盛明陽和江添在醫院忙得焦頭爛額，直到夜裡才稍稍喘了一口氣。他們在家屬區歇坐下來，沉默和窒悶緩緩蔓延，填滿了這個角落。

過了很久很久，盛明陽朝病房的方向看了一眼，問道：「後悔麼？事情弄到這個地步。」

江添垂著眼，目光盯著某處虛空，像是在出神，又像是單純的沉默。

「你年紀大一點，成熟很多。」盛明陽語氣裡透著疲憊，耐著性子說：「你是怎麼想的，我聽聽看。」

半晌江添才開口：「我不欠誰的。」

他輾轉長到這麼大，沒跟誰久待過，沒把誰當成支柱。他習慣了往外掏，卻很少拿別人的。但凡拿一點，都會加倍掏回去。

他誰也不欠。

他做著他覺得應該做的事，承擔著他應該承擔的。

他誰也不用怕，誰也不用看，他只看盛望。

盛明陽大概也知道他的情況，一時間居然找不出話來應答。

愣了片刻才說：「但是望仔不一樣。」

江添「嗯」了一聲，那個瞬間幾乎脫了少年氣。他說：「我知道。」

盛望心軟，敏感，常說自己脾氣不好，卻總在考量別人的感受。

明明小時候一樣孤獨，反應卻截然相反，一個索性把自己封在冰裡，一個卻伸出了無數觸角，探著四面八方的動靜。

但就是因為這樣，他們才會有交集。

就是因為心軟，他一個人站在白馬弄堂深夜的路燈下，盛望才會開窗叫住他。

他就是深知這一點，所以早上滿世界地找著盛望，下午卻沒有再問。

不是不想見了，是不想盛望來見他，不想盛望見到他面前攤著的滿地狼藉。

他知道盛望會難受。

他也知道，看見盛望難受的瞬間，他會有一點動搖。

盛望到醫院已經是第二天了。

他沒有書包、沒有手機，盛明陽找人看了他一整夜。

他白天處於深重的煩躁與焦慮裡，只想找江添說幾句話，哪怕交代一下去向讓人不用擔心。夜裡又反覆回想起公墓裡的那一幕，想起他媽在蒼白的照片中笑著看他，而他抿唇看著別處，直到眼睛發紅也沒能說出想說的話。

都說至親的人最清楚捅哪裡最疼，盛明陽太知道怎麼讓他難過了。他第一天被帶去公墓，第二天被帶到了病床前。

他去的時候江添不在，盛明陽特地打了個時間差。

年紀大的人覺少，護士說丁老頭天不亮就這麼佝僂地坐在床上了，整日整日地發著呆。他摔了個跟頭，半急半嚇引發了血栓，變得愚鈍起來，別人說什麼話，他都只是瞇眼笑著。讓人弄不明白他是不計較，還是聽不懂。

盛望進病房的時候，他慢半拍地轉過頭來，盯著盛望看了一會兒，忽然笑著招了招手。

事情曝光後，這是唯一會笑的長輩，盛望莫名一陣鼻酸，說不上來是難過還是別的什麼。他遲疑著走過去，丁老頭枯瘦的大手抓住他，一邊攥著，一邊轉頭去搆床頭的手剝橙。

老頭塞了兩個最大的給他，抬了抬下巴說：「吃，甜呢。」

盛望低著頭，手肘夾著水果剛要說點什麼，就見老頭又指指樓上，交代說：「給小望也拿一個去，甜！」

他瞬間愣住，片刻之後偏開頭死死咬住牙關，眼圈一點點泛了紅。他知道老人家有時候迷糊了會口誤，只是一個瞬間的事，並不代表真的癡傻分不清人。

但是老頭以前精神矍鑠，從沒有過這種情況，這是第一次……

這比當場打一巴掌還要令人難過，盛望幾乎是落荒而逃。

盛明陽又拽著他去了樓上，指著門裡的江鷗說：「我知道你強，好像不堅持一下就顯得自己特別懦弱，但你再看看呢，這就是你想看到的？」

盛望記不清自己看到江鷗的一瞬是什麼感受了，只記得自己近乎茫然地走進去，想跟對方說點什麼，卻張口結舌。他不知道自己是該關心還是該道歉，直到江鷗緩慢地抬眼看向他，然後情緒突然失控。

護士和盛明陽都在安撫她，她掙扎著抓住盛望說：「阿姨求你，求你好嗎？」

盛望面無血色。

江鷗終於在各種人的努力中安靜下來，她看了盛望一眼，背對著他蜷回被窩裡，閉著紅腫的眼睛再不說一句話。

盛望僵硬地站了一會兒，從病房裡出去了。

江添從樓梯拐角過來的時候，看到的就是這樣一幕。

他看見幾名護士匆匆忙忙從病房裡出來，明顯剛經過一場大鬧。他看見盛望背靠著醫院慘白的牆壁，低頭站在病房門外，垂著的手指無意識地掐捏關節，難堪又沉默。

那一瞬間，江添忽然意識到，他已經很久很久沒看見盛望毫無負擔的笑了。

他忽然意識到，自己身上背負的所有東西都是帶刺的，密密麻麻全部直衝著盛望，對方每朝他走近一步、每跟他親近一次，都會被那些尖刺扎進去再拔出來，鮮血淋漓。

那顆總繞著他轉的太陽，因為他，已經不發光了。

他想親一下對方低垂的眼睛，不再帶笑的唇角。一個人站在那裡太孤獨了，他想過去抱一抱盛望，但他轉頭看到了自己滿身的刺……一天不磨平，一天不得靠近。

江添最終只是走過去，低低叫了一句：「望仔。」

盛望抬起頭，眼底發紅。

盛明陽忙忙碌碌在給盛望辦轉學手續，忽然接到了江添的電話。

他說：「他轉太多次了，沒在哪裡久待過，快考試了，別再給他轉了。」

盛明陽說：「總得走一個。」

江添說：「我吧。」

他拿出來很久的行李，終於還是又收回了箱子裡。

彷彿囫圇一場好夢，不小心又驚醒過來。

江添轉學是在二月中旬，帶走了盛望簽領的那隻貓。一併離開這裡的，還有江鷗和丁老頭。他帶著他的刺，走得乾乾淨淨。

自那之後A班便空出了一張座位，所有人都忘了提醒老師去收，就像徐大嘴憑空提過兩次，卻始終沒有把江添的照片從榮譽牆上撕下來。

三月初的小高考照常舉行，時間並不會因為某個角落裡的聚散離合停住腳步。A班一個月的集體抱佛腳效果顯著，全員四A，毫無懸念地完成了何進定下的目標，並沒有誰掉隊。

盛望在很長一段時間裡變得寡言起來，偶爾一個瞬間，高天揚他們會在他身上看到另一個人的影子，總是唏噓片刻便莫名難過起來。

A班風氣開放，當初那件事只是讓氛圍彆扭了幾天便回歸原位。跟盛望關係好的人依然關係好，他們湊著各種熱鬧的場子，說著誇張的笑話和八卦逗他開心，看著他爬到第一，釘在第一，慢慢甩開第二名一大截，再起鬨似的嗷嗷哀嚎。

高二下學期是個旺季，小高考結束之後，其他班級開始進入總複習，A班的所有精力都放在了競賽上。

盛望擼到了數理化所有複賽名額，七、八兩個月被各種特訓班、夏令營、集訓填得滿滿當當。

高天揚作為A班屁股最沉的吊車尾，只進了化學複賽。他心態極好，樂得清閒，每次看到盛望的排課表都嘖嘖搖頭，說：「慘，太慘了。」

盛望沒好氣地說：「真覺得慘，記得拎上貢品來探監。」

江添走後他第一次這樣開玩笑，高天揚他們受寵若驚，當即發了毒誓說，不去不是人。

自那天起，盛望慢慢又有了以前的模樣，會踩著椅子一下一下晃，會轉著筆拆高天揚和宋思銳的臺，會打完籃球仰頭灌水，然後拎著衣領，一邊搧風一邊笑著跟人聊天說話。

有時候會給人一種錯覺，好像所有都已回歸正軌，塵埃落定。

只是偶爾經過長廊榮譽牆的時候，他會停下腳步，看著牆上自己的照片從一張變成兩張、三張，然後越來越多，幾乎占據了小半壁江山……

而另外那個半壁再也沒有變動過。

高二結束的那個暑假，盛明陽提了一句，說有兩個北京的學長幫忙，江添申請好了國外的學校，避免了進度和考制不一致的尷尬，還替江鷗和丁老頭安排了適合調養的醫院。

盛明陽沒提自己，但盛望覺得他應該也插了一手。

那段時間盛望正在集訓。那個學校二號門邊有間便利商店，裝潢跟喜樂極像，盛望總是去那邊買東西，儘管它離住的地方極遠。一來二去，就跟老闆混熟了。

收到盛明陽那份信息的時候，盛望正在便利商店裡買水，老闆翹著二郎腿在那嘬櫻桃，結帳的時候大方地把玻璃碗往前一推，說：「來，吃點。」

盛望看著手機螢幕許久沒回神，在老闆催促下胡亂拿了一顆，一嚼卻是古怪的苦澀。

他剛出過汗，臉色在空調機前吹得有些蒼白。

老闆琢磨著不大對，問他怎麼了。

他按熄螢幕，把手機塞回口袋，低頭付錢說：「你這買的有問題，我吃了個苦的。」

老闆翻著碗看了一圈，說：「櫻桃期短容易壞，你運氣不好。」

盛望沒抬頭，過了半晌「嗯」了一聲，然後擺了擺手，頭也不回地走了。

可能是壞櫻桃作祟，他走了沒幾步，胃裡就一陣陣難受起來。難受的範圍太模糊，以至於有種胸口發涼的錯覺。

他忽然想起二月的那天，江添走過來低聲叫他：「望仔。」

還沒開口，他就知道對方想說什麼了。

他那時候猶豫又混亂，胡言亂語了一些什麼已經記不清了，只記得他攥著江添說：「我這次沒鬆手。」

江添沉默了很久說：「我的錯，我先鬆的。」

……

胃難受得厲害，心口也涼得發疼。盛望拎著冰水在原地站了好一會兒，才慢慢往前走。

這個學校也有跟附中相似的梧桐道，烈陽穿過寬大的枝葉投照下來，亮得刺眼。

轉眼又是一場盛夏，但他再也沒聽過那樣聒噪的蟬鳴了。

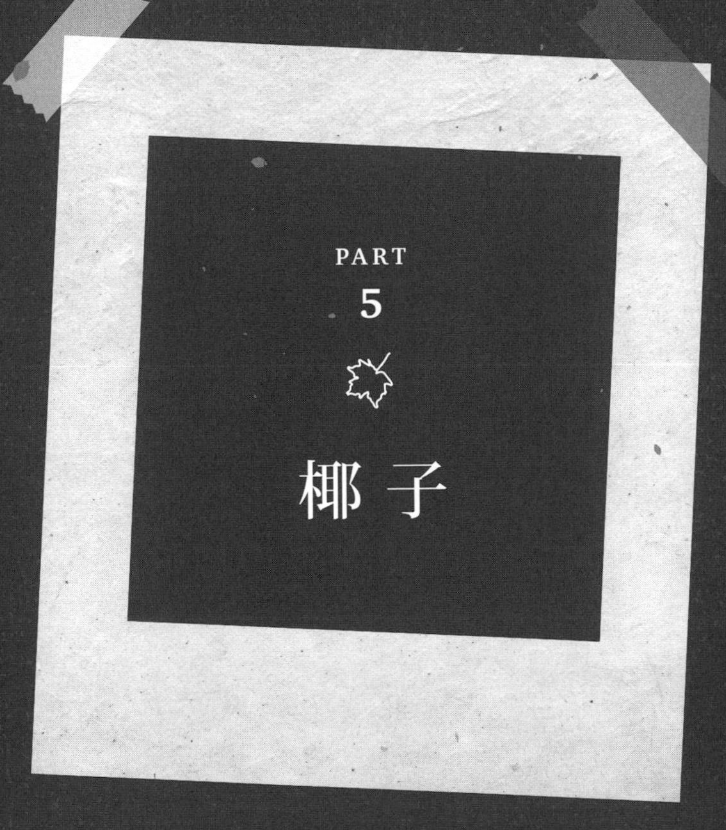

三號路依然長得沒有盡頭，梧桐蔭還是枝繁葉茂

人間驕陽剛好，風過林梢，彼時他們正當年少

〔Chapter 1〕

在他的陳年往事裡
有一個人，
只停留了一會兒就走了

盛望曾經設想過，在某個學科決賽考場、夏令營裡遇見江添。

他想像得了那個場景，甚至天氣陰晴冷暖、周圍往來人流匆忙與否都很具體，但他想像不出自己會說什麼。

也許會叫一句「哥」，也許會故作自如地打聲招呼，也許……還沒開口就先難過起來。

後來得知江添去了國外，便連想像的餘地都不再有了。

盛望把所有時間都投到了競賽裡，忙忙碌碌，不給自己閒下來發呆的機會，幾乎是以自虐的方式在學。

他自認聰明，卻遠沒到天才的程度。當初摸個老虎屁股都費了一番時間，到了競賽後半程，更是明顯感覺到了辛苦。

跟普通同學相比，他還能被開玩笑地叫聲「掛逼」，混到全省乃至全國最頂尖的人裡，他也不過爾爾，就算再怎麼以學習發洩，精力也實在有限。

所以他物理混了個說得過去的省級二等獎，專攻的化學進了選拔營，碰上狀態好又走運，進了國家集訓隊，輾轉拿到了保送資格。

家長、老師都很高興，他卻像踩在虛空裡，總也落不到實處，就好像一直在被某種情緒推著往前跑，不敢停步、不敢張望。

某天胸前忽然撞來一道紅線，旁邊人歡呼起來，告訴他「恭喜，你到終點了」。

各大高校的自主招生門檻總是扎堆出來，A班這一年的競賽表現總體不錯，大家捏著獎項到處遞申請交資料，幾乎每個人都拿到了幾個選拔名額。

唯獨高天揚的證書是一棵獨苗，等級也並不很高，那陣子他總開玩笑說：「我要變成唯一的留守兒童了。」

盛望看不下去，抱著筆電在網上泡了幾天，愣是翻到了幾所條件合適的名校，幫他修了一遍初審要用的作文和英文資料交了上去，沒想到真的通過了。

那一個月，高天揚恨不得每天衝他磕三個響頭，順便包辦了他的早飯。老高心眼比炮筒粗，不會想太多，總是自己覺得什麼好吃就給盛望帶什麼。連著帶了二十多天的漢堡、可樂，吃得盛望看見他就自動飽了。

到了月末，這二百五終於反應過來盛望吃怕了，轉而換了中式。他努力回想著盛望以前吃過的早飯，破天荒起了個大早去食堂排隊，帶著豆腐腦、雞蛋和紅罐牛奶進了教室……

然後那一整天，盛望除了拿到早飯時的「謝謝」，再沒說過一句話。

到了寒假前後，通過自主招生初審和綜合能力測驗的同學，紛紛奔往各個大學考試去了。那陣子何進簽假條簽到手軟，教室裡大半是空座位，課沒法排，經常整日整日上著自習。

有一天下大雨，從早上起就陰慘慘的，教室裡亮著冷白色的燈。盛望踩著桌槓，書攤在膝蓋上，有一搭沒一搭地刷著題，忽然聽見桌面被人「篤」地敲了一下。

他恍然怔住，差點混淆了時間，彷彿回到了剛來附中的某一天。

也是這樣下著大雨，他發著燒，昏昏沉沉地趴在桌上，江添跑了一趟醫務室，拎著一袋藥跟高天揚說話，好像也這樣敲了他桌子一下。

盛望從題目上收回視線，愴惶抬頭，看見班長鯉魚拿著一張表格問他：「你什麼時候離校？」

他默然片刻，說：「不知道，大概四月吧。」

鯉魚在表格上登記了個大致時間，又有點擔心地瞄著他：「你臉色好差啊，生病了嗎？」

「沒有。」盛望握著筆指了指頭頂，說：「燈光照的。」

鯉魚走開很久，他才垂下眼睛。

又過了很久，盛望才忽然想起來。江添拎著藥跟高天揚說話的那天，並沒有敲過他的桌面。敲他桌面的那次，他也並沒有生病。

明明才過了一年多，他就開始記不清了……

他默然坐了一會兒，匆促從書包深處翻出耳機塞進耳朵裡，隨便找了個重金屬搖滾歌單，把聲音開到了最大。

教室太冷清了。

附中這一年戰果累累，收割了一大批高校的保送和降分優惠。

辣椒拿到了盛望同所學校的本一線錄取資格，宋思銳他們幾個保送了省內 TOP 高校強化班，鯉魚奔往上海。

高天揚大概生來就是戲劇本身，自主招生都搞得一波三折。他本來發揮不錯，拿到了十五分的優惠，在滿分四百八十的前提下已經很可觀了。

他爸媽正要高興，他卻臨到橋頭反了悔，大手一揮放棄了。

「我爸氣得淘寶了一把雞毛撣子。」高天揚驕傲地說：「我小學之後他就發誓搞佛系教育，這回差點破功。」

盛望問他：「幹麼不要優惠？高考憋了個大招啊？」

「不想去那所學校了，突然大徹大悟，要趁年輕瘋一把。」高天揚說：「等著，哥們兒去北京陪你。」

保送的那批人在四月中旬離校，盛望始終很淡定，宋思銳他們憋瘋了。走的那天硬要搞點氣氛，把高中積攢的小山一樣的試卷從頂樓扔了下去。

白色的紙下雪一樣飄了滿地，然後被樓下尚未脫離苦海的同學罵了一上午，又被政教處請去喝了最後一杯茶。

盛望無辜受了牽連，被罰著跟那幾個傻鳥一起掃試卷，不掃完不准走，然後A班那群二百五一邊笑罵著一邊衝下樓，給他們幫起了忙。

楊菁翻著白眼找人送來一輛廢品收購車，給他們堆考卷。

那個季節已經有點微熱了，滿地狼藉收拾完，盛望出了點汗。他在換了店員的喜樂便利商店裡買了瓶冰水，把捂人的校服外套脫下來。

他把外套甩到肩上，拎著水走出校門的那一瞬間，塵世間熙熙攘攘的人流在他面前的大街上穿行而過。

他慌亂躁動的少年期至此愴惶落幕，一生一次，再不能回頭。

因為保送的緣故，盛望那個暑假比別人多出了一倍的時間，卻並沒有在家久待。事實上，自從江添走後，他就很少回家了。

說沒有怨憤是假的，不過更多是為了迴避。只要回到白馬弄堂那幢房子裡，他就不可抑制地想起很多事來。

他去找了那位開輔導班的楚哥，接下了江添曾經做的事，利用假期那幾個月給自己攢了一筆錢，解綁了盛明陽給他的所有銀行卡。

楚哥這兩年發展得不錯，不想只盯著附中這一塊，先後在市內幾個區都開了分店。他說，現在規模大了，需求也大，讓盛望大學刻苦之餘別忘了他，有空就幫幫忙，順便給他當個金字招牌。

盛望說：「看在關係好的份上，我可以優惠一點，不收你廣告簽約費。」

楚哥哈哈大笑，臨開學前給他包了個大紅包。

比起商人，他更像個混江湖的，舉手投足都透著仗義，不過表達仗義的方式比較單一，就是錢。他很喜歡盛望的性格，剛好也聊得來，每每付起報酬都格外大方。

在之後很長一段時間的大學生涯裡，這成了盛望獨立於盛明陽的底氣。

當然，僅僅是獨立並不大夠。

盛明陽第一次發現兒子不再花他的錢，是在盛望去北京以後。

他很少會查那幾張卡的情況，只在盛望和江添關係被發現的那段時間裡盯過一陣。冷不丁發現花銷停在很久之前，他是有點驚訝的，但並沒有當回事。

他自認很瞭解盛望，知道自己兒子大手大腳慣了，跟誰吃飯都溜去買單請客，偏偏性格有點驕又有點懶，解綁銀行卡頂多是一時意氣，出於對一些往事的反抗。堅持不了多久，就會垂頭耷腦地綁回來。

但他等了很久，也沒有等到所謂的「意料之中」。

真正讓他感受到兒子逐漸脫離掌控，是在盛望大二的時候。

某次假期他去北京出差，期間聯繫了幾位生意上的老朋友一起吃頓飯，把盛望也叫上了。席間聊天的時候他才發現，盛望的專業已經換了，而他居然一無所知。

當初盛望說是通過競賽拿的保送資格，所選專業自然跟競賽科目相關，但他只在那個專業待了一年就轉向了經濟類，還修了個法學雙學位。

盛明陽問他怎麼想的，他沒解釋什麼七七八八的理由，只說了一句：「不喜歡就換了。」

盛明陽本身不贊同這種學幾天就換的行為，總覺得有點草率，但他對盛望原本的專業也沒什麼瞭解，說不出草率的支撐理由，只得作罷。

盛望有時候會在課上碰到辣椒，她原本專業就是法學。下課之後，如果時間剛好，會一起吃個午飯或者晚飯。不過不是他們兩個人，而是三個——

高天揚頂著雞毛撣子的威脅，高考發揮順利，成功實現了「到北京陪盛望」的承諾。他學校離盛望不遠，隨便左繞還是右繞，公車幾站就能到。

只是保福寺橋和五道口那塊，高峰期長年擁堵，他經常坐在公車上抓耳撓腮，一邊瘋狂在群裡發微信說「馬上就到」、「看到門了」，一邊絕望地卡死在車流裡。所以他們三個人的午飯、晚飯，永遠準時不了。

高天揚一怒之下改騎車。那一帶時常颳「妖風」，經常人到了，腦子也吹傻了。

盛望起初信了他的邪，還挺感動，後來越看越不對勁，終於在某天拽了他問道：「老高你老實說，來北京是陪我的還是來追辣椒的？」

高天揚混跡江湖二十載，頭一回臉紅得宛如猴屁股，說：「說什麼呢，當然是陪你的！」

盛望「呵」了一聲說：「放你的屁。」

高天揚的傻帽精神持續了兩年，踩著大二的尾巴終於成功把辣椒拿下，於是三人小分隊變成了一對小情侶和一隻單身狗。

盛望一邊欣慰於二百五開竅了，一邊覺得自己日了狗。

有一回幾個人一起吃飯，碰到了學生會的朋友，那人看著盛望被餵狗糧的嫌棄臉忍俊不禁，調侃道：「怕什麼，你也找！就憑你這張臉，只要說句想談戀愛，一個系的女生都能衝過來，還怕氣不死這倆？」

他本意是開個玩笑，沒想到這話說完，桌上幾人對視一眼便陷入了詭異的沉默。

高天揚衝他直擠眼睛，頻率高得活像抽搐。

他也不知道自己說錯了什麼話，眼觀鼻鼻觀口地喝起湯來。

盛望垂眸吃著飯，臉上也看不出什麼異樣。他嚥了口中的食物，又喝了一口冰水，這才衝朋友一笑說：「有點道理。」

辣椒在旁邊咬著吸管補充道：「他都忙死了，哪有那閒心。」

學生會那人「哦哦」兩聲，說：「那倒是。」

大學跟高中不同，不是刷刷題、參加競賽就能悶頭走到底的。但盛望依然把自己弄得很忙碌，雙學位、學生會、活動比賽，還有跟著老師做的計劃。好像不把二十四小時填得滿滿當當，就過不下去似的。

人忙起來的時候，時間總是溜得很快。

高中的時間是按天算的，大學就變成了按年。好像只是睡了幾覺，睜了幾次眼，一年就倏忽到了頭。

他上一秒還是剛入學的新生，下一秒就成了學長。

他被女生堵在樓後，聽到對方喊他「學長」的時候，就有這種時光恍惚的感覺。那時候他定了一份令人豔羨的工作，除了寫論文和辦手續，已經很少回學校了。

女生個頭不高，笑起來的時候唇角有個梨窩，很甜。

她說：「我也是法學院的，之前一直以為你跟黎佳學姐是一對，不敢表白。後來發現她有男朋友，所以我就大著膽來了，我堵了好久才堵到你。學長，馬上就是元旦了，新年新氣象，我給你當女朋友行嗎？」

距離他們不遠處的地方，學院在開元旦晚會，贊助還是他們學生會外聯部去拉的。但盛望彷彿才意識到似的，怔愣兩秒答非所問地說：「今天幾號？」

「二十九號啊。」女生說。

盛望點了點頭。

很奇怪，明明已經離開附中很久了，但他聽到「年底」和「元旦」這樣的詞，第一反應依然是「以前附中總是在年底辦藝術節」。

以前附中總在年底辦藝術節，活動結束就很晚了，三號路上人影幢幢，好不容易擠回宿舍，人也睏了。再睜開眼，一年便到了頭。

明明他已經做了很多事，把每天填得滿滿當當，記憶卻並沒有跟著及時革新。偶爾出神的時候，腦中依然是以前、以前、以前……

「學長，我有戲嗎？」女生並不是害羞的性格，還煞有介事地伸手在他眼前晃了晃。

盛望回過神來，抱歉地說：「不好意思。」

「啊——」她拖長了調子，又問道：「為什麼啊？我長得不好看嗎？我覺得挺好看的啊。」

盛望被逗笑了，點頭說：「挺好看的。但是……」

女生眨著眼，等他「但是」的後文。

盛望看著她，忽然覺得時間真是神奇，曾經在附中沸沸揚揚的傳言，不出幾個月便沒人再提，然後再過幾年就成了陳年往事，連知道的人都沒有了。

這周圍沒人知道，在他的陳年往事裡有一個人，只停留了一會兒就走了，他卻盯著那處空白望了好久。

盛望把領子翻起來，擋住冬夜的風。

他衝那個女生笑了一下說：「我喜歡的是男生。」

這個世界很神奇。

以前關於喜歡的話他只能悄悄說給江添聽，不敢讓別人知道。現在，他可以平靜地告訴很多人了，又只有江添聽不到。

明明通訊那樣發達，可他們就是在人潮人海間斷了聯繫。

起初是盛明陽防賊一樣地盯著，那陣子盛望有點破罐子破摔的心理，想著反正他怎麼抓都抓不住，索性就算了吧——你費了這麼大勁，不就是想看我一個人嗎？那我格式化給你看。

那時候年紀小，腦筋也拗。他難得叛逆，因為不忍心直捅別人，總帶著點傷敵一千自損八百的架式。

他當著盛明陽的面清空了帳號，卸了微信，把舊手機連同那個「哦」和「養生百科」一起鎖進了抽屜裡。

盛望記得合上抽屜的那個瞬間，盛明陽站在桌邊沒說話，表情有幾分失落。

而他一邊眼睛發酸，一邊覺得爽，就像用最尖的牙，去咬最疼的潰瘍。

那之後，別人聯繫他，要麼電話，要麼信息。

江添所有的動向都要經過盛明陽的口轉告過來，他對盛明陽說：「爸，這樣放心了麼？」

盛明陽沒有說話。

附中在北京有個校友會，每年新生入學前後會組織聚會吃飯，歷屆學長、學姐有空的都會出席，歡迎學弟、學妹們入京。

第一次盛望婉拒掉了。年紀小的時候，他在這種活動上總是如魚得水，跟誰都能聊得來，明明酒量不行，還總抱著杯子喝到傻。後來他卻只覺得厭煩——沒完沒了的寒暄、客套、故作親近，實際上全都是陌生的人。他沒那個心力。

第二次，他是被辣椒和高天揚拖過去的。

可能是天生的吧，真到了那個環境下，他又自動切換成了如魚得水的模式。直到趙曦姍姍來遲，他就像被按了靜音鍵一樣安靜下來。

趙曦當時一眼就看到了他，跟別人說笑著調換了位置，坐在他旁邊，趁著無人注意，拍了一下他的肩說：「出息了啊盛望同學，學會失聯了。」

趙曦給他倒滿一杯啤酒，端著杯子跟他碰了一下，奶白色的泡沫濺了出來。

他喝了一大口，聽見趙曦說：「很苦吧？」

他就嚥不下去了。

趙曦說，他一直有幾分微妙的愧疚，怕盛望是受了他和林北庭無意的引導，才會走上這條路。那他罪過就大了，害人無端受苦。

盛望說不是。

因為趙曦和林北庭就在那裡，而他遇到的如果不是江添，恐怕也走不到這條路上來。至少他自己想像不出那個場景。

他又問趙曦，當初是怎麼說服家裡的。

趙曦怔了一下，「林子沒這個壓力，至於我嘛……老趙以前也軸，我脾氣爛可能就遺傳的他。當時跟林子吵崩了，也跟老趙吵崩了，我就直接出國。我媽見不著人，就跟我爸發脾氣，磨得軟化了一點。後來老趙生病，忽然就看開了。這兩年嘮叨林子也不比我少，大概當成親兒子了吧。」

盛望一愣，恍然想起來喜樂趙老闆是做過癌症手術的。

「不過……」趙曦說：「如果再來一回，我倒寧願多磨他兩年，換他別生病。誰的時間不是時間呢。」

人世間歡喜悲苦各不相同，再怎麼相近，日子也是自己的，借鑑不了什麼。

盛望又問趙曦：「他去國外，是你跟林哥幫的忙麼？他……」

——他過得好麼？

趙曦以前常聽他說「我哥、我哥、我哥」，冷不丁聽到掐頭去尾的「他」，還有點不大習慣。愣了一下又反應過來，那個拼湊的家庭已經分崩離析，那聲「我哥」已經名不正言不順了。

江添不再是哥哥，也不再是男朋友，兜來轉去，又成了盛望不知該怎麼稱呼的人，又成了無法述諸於口的某某。

趙曦說，他跟林北庭幫忙安頓了一部分，主要還是江添本身夠爭氣，有獎學金的前提下，日子不會那麼難過，但也僅僅是不那麼難過而已。

盛望又問，他跟江添還有沒有聯繫？他說很少。

因為這短短一句回答，盛望鬼使神差回了趟江蘇，把舊手機翻出來折騰著登了微信。

剛登陸就收到了一大批未讀消息。

它們在時間的縫隙裡滯留太久，已經沒有了回覆的意義。

盛望一一看下來，從頭拉到尾，唯獨江添的聊天框裡一片空白，什麼都沒有。

直到那一刻，他才意識到自己卸載微信，丟棄手機，並不是純粹的賭氣。

他知道江添的性格，也知道對方決定的鬆手意味著什麼——江添把他的學校、老街、長巷、同學、朋友……所有塵世熱鬧都留給了盛望，自己帶著一隻貓走得乾乾淨淨。

而盛望只是不想接受這個事實而已。

那段時間，他會反覆戳進江添的資訊介面裡。

對方的暱稱還是「哦」，頭像還是「團長」，相簿封面是那張光影下的書桌，朋友圈停止在那首〈童年〉上，好像流年戛然而止，此後再無更新。

大四元旦，婉拒學妹表白的那天，盛望抓著手機在操場看臺上坐到深夜。他想跟江添說話，前所未有地想，又不知道該說點什麼。

當初收場的方式太過匆促難堪，兩邊都一片狼藉，以至於少年時候頭腦一熱就能說的那些話，大了，卻怎麼都發不出去。

其實發出去也沒什麼用，他們之間橫亙的東西一天不消失，說了，就只是平添糾葛與煩惱。藕斷絲連這個詞聽著曖昧繾綣，不過是背道而馳又非要耗著而已，耗到足夠遠足夠長，就能斷得平平靜靜。

他更發不出什麼寒暄的話。

他想像不了有一天他和江添會彼此問候著「忙麼」、「最近怎麼樣」、「有空出來聚聚」，然後給少年情動一層層撒上土，埋進過去。

大學正式畢業的那天，他被辣椒和高天揚拽著，跟一大群人吃了頓散夥飯。好像每個學校、每個班的散夥飯都有那麼一個固定流程，給各種暗戀對象、前男（女）友打電話。就像愚人節一樣，臺階早早就搭好了，萬一不盡人意，順著下來就是。

盛望起初覺得他們是一群傻鳥，太幼稚了。後來被那群傻鳥輪番敬酒，喝得在包廂角落沙發上呆坐半晌，伸手問高天揚：「我手機呢？」

高天揚比他還懵，「你手機給我了嗎？」

他茫然片刻，「哦」了一聲，從自己口袋裡摸出來，認真地點進微信置頂，一個字一個字地輸入：你還在嗎？

然後撤回。

又輸入：我畢業了

然後撤回。

再輸入：拿了兩個學位，厲害麼

……

他一句一句地發，再一句一句撤回，專注得像在修訂學術論文。

等到高天揚喝完一圈逃到那個角落，瞄見聊天介面裡一個綠條都沒有，只有長長一排的「你撤回了一條消息」。

然後盛望說著「我靠，想吐」，按熄螢幕衝進了廁所。

他的撤回堆得很長，卻沒能等來一個問號。倒是別人的消息蹦跳不息，成群結隊地來祝他畢業順利。

總有這樣的一些人，掐著各個時間點祝他生日快樂、節日快樂、新年平安。而他連名字都對不上，只能公式化地回一句「謝謝，你也是」。

那天之後，盛望再沒做過這種事。

他好像已經收拾好了所有，精力旺盛地投進了工作裡。他去了一家頂級諮詢公司，門檻很高，那年在他們學校錄取的大多是碩博，他是少有的獨苗。

以前孫阿姨常說他十指不沾陽春水，炒個飯都不知道要先擱一點油，不知疾苦。大學畢業他卻一秒不曾多賴，迫不及待地投進了人間疾苦中。

公司客戶很廣，各行各業都有，他所在的組別重點對接外資，但他長得好，會說話，能力也強，跟各組關係都不錯，很快攢了自己的人脈網。

盛明陽以前總把「你還小」掛在嘴邊，直到某天生意上碰到一個檻，需要疏通一下關係。他以往的業務很少涉及那一塊，一時間還真沒找到合適的人牽線搭橋，最後兜兜轉轉，竟然繞到了自己兒子那裡。

那天盛望趁著出差喊他吃了頓飯，順口把牽線的事應了下來。

盛明陽這才猛地意識到，不知不覺中，盛望早就不是那個窩在沙發上喝著汽水打遊戲的小孩了，也不會再因為他一句話扭開頭紅了眼眶。

也許是突然感覺自己在衰老，也許是酒到酣處。盛明陽看著盛望在席間握著手機戳戳點點，似乎在聊微信，忽然問了一句：「你跟……你們又聯繫上了？」

盛望動作頓了一下，又繼續打完字，收了手機說：「沒有。」

他吃了幾口東西，又補充道：「他微信好像已經不用了，你放心。」

那個瞬間，盛明陽似乎想說點什麼，但最終只是點了點頭。他印象裡的兒子有點嬌生慣養，這也挑，那也挑，鬧脾氣的時候像動物崽子炸起了毛，看著根根直立，其實都是軟的。現在卻有不一樣了。

他後知後覺地發現，他的兒子給自己包了一層殼，堅硬帶著毛刺，嚴絲合縫還有點扎手。那個後腦杓毛茸茸的望仔已經消失在了時光裡，不知道要去哪裡找。

不過盛望有一點弄錯了，江添不是故意不回消息，而是丟了手機。

江鷗和丁老頭是趙曦、林北庭幫忙安置的，費用方面也墊了不少。他不喜歡欠著別人，哪怕關係好也不行，但凡攢下一點錢就會還回去，所以即便有獎學金，也過得並不寬裕。

他的簽證有限制，打不了太多零工。為了儘早還清，他把開支壓縮到了最低，租住的街區不大安全。

他被攔過、偷過、搶過，起初都打算忍耐下來，直到連丟兩部手機，才匆匆搬了地方。每回換新手機，他總是第一時間去雲端硬碟上把存好的舊影片、舊照片扒下來，建個私人相簿仔細保存好，但又很少點進去。

有一年十二月初，他跟著教授去參加一場科研會，返程的時候，因為教授私人原因，在瑞典待了兩天。那裡的冬天漫長難熬，下午三點天就開始黑了。

附近的商店關了門，唯一亮著燈的那家只有酒。教授邀他一起喝點熱熱血。

他喝了幾杯便窩去了角落，坐在窗邊的扶手椅裡，看著太陽早早沉沒在地平線，忽然點進了手機相簿，翻出很久以前的一段影片，來來回回拉著進度條。影片裡，一名穿著校服的男生在路燈下直直走了幾步，忽然轉頭看向他，問道：「拍得清嗎？」

江添弓身垂著眼，拇指不斷地在進度條上抹著，每每放到頭就拖拽回起點。明明很清醒，卻像一個固執又笨拙的醉鬼。

教授跟朋友聊完天，走到這邊來，好奇地瞄了一眼手機，也沒看清具體內容便笑著問說：「你在看什麼？」

江添把手機螢幕按熄說：「沒什麼，我的貓。」

「噢。」教授知道他有一隻貓，精心養了很久。

他理解地點了點頭，「我見過照片，很漂亮。牠叫什麼？我總是念不好那個名字。」

江添手指撥轉著手機，目光落在虛空中的某一處，似乎有點出神。

他沉默了幾秒才答道：「望仔。」

影片和照片好找，綁了手機號的各種帳戶卻麻煩極了，更何況有些還認設備。

江添換了新的微信，卻並沒有加過多少人，其中大部分是留學生，聊天記錄多是課業方面的事，只有一個例外。

那是他某天坐在凌晨的巴士上一時衝動加上的，對方連絡人大概已經爆了，連他是誰都沒問，胡亂寒暄了兩句就睡了。他卻像個守財奴一樣，盯著那兩句不分對象的嬉笑客套看了一整條長路。

這個不為人知的微信彷彿給他套了一層隱身衣，他藉著這層虛殼自欺欺人。

他會在節日給對方發一句克制的祝福，然後掐著十二月四號零點，跟對方說一句生日快樂，再換一句簡單禮貌的謝謝。

他在這一句句的簡單回覆裡匆匆往前趕，提前畢業，又直接申了博，好像他再努力一點，時間就能縮短一些，變得不那麼難熬。

然而他每次疾跑幾步，總會被人拉拽著倒退一些……

江鷗前兩年恢復得很好，有時候會給人一種錯覺，好像她只是在集中的刺激下生了幾天氣，過了那個節點，氣就消了。

她一度變得溫和文雅，跟人說話也總是帶著笑的模樣，不急不氣，以至於江添以為一切都好了。直到某天，他試著提了一句盛望，江鷗像被按了開關，瞬間焦躁不安起來。他這才發現，心理上的問題解決起來，並沒有那麼容易，只能靠時間和耐心慢慢磨。

而在這期間，丁老頭又進過幾次醫院，做過一場手術。人老了就像站在鋼絲上，每一步都小心翼翼，過了這個坎還有下個坎，膽戰心驚。

所以江添跑得再快也沒用，因為影子移得太慢了。

他花了很久很久，才讓影子勉強跟上一些，然後稍稍喘了一口氣。

他的導師是個大牛，那陣子有個關於奈米材料醫療應用方面的合作專案，需要回國久待一陣。江添看到合作學校的時候，鬼使神差提了申請。

直到坐上回國的航班，他才覺得自己這一趟跑得有點昏。

他想看一眼的那個人，早已畢業了。

年底總是最忙的時候，盛望連軸轉了兩天半，在國內踩著國外的作息，跟客戶那邊開了個視訊

會，好不容易在天亮之後逮住時間準備補它一天覺，就接到了一通電話，說晚上安排了一場飯局，

他從被窩裡伸出手來，抓著頭髮坐起身。睡眠少了容易上火，本就灌了滿肚子氣，冷不丁聽到這橫插進來的事，簡直是一腦門的官司，「哪個客戶這麼會挑時間？」

「一個奈米科學方面的牛人，原本的合作公司跟咱們這邊有點往來，後來轉到了醫療領域，聯繫就少了。他這次帶了幾位博士過來做一個專案，合作學校你熟得很，不用我說了。剛巧咱們公司跟你們學校也有個合作發展中心，再加上那教授跟 par 有幾分私交，反正一來二去，這個飯局就定下了。」

盛望一點都不覺得剛巧，只覺得擾人清夢要遭雷劈，所以他晚上到地方興致懨懨的，並不那麼有精神。

那位大牛長了個白皮臉，黃皮胃，偏愛淮揚菜，公司這邊給訂了間包廂。大牛說是帶了三位博士，臨到盛望進門也只見到倆，還有一個座位始終空著，也不知道是人是鬼。

他抻著神經寒暄片刻便在椅子裡坐下，架著手肘懶洋洋地回了幾波微信。期間忽然聽見對面教授和倆博士提到了一個「江」字，便條件反射地抬起頭。

盛望看著對面愣了幾秒，沒再聽見類似的字眼和全名，又覺得自己簡直有病。世上同名同姓的人尚且數不清，更何況只是一個姓呢。但他每次都要多看兩眼，好像這姓有多罕見似的。

過了不知多久，教授接了通電話，笑咪咪地說人到了。

盛望拋下手機，揉摁了一會兒睏得發沉的眼皮，起身說：「我去接。」

剛好透一口氣，緩緩他的睏勁。

他拉開包廂門出去的時候，江添恰巧自拐角轉來。

某個瞬間他們四目相對，然後就再也邁不動步子了。

盛望愣了兩秒，大腦嗡地一片空白。

周遭人來人往，話語不斷，唯獨他們兩個站在一條僵直寂靜的線上，愕然地看著對方，眉眼明明還是熟悉的樣子，卻有些不敢認了。

那些曾經充斥著衝撞、曖昧和焦灼的流年，就這樣從旁緩緩滾過。抵著鼻尖擁抱接吻像是上輩子的事。

他們站在原地，卻被撞得面目全非。

盛望垂在身側的手指蜷了一下又鬆開，喉嚨乾澀發緊。

他說：「哥。」

……好久不見。

當初選擇轉專業，包括進公司後待的組別，盛望都是抱了私心的。

曾經流行過一句話，說世上任意兩位陌生人的關係間隔不會超過六個人。

盛望不止一次設想過，如果對外業務接得足夠多，關係網覆蓋得足夠廣，他跟江添會不會在某個場合下不期而遇。那就不能怪他們藕斷絲連了，該說世事無常，或者命中註定，而他說起話來也會少些負擔和顧慮。

殊不知真正到了這一天，他卻張口忘言。

他想說「我今早睡囫圇覺的時候還夢到你了」。

跟之前的無數次一樣，江添穿著寬大的T恤，藍白校服敞著前襟，袖子高高地擼到手肘，屈著一條腿坐在飄窗上，塞了白色的無線耳機刷題。

外面陽光太亮，空調嗡嗡作響，臥室裡面溫度總是調得很低。

窗臺上的人轉過頭來說：「背書不要搖椅子。」

他還夢見江添趴在桌上補眠，左手還是那樣搭在後頸上，被人吵醒就不耐煩地皺著眉。走路的時候不緊不慢，上下樓梯卻一步三級，奔跑過後會出一層薄薄的汗，張揚又冷淡。

但盛望最終什麼都沒說，因為夢裡那個男生已經脫下了校服，換上了陌生的深色大衣。他從遠方而來，風塵僕僕，隔著幾公尺距離看過來的時候，像冬日清早漫起的霧。

直到這個瞬間，盛望才後知後覺地意識到，他們分開已經太久了。世界飛快地往前跑，不會因為某兩個人而慢下腳步。時間可以改變的東西太多了，亂石都能磨成砂。

他忽然有點近鄉情怯了。

包廂門被人推了開來，同事走過來拍著盛望的肩，「不是接人麼？幹麼豎在這裡當木頭啊？」

盛望怔然片刻才從江添身上移開視線，轉頭問：「你剛說什麼？」

教授另外一位博士從裡面探出頭哦地笑起來，隔著人衝江添招手說：「不容易，總算到了，你這車堵得可夠久的。教授念道你半天了！」

接著好幾個人湧出來，填塞在盛望和江添中間，滿口聊笑，圍擁著他們進了門。

盛望夢遊似的回到座位，端起杯子喝了一口茶。他被燙得舌尖一痛，驟縮的心臟才慢慢鬆開，一泵一泵地往四肢百骸送著血，發麻的手指終於有了溫度和知覺。

盛望抬起眼，看見江添被推到教授旁邊坐下。他脫了大衣，露出裡面乾淨合身的襯衫，一邊解著領口的扣子，一邊應著教授的問話。

他似乎也心不在焉，只是點頭或是回簡單的詞，當他解開袖口翻折起來的時候，終於抬眼朝這邊看過來，目光橫穿過圓桌和滿堂笑語，落在盛望身上。

同事眼尖，幾乎立刻問道：「哎，我剛剛就琢磨了。你倆不會認識吧？」

滿桌人都停了話頭，饒有興趣地看過來，目光在兩人之間來回掃著。

盛望愣了一下，莫名覺得這場景荒謬得有點好笑。

高中時候的自己一定打死也想不到，有一天他跟江添同坐一桌，會分在最遠的兩頭，而旁邊的人居然訝異地說「原來你們認識」。

他僵硬地點了一下頭，同時聽見江添「嗯」了一聲。

「大學同學？」

「不是。」盛望說。

「我記得你大學就沒在國內了吧？」江添的同門只是隨口一提，桌上兩人卻對視一眼，不約而同微妙地沉默起來。

有那麼一瞬間，盛望希望周圍多餘的人都消失。因為他所有的注意力都釘死在了桌對面，根本無暇分神去應付其他。

好在同事張朝是個多話的人，不會讓聊天出現哪怕一秒鐘的空白：「大學整個兒在外面念的？那就好，我以為吃個飯又被隔壁學校包圍了呢。省了我一場攀比性舌戰了。」

一桌人哄笑起來。

張朝又道：「不是大學的話……那是高中一個學校？」

江添說：「一個班。」

右手邊的同門拍著他說：「你這邊有老同學你不早說！」

這位情商略有些滯後，話說完了才反應過來不大妥當。

飯局上有老同學，當事人卻都不清楚，那就只能說明一件事——雖然是同學，但關係顯然好不到哪裡去，至少不常聯繫，沒準兒連對方幹什麼都不清楚。

比起對面直來直去的學術派，盛望他們這邊就圓融很多。

張朝立刻接話抱怨說：「這上哪早說去？我們都是今早才接到的通知，說今晚管飯呢。」

其他人立刻笑了起來，把那微妙的尷尬揭了過去。

那位長得頗為敦厚的博士踩了一次雷便謹慎起來，不再多扯同學舊識，專心致志地誇讚起其他人來。從教授誇到同門，然後著重吹起了江添：「他厲害。他本科畢業直接申的博，我們幾個當初申請的時候戰戰兢兢，生怕收到個拒信。他一點兒不用愁，教授早瞄上了，穩穩的。一般參加個什麼會，如果有人員限制，教授都叫上他。我們都是眼巴巴看著，也不能下毒。」

教授說中文舌頭打結，但是聽沒問題。

他哈哈笑得像個聖誕老人，說：「下一次，我保證，下一次再有那樣的會議，一定邀請你陪我一起去。」

「早該這樣了教授，把他留下來，至少姑娘們會謝謝你。」

教授哈哈大笑。

盛望感覺自己像個半鏽的鐵釘，明明被對面的磁石擾得嗡嗡直顫，還得抽出一半注意力仔細聽著他們的對話。

他上課都沒這麼認真過，這會兒聽著閒聊，卻伸長了耳朵，一個字都不敢漏。他在那些調侃玩笑和描述中挑挑揀揀，篩選出跟江添有關的部分，拼湊出漫長歲月裡的小小一隅。有些聽得驕傲，有些聽得酸澀。

那是他錯失的那些年。

這教授有四分之一俄羅斯血統，對酒的興趣遠大於其他食物，到了寒冷的季節尤其如此。張朝他們幾個又是海量，陪著遠道而來的客人推杯換盞。

盛望也喝了不少，他每次端起杯子，江添都會越過杯盤看過來。

包廂頂燈華麗繁複，光線交錯交織，再加上玻璃杯相碰之間的折射，有時會迷了眼。他們就在這樣紛亂的燈光下克制地坐在兩端，視線糾纏。

杯子剛喝空，他就窩去包廂一角的沙發上躲著了。

酒食酣足，大家陸陸續續去了洗手間，包廂裡一下子冷清下來，只有兩三個遺留在桌的人還在小聲聊天。

盛望拎著桌上溫著的水給自己倒了一杯，江添從洗手間提前回來，繞過圓桌徑直走了過來。

盛望像被點了穴，握著杯子肩頸僵硬。

仰頭喝水的時候，他甚至能聽見自己骨骼關節的咔咔聲。

沙發往下輕輕一陷，江添在他身邊坐了下來，手指交握著，能聞到淺淡的洗手液味。盛望朝旁偏了一下目光，看到了腕骨邊熟悉的小痣。

曾經最親暱的時候，他抓著江添的手親過那裡，又被對方反扣著吻回來。

盛望眸光一動收回視線，握著玻璃杯的手指無意識地轉著杯口。

以前他們也這樣坐在一起過，好的時候他把江添當靠枕，壓抑的時候遠遠分在兩端，但很少像此刻這樣，說近不近，說遠不遠，兩相沉默。

其實盛望想說的話有很多，每一句都翻湧著衝到舌尖，又在開口前退了回去。

給你發的胡言亂語收到了嗎？
為什麼從來不回呢？
想起以前還會難受嗎？
是耿耿於懷，還是放下了？
身邊有沒有出現過更好的人？
還會被誰逗笑嗎？
有過一瞬間的心動麼？
……
十七、八歲的時候，不能理解久別重逢的人為什麼總是說些不痛不癢的話，這一刻盛望才明白，不是無話可說，而是不敢問。
就像要蹚一片密集的雷區，不知哪步走錯，就會被炸得支離破碎……不如寒暄。
他看著杯子裡輕晃的清水，轉頭問江添：「回來跟曦哥他們說過麼？」
「沒來得及。」江添說。
「很匆忙嗎？」
江添沉默片刻說：「臨時決定的。」
明明是再無聊不過的話，盛望的心臟卻一陣一陣緊縮，像被一隻看不見的手揪緊又鬆開，反反覆覆。
他舔了一下發乾的唇沿，靜了片刻問：「會在國內待多久？」
「半年。」

盛望拇指用力地抹著杯壁，點了一下頭。

他餘光能看到江添的臉，垂著眼，似乎在看他的小動作。他拇指一滑，收了起來。

江添看了很久，不知道在想些什麼。

盛望想問他，我變化是不是很大，跟高中相差很多？

不過還沒開口，就聽見江添低聲問：「喝那麼多酒，難受麼？」

盛望眨了一下眼，短暫地安靜了幾秒，說：「偷偷練過，不是三杯倒了。」

江添看向他，他伸了個巴掌在對方眼前晃了晃，「漲到了五杯。」

他那一瞬間的神情有少年時候開屏炫耀的影子，只是倏忽冒了一下頭，又立刻縮了回去。

江添張了張口正想說什麼，包廂門被人從外推開，聊笑聲湧了進來。那幫去洗手間的，去吸菸室冒煙的都回來了，從架子上拿下外套，做著最後的寒暄。

沙發一角的氛圍瞬間被打破，教授叫了江添，語速飛快地說著事，大概是明天或後天的安排。張朝拉了盛望，忙忙碌碌地給一桌人安排車。

明明沒有超量，盛望卻覺得自己酒意很濃，大腦應和著疾跳的心臟，有種眩暈著落不到實處的感覺。每一通電話和安排都像是身體的條件反射，口舌有它自己的意識，自動說著合適妥當的話。

等他來回跑了兩趟再進包廂，就發現人去房空，只剩下自己和張朝了。這時候他又覺得自己口拙舌笨，漏了太多話沒跟江添說。

他忽然想起當年剛進A班那陣子，有一次去喜樂吃午飯忘了帶錢，江添拿著手機來贖他。兩人回到教室的時候，午休的練習卷已經發了很久，他只剩十五分鐘，緊趕慢趕還是漏了很多沒做。

考卷被抽走的瞬間，就是現在這種感覺。

張朝給盛望也叫了代駕，兩人在露天停車場邊等著人來。他比盛望大不少，當初盛望實習的時

候就是跟在他手下，後來成了平級。很多時候他都像一個操心的大哥，盯著盛望防止拚到過勞，

他正開著微信挨個往通訊裡加人，頭也不抬地衝盛望說：「一會兒加完，我給你推一遍。」

盛望心不在焉，說：「我有。」

張朝一愣，「好幾個人呢，你都有微信？」

盛望這才反應過來他只有江添一個人的，改口道：「說錯了，一會兒給我推吧。」

「行。」張朝點了點頭。

他那邊加完，盛望手機接連震了幾下，全是張朝推過來的名片，他沒有立刻看。倒是聽見張朝忽然問了一句：「你跟那位江博士就是高中同學？我怎麼覺得不止呢？」

他本意是想問他們有沒有過矛盾或者過節，但這話聽在盛望耳朵裡就是另一種意思了。

這個季節的夜風寒得驚人，盛望拉了一下圍巾掩住口鼻。

他朝停車場入口方向看了一眼，說：「是不止。」

「怎麼說？」張朝問。

盛望想了想說：「以前男朋友。」

張朝驚得一口風嗆在喉嚨裡：「哎，我操……」

〔Chapter 2〕

我很想你，每天都是

江添這晚喝得也有點多。

盛望那位同事有副三寸不爛之舌，以一己之力撐住了席間百分之八十的熱鬧，灌酒如灌水，張口閉口「高端人才」、「年輕有為」，專業詞彙一套一套的，什麼話題都能接上，什麼玩笑都開得起，端著杯子到處聊。

如果擱在以往，江添不想喝酒會直接拒絕，今天卻好像忘了帶舌頭，對方敬一次他就喝一杯，客套話都沒有，乾脆得像個機器。直喝到太陽穴突突脹痛，他卻連對方姓甚名誰都沒記住，只記得關於盛望的部分。

那人說自己跟盛望很有緣分，大學門對門，畢業以前就在學校活動上見過面，其他人互嗆得不亦樂乎，唯獨盛望這個年紀最小的最沉得住氣，話很少，撐坐在桌沿隔岸觀火鬥，偶爾開句玩笑。

他還說，自己當時就記住了這個大二男生，同行幾個女生也很喜歡盛望，覺得學弟帥氣乾淨，看著挺乖的，逗起來一定很有意思，結果後來發現根本逗不動。

因為盛望跟人的熟絡止於檯面，活動一結束就抓不到人了，既不愛發微信，也不愛到處玩，小小年紀就有了工作狂的潛質。

後來他們成了同事，再一看，果然是個工作狂。除了特定的休息日，不管什麼時候找盛望，他總是醒著的，好像一個不知停歇的陀螺，仙氣吊著就能活。

江添聽著那些斷斷續續的調侃，腦中總會浮現出畫面來，有時熟悉，有時陌生。

他能想像盛望坐在桌沿的樣子，眼尾帶笑，幸災樂禍地看著別人打成一團，然後逮住空子使壞。但他想像不出盛望話很少。

他的望仔逗起來是真的很有意思，會抓狂，會得意，喜歡強撐面子，又撐不了多久，常常順著臺階落荒而逃，跑不了多遠又灰溜溜地繞回來。

他脾氣很好，朋友不管隔了多久找他，都能熱絡地聊。

他是真的愛發微信，也是真的愛睡懶覺。

同事感嘆說，盛望成長飛快，自愧弗如。

江添卻只看到那個明亮張揚的少年一層一層給自己裹上殼，把那些和煦的、柔軟的、熾烈的東西都封到了最裡面。

別人都在誇讚，他卻只有心疼。

到了後來酒勁一催，渾身上下都難受得厲害。

專案組的接洽人員給他們安排了住處，就在合作學校裡，條件很好，一人一屋。江添被推著上了返回住處的車，一進後座便擰著眉閉上了眼睛。

結果剛開沒多久，不知誰放下了車窗，深夜寒風一吹，酒勁散了一半。

江添忽然睜開眼睛，扶著前座傾身對司機說：「停下車。」

教授已經睡著了，同門從前座轉過頭來問：「幹麼了？想吐啊？」

江添說：「有點事。」

「那讓車送你一下吧？」

「不用，回頭我自己叫。」

江添在其他人的疑惑中下了車，大步往回趕，回到包廂，卻只看見收拾杯盤的服務生。他問了路，又匆匆下樓去往露天停車場，剛繞過牆角，就看見盛望拉高了圍巾，衝同事打了聲招呼。

夜裡的溫度很低，盛望說話的時候，鼻尖前有一片淺淡的白霧，跟他的膚色一樣。他擺了擺手，頭也不回地鑽進車裡。

車身順著彎道滑出去，轉眼便沒入了茫茫夜色中。

那一刻江添忽然意識到，盛望再也不是那個喝了酒會乖乖待著等招領，強行拽著他走直線的男生了。

很快，彎道裡又拐出去一輛車，偌大的停車場只剩下他孤身一人。

他在深濃寂靜的夜色裡站了很久，心臟被一種情緒緩慢又洶湧地填滿，脹得生疼。

他以為自己帶著刺走遠一點，盛望會被扎得少一點。卻沒想過自己隔了太久才回，一時間已經摸不到那層堅硬外殼的開口了。

他開始後悔了。

這個城市他很陌生，卻是盛望生活了很久的地方。

燈火通明，人聲鼎沸。

他以為這是對方所喜歡的熱鬧，但他在這份熱鬧裡把他喜歡的人弄丟了，他只有最原始的地圖，不知要從哪裡開始找。

大學校園到了夜裡也不會太安靜，附近的烤翅店、火鍋店人滿為患，路上多的是從圖書館出來的學生。跟以前的附中不一樣，跟他在國外住的地方也不一樣。江添經過的時候會看幾眼，想像盛望是不是也曾在某張桌前吃過飯，跟誰吃的？還那樣挑食麼？

這次的專案期很長，他把貓也帶了過來。

動物對陌生的地方總是很敏感，以往他只要一進家門，那隻貓必定會蹲在鞋櫃最高的一層，探頭探腦來蹭他的手。

今天卻不知藏到了哪個角落，半天也不見影子。

他倒了食物和水，脫了外套在沙發上坐下，等了好一會兒，才看見貓崽子從沒來得及扔的紙箱裡伸出頭，警覺地盯了片刻，顛顛跑過來。

他撓著貓下巴，摸出手機猶豫片刻，給趙曦打了電話。

盛望喝了酒會犯睏，再加上之前連軸轉，回家倒頭就睡了。明明難得睡足八小時，第二天起床去公司，卻掛上了黑眼圈。

張朝被他嚇了一跳，趁著接咖啡的工夫跑過來擠眉弄眼，「幹麼了你？怪嚇人的。」

盛望給自己排滿了事，一副忙得不行的模樣，「還能幹麼，宿醉傷身沒聽過啊？我酒量比你差遠了。」

「拉倒吧。」張朝撐在他桌上死賴著不走。

這人昨晚聽到了驚天八卦，還沒來得及品咂品咂，當事人就上車跑了，他憋了一肚子八婆勁，不倒一倒簡直無心工作。

「你這哪裡是宿醉傷身。」張朝咬著杯口低下頭來，賤兮兮地說：「我看你面相，比較像舊情難忘。」

盛望：「……」

這人真是絕了，哪壺不開提哪壺，還提得人惱不起來，因為一針見血。

但這話其實也不對，有了新人才能叫舊情，盛望壓根連這個流程都沒有走過。

「還真被我說中了？」張朝這個糟心玩意兒，飯局上是個人精，到了這種時候又不會看人臉色了，頂著盛望的逼視繼續說：「那好辦啊！不都說老情人見面乾柴烈火麼？一次火不起來就多見幾回，明、後兩天不是合作中心那邊有會麼？你跟我一起去唄。」

唄什麼唄。

盛望頂著一腦門官司，調出行程安排給他看，「看見沒？我明天出差。」

說完他又忍不住補了一句：「一週。」

無意識表達了強烈的不滿。

「那真是造化弄人。」張朝搖著頭感嘆，「但也沒關係，你不是有人微信麼？聊啊！隨便找點什麼事，一旦開個口子，不就說上話了麼，說上了，後面不就順理成章了麼。」

這人自己單身三十年沒談過戀愛，也不知道是不是憋瘋了，格外熱衷於撮合別人。講起理論來一套一套的，就是從沒親身實踐過。

盛望再次被戳了痛點，抓起一個資料夾反手把他抽走了，「你懂個屁。」

八卦搗亂的人跑了，盛望目光回到電腦上，盯了好半天一個字也沒看進去，索性自暴自棄地重重靠回椅背上。

很久以前他想著，他跟江添之間攔著的東西只要一天沒消，走得再近也是徒勞無功。可真見到人了，他就根本顧不上那些所謂的「理智」了。

他看到江添的手指只想抓上去。看到喉結，只會想到當年被他親得發紅的樣子。看到每一處地方都在想：這些以前全是我的，想怎樣都可以。

分開的那幾年，想念是一種執拗的習慣。

真正見到了才意識到，他是真的……很想江添。瘋了一樣地想。

但他找不到那個口子了。

其實張朝說得沒錯，隨便找點什麼，一旦開了口子就都順理成章了。可他最大的問題就是，找不到那個口子。

他花了好多年給自己一層一層裹上殼，應對這個、應付那個，等到見了江添，他卻忘了怎麼卸下來了。

他想見江添，想跟對方說話，又怕見了面無話可說。

他躲在殼裡翻翻找找，卻不知道哪樣才是江添熟悉的他。

如果每次見面都是生澀的，那「舊情」只會在不斷的失望中慢慢耗盡，那才是他最怕的。

盛望掏出手機，點進那個多年置頂的聊天框，盯著空白介面看了很久，又一字未留地退出來。他煩躁地仰在椅子上，直到手機又震了幾下，才垂下眼應付工作。

回完幾條信息，他順著螢幕往下滑了幾道，這才想起來昨天張朝推的名片還沒加。

張朝很貼心，每個微信名片下面都附了人名，免得他對不上號。盛望一一發去申請，然後看到了最末端的一條提示。

盛望動著手指給張朝回道：怎麼還有一條撤回？撤了什麼？

張朝剛巧抓著手機經過，冷不丁看到一個空白頭像跳上來驚了一跳。

當初剛工作的時候，盛望的頭像還是一對大白眼，暱稱也很凶。張朝看不下去，委婉地提醒了他一句，說頂著大白眼回客戶回老闆都不大合適，最好換一下。

他不知道盛望究竟有多喜歡那雙大白眼，反正對方換得不情不願，換完之後連續幾天心情都不怎麼樣，於是他把未說出口的建議又憋了回去——他不覺得一片空白的頭像和「？」這樣的暱稱比原來好多少。

他到現在看到那片空白，還覺得自己網路有問題呢。

張朝回覆說：撤回了你的舊情難忘，你不是有他微信麼？

？……

？：哦

張朝看著他的回覆，莫名心情複雜。他是沒談過戀愛，但年少無知的時候也暗戀過那麼一兩個人，知道那種抓心撓肺的感覺。

一方面是媒婆心作祟，一方面是因為欣賞這個弟弟，張朝作為旁觀者，恨不得替他扯個紅線，就是一時間不知道怎麼扯。

愁啊，愁死了。

張朝在那兒替皇帝著急的時候，皇帝自己慫去了外地。

盛望看到出差行程的時候還有點煩，但真讓他去找江添，他又想不出什麼理由。

他轉悠半天，想到江添要在這邊待半年，忽然定下心來，收拾了行李第二天就跑了，一杆子把自己叉到了廣東。

他在機場剛落地就接到了趙曦的電話，對方說：「弟弟，救救你曦哥。」

盛望在那裡等行李，聽得一頭霧水，「怎麼了？」

「老趙同志最近更年期更大發了，比老太太還囉嗦，一人頂一個養鴨場。我跟你林哥準備出來避難，後天不就三十一號了麼？我說我倆找你去跨年，你考慮收留一下。」

趙曦估計被煩傷了，語氣非常麻木，「你是不是住在石景山那塊？哪個社區？給個門牌號，我跟林子到時候投奔你。」

盛望哭笑不得，「曦哥，我在廣東出差，回北京都三號了。」

趙曦：「……」

盛望沉默了片刻，猶豫著要不要跟他提一句江添回國了。轉而又想，江添自己肯定有安排，他沒必要越俎代庖，於是聊了幾句便掛了電話。

他不知道的是，趙曦剛掛電話就給江添發了消息：出差一週，地址沒問到，你要不坐計程車去廣東追人？

江添：……

坐計程車去廣東那就是真的瘋了。

江添下意識切換了APP，手指飛快點著螢幕。

直到旁邊的同門拍了他一下，掩著嘴小聲說：「本來還以為能歇兩天，四處轉轉再開始，這下好，泡湯了。」

江添這才回過神來。

他朝投影上接連幾天的專案安排看了一眼，又看到自己手機螢幕上的航班查詢資訊，捏了捏鼻梁，心說自己離瘋也不遠了。

他關掉APP，按熄了螢幕，正要把手機收起來，就接到了趙曦的來電。

「我接個電話。」他跟教授打了聲招呼，抓著手機出了研討室。

「曦哥。」

「哦，看你半天沒回，嚇我一跳。」趙曦嗓音懶洋洋的。

他最近幾天休假，開車帶著兩個老的去山裡泡溫泉，日子挺愜意的。跟盛望說的那些純屬扯淡，還被旁聽的趙老闆指著鼻子瞪了幾眼，「還以為你真坐計程車去了。」

「怎麼可能。」

「那就好，還有點理智，不至於連個酒店名都沒有，就坐飛機亂跑。」趙曦說。

「……」差點這麼幹的江添戰術性沉默了幾秒。

趙曦又說：「說到這個，我有點納悶。」

「什麼？」

「你幹麼繞這麼大一個圈子讓我去旁敲側擊？自己問啊。」趙曦作為過來人，一方面有點微妙的感同身受，一方面又恨不得把他倆懟一起算了，「就說來個地址，我去找你。他還能不給麼？」

沒等江添開口，趙曦又自顧自地下了總結：「哦對，忘了，你悶騷。」

江添：「……」

「不是。」他默然片刻，語氣變得有點頭疼：「他會跑。」

趙曦：「啊？」

「給他多餘的時間，他會想很多，沒想通就會跑。」

江添完全能想像得到那種場景，就像高中時候，某人一聲不吭把自己打包送去了另一個班。他的貓幾乎完美遺傳了這一點，主動伸著爪子過來撩褲腿的是牠，撩完溜得飛快的也是牠。

當初江添還能攢一本筆記本把人抓回來，現在他手裡還有什麼呢？

「那怎麼辦，出其不意當面抓？不給他多想和跑的機會？」

「他出差回來，我去等他下班。」江添說。

別的地址沒有，公司地址他還是知道的。

趙曦想想覺得還挺逗，調侃道：「我怎麼感覺你跟逮麻雀似的。」

江添並不想給他當樂子，硬邦邦地說：「掛了。」

「欸……」趙曦阻攔了一下。

「還有事？」江添停住上樓的腳步。

這次趙曦收了玩笑，斟酌了片刻問道：「那你媽那邊……」

「最近狀態好點了。」不然他也不會一時衝動就回國。江添說完這句飛快地蹙了一下眉，補充道：「可能是聽說季寰宇身體也不行了。」

「你居然會跟她說這事？」

季寰宇身體不行的事還是趙曦打聽到告訴江添的，他以為江添知道了也不會提，畢竟這個名字應該是江鷗最大的雷區。

「我沒說，她從別人那邊知道的。」江添說。

這讓他很是意外了一陣子，因為江鷗聽到「季寰宇」三個字的反應比他預想的小很多，只是那幾天精神懨懨的，到他回國前已經恢復了常態。

相比而言，她對「盛望」的反應反而大一點。

趙曦的聲音把他拉回神，「你媽還沒完全恢復，你確定要把人追回來麼？」

他並不是讓江添打退堂鼓，他只是見過太多反反覆覆的離合，怕這兩個弟弟又一次草草收場。

江添沉默良久，「我早說過，我不欠誰的。」

他的選擇從來就不是因為江鷗怎麼樣，而是盛望怎麼樣。面前始終只有兩條路，分開或者走下去。他們試過其中一條，走得面目全非……

再壞也不過如此了。

江添想起那天夜裡盛望寡言少語的模樣，安靜了片刻說：「反正不會比現在更差。」

趙曦啞然失語，半是複雜半感慨地笑了一下，「行，那我跟林子就等著你倆請吃飯了。」

他作為旁觀者看了這麼多年，其實很想幫點什麼，有時候恨不得把自己經歷過的、糾結過的統統告訴江添、盛望，免得受苦。

但那倆終究不是他和林北庭，不同的人有不同的路……

不如來點實用的。

趙曦掛電話前開玩笑地問了一句：「要哥給你講講分手重逢怎麼追人麼？」

江添：「你說。」

趙曦沒想到這個悶騷居然真打算聽，當即卡了一下殼，平靜道：「經驗之談，多見幾面就容易滋火，消不掉就吵架，吵不明白就打，打著打著……等一下，你成年了吧？」

「……」

江添摘了耳機，直接掛掉了電話。

盛望人躲在廣東，日子卻並不消停。

先是高天揚這個二百五清早五點鬼來電，炸著嗓門把他從被窩裡挖出來，吼道：「添哥回來了，你知道嗎？」

盛望自從工作之後就聽不得手機震動，一聽必醒，什麼睡意都被攪飛了。

他抓著手機茫然地在床上坐了一會兒，腦子裡上演了高天揚的一百零八種酷刑，這才下床喝了半杯水說：「我知道。」

高天揚嗓門倏地小了：「哦，你知道啊？你怎麼知道的？添哥回國聯繫你啦？」

「想什麼呢。」盛望說：「吃飯碰上的。」

高天揚啞然良久，說了句：「我操，這也行？」

其實當初江添離開，高天揚有陣子很不痛快，甚至有點生氣。他想說，好歹這麼多年的朋友，怎麼能說斷就斷？

後來換位想了想，又不氣了，只覺得苦。

也就是那段時間裡他忽然開了竅，拒了自招，考去了北京。這麼想來，江添和盛望還能算他半個月老，只是月老自己都還單著呢。

高天揚清了清嗓子，小心翼翼地說：「那什麼辣椒讓我問你們，還打算好嗎？」

盛望：「……」您可真會挑話題。

「幹麼問這個？」他沒好氣地說。

高天揚解釋道：「是這樣，老宋三、四、五號來北京出差，我們打算問問鯉魚他們有沒有時間，乾脆湊一波聚一聚。你跟添哥，你倆……嗯？」

盛望現在尚處於慫著的階段，他想了想那個場面，在場的全是老同學，知根知柢。萬一他跟江添對不上頻道，舉止尷尬，那就好比扒光了遊街，想想就很窒息。

於是他猶豫片刻，道：「那不巧，我在廣東出差呢，你們把他叫上吧，很久沒見了。點人頭先不用算我。」

高天揚有點失望，「噢」了一聲就掛了。

結果打發了高天揚，還有個張朝等在後面。

這位八卦先鋒可能連著開會開傷了，閒極無聊便來逗盛望。

他這兩天都待在大學裡，也不知道是故意的還是巧合，偶遇了江添好幾回。單是偶遇就算了，他還拍照片。

盛望跟客戶扯皮了一個白天，晚上剛回酒店就收到了他的連環轟炸。微信震了七、八下，全是大圖片。

盛望點開愣了一下，索性在窗邊的沙發裡坐下來，一張一張地看著。他手機裡其實有江添的照片，封存在私密相簿裡，要麼是當年趁著睡覺的偷拍，要麼是兩人並肩的影子。

因為隱晦，所以少有正臉。像張朝發的這些，倒算是稀有了。

他一張張存下來，存到最後一張頓了片刻，因為照片裡有幾個女生在看江添。

這讓他恍然想起附中的日子，也常有女生這樣嬉笑著從旁路過，頻頻回首，而江添總是冷冷淡淡的，對往來的關注置若罔聞。

張朝：你眼光可以啊，就幾分鐘的時間，起碼兩撥女生跑去跟他說話了。

張朝：還有要號碼的，我看到她們躍躍欲試掏手機了

張朝：現在的大學小姑娘真活潑，嘰嘰喳喳的，還挺熱鬧

？：……

？：你不是去開會麼，就開這個？

？：舉報了

盛望原本不打算搭理他，但看著他說的那些話，莫名改了主意。也不知道是被照片扎了一下，還是被那些「熱鬧」的形容詞扎了一下。

他懟完張朝便關了微信，洗了澡，換了衣服，回覆了好些工作上的消息，然後在沙發上靜坐許久，鬼使神差地給高天揚發了一條信息。

他說：我三號回北京，聚會如果排在四號，我應該可以。

高天揚：？？？

然而人算不如天算，盛望這場出差提前結束了。

他要應對的客戶出了名的麻煩，本來預計要耗費一週，誰知碰上對方喜事臨頭，再加上盛望會說話，兩天半就解決了所有要商談的內容，買最快的航班到北京，他居然還踩上了這一年的尾巴。

遺憾的是，他雖然趕上了跨年的時機，卻沒法約上趙曦和林北庭，因為組裡接到消息就搶訂了位置，藉著跨年聚餐辦慶功宴，他是主角，跑都跑不掉。

在這種場合，主角就是被坑的份，盛望當得不情不願。

他其實跟張朝學過一點技巧，明明是個五杯倒，卻能應對大部分飯局。但公司聚餐不一樣，因為他知道的技巧大家都知道，根本派不上用場。

所以這天晚上，他是真的喝得有點多，以至於散場的時候，他在晃眼的燈光下盯著杯子裡剩餘的啤酒花，忽然有點分不清今夕何夕了。

可能那間包廂的裝飾色調，跟「當年」燒烤店的那間包廂有點像，也可能他只是藉著酒勁，放肆地把自己沉浸在回憶裡。

他坐了好久好久，總覺得該有個什麼人來領他回去，直到被人拍了拍肩，問：「給你叫了車，走得穩麼？」

他抬起頭，看見問話的人是張朝，又有點失望地垂下了眼。

「怎麼了？還行麼你？」張朝問他。

就連問話聲都像是泡在了酒沫裡，模糊不清。

盛望重重地點了一下頭，又不動了。

過了好久他才抓著椅背站起來，拽著張朝說了幾句胡話。

酒勁太濃，具體說了什麼他轉頭就忘，倒是站還站得直，乍一看也沒有酒鬼的樣子。他跟張朝打了聲招呼，鑽進了叫好的車裡。

城市有時候很奇怪，明明天南地北隔了數千里，到了夜裡卻變成了一個樣。盛望靠著車窗，看著外面萬家燈火，忽然想起附中到白馬弄堂的那條路。

他那時候也喜歡這樣，斜靠在小陳叔叔的後座，餘光裡江添的手機螢幕忽明忽暗，他在燈火裡打著盹兒。

盛望沒有睡實，酒意醺然的緣故，他甚至分辨不出自己究竟睡沒睡，只知道手機一震，他就條件反射睜開了眼。

司機先生看他坐直起來，苦笑著解釋說：「這路可太堵了，昨兒個還沒這樣呢，今天真是趕上日子了。」

盛望衝他囫圇點了個頭，垂眼解了手機鎖，發現多了個微信群。

群是兩三分鐘前剛建的，拉人的是張朝，群名改成了X專案往來合作小組，他在裡面簡單寒暄了兩句，提前祝了元旦快樂，好幾個人冒頭接了話。

盛望這會兒反應有點遲鈍，盯著群名看了好久，才意識到那是江添參加的計劃。而群裡那些冒泡的人，都是之前一起吃過飯的，江添的教授、博士同門，還有助手。

他茫然片刻，終於在鈍化的記憶裡摳出了枝節。他在離開餐廳時，拽著張朝說，他想和好了，但不知道從哪裡開始和，連話都找不到場合說。

所以張朝拉了個群，帶頭說元旦快樂。

盛望握著手機猶豫了一下，也跟著說了一句元旦快樂。

很快，後面又冒出來幾個人，回應著他的話，但他等了半天也沒等到江添。

倒是第一個回應的人很奇怪，其他每個人都頂著備註名，唯獨他沒有。

盛望皺著眉盯著那個微信看了好一會兒，忽然意識到了什麼。他點開群成員核對了一遍，那天席上所有人都在，少了江添，多了這個。

直到這時，他才發現這人的頭像其實也有貓，只不過一隻封存在相框裡，擱在書桌上，另一隻趴在照片旁，因為縮成小圖的緣故，沒那麼顯眼。

盛望心跳忽然變得很快，每一下都砸得極重。

他順著頭像點進去，發現自己早已添加過對方。他又點進了聊天框，發現裡面並非一片空白，而是整整齊齊地排列著相似的話。

這個人從很久以前就開始給他發消息了，從年頭到年尾，每個節日都有，一次都沒有遺漏過。

最近的一條在二十多天前，十二月四日的零點，分秒不差。

他說：生日快樂。

盛望盯著螢幕，不敢抬頭也不敢眨眼睛，就像當初在陽臺上收到那本筆記。

他對張朝說，他不知道從哪裡開始和好，連話都沒有場合說。

可是他現在才發現，他想和好的那個人其實很早就開了口，一個人說了好久。

江添接到電話的時候剛洗過澡，換了寬鬆的白色套頭衫和灰色棉質長褲，這裡的暖氣很足，頭髮倒是乾得很快。

他看到來電人的時候愣了一下，立刻點了接通。

沒等他開口，盛望的聲音已經響了起來：「你在學校嗎？」

「在。」江添有一瞬間的空白，下意識回了一句。

下一秒，他便聽到了對方那邊傳來的風聲，他覺察到了什麼，問道：「你在哪裡？」

「我在往你那邊走，但我不知道你住哪間。」

等到反應過來的時候，江添已經換鞋下了樓。

他很久沒有這樣跑過了，這座學校大得過分，有些地方燈火通明，有些地方卻悄寂無聲。

這條路上就沒什麼人，偶爾有情侶經過，帶著切切的私語聲。他在零星數人的側目中輕擦而過，在拐角找到了想要找的人。

他弓著肩喘了幾口氣，然後抬頭看向盛望。

那一瞬間彷彿回到了高二的某一天。也是這樣一通突如其來的電話，也是這樣穿過校園。他在喜歡的那個少年前面剎住腳步，說：「我現在在了。」

這次江添還沒來得及說話，那個長大的少年就開了口。

他眼睛裡有一層薄薄的水汽，依然被遠處的路燈映得星亮。

他帶著濃重的鼻音，啞聲說：「哥，我喝酒了。你還需要招領失物麼？」

江添抿唇緩著呼吸，胸口起伏。

他抬手抹了一下盛望的眼尾，然後捏著對方的下巴吻過去。

盛望其實不會哭。

每一次鼻尖發酸，他都會睜大眼睛或者仰起頭，片刻之後多餘的水汽就會洇下去，他再飛快地眨上幾下，那股勁便緩過去了，只有眼尾會泛起一抹紅。

江添見過他這樣，也只見過他這樣。

很久以前聽盛明陽提過一句，說他兒子只要不哭，都不是大事。看盛望的習慣，恐怕過了幼年期就再沒有過「大事」，哪怕情緒到了極致，也只會眼尾發紅而已。

但是這一次，江添吻到盛望的眼睛，卻嘗到了滿唇鹹澀。他這二十多年的人生裡弄丟過很多東西，「失去」體會過很多，「失而復得」還是第一次。

原來這滋味是鹹的、濕漉漉的，洶湧又酸澀。

盛望腦中是空的，心口是滿的。

他被江添牽著，稀裡糊塗地跟著對方回到住處，上樓進屋。

他被抵在門上，幾乎喘不過來氣。

江添看著冷淡，但他的吻卻總是溫柔的，當初即便帶著少年期的青澀躁動，也只是親暱難耐而已。但今天不同，他就像在確認某種存在一樣，吻得很深很重。

盛望一度覺得太久不做的事會不知從何下手，太久沒見的人會變得無話可說。

直到他微微讓開毫釐，偏頭喘了一口氣，又如當年一樣抓著江添的後頸追吻過去，他才意識到，人的記憶遠比他想像的牢固，心裡的是，身體上的也是。

就算他喝了酒，反應遲鈍，不知所措，也會有肌肉記憶帶著他，像十七、八歲時候一樣，追逐回應著他喜歡的那個人，就像深入骨髓的本能。

我的骨骼說，我還是愛你。

「望仔。」江添微微分離開，眸光從半睜的眼裡落下來，迷亂中透著微亮。他嗓音很低，響在安靜的夜裡，聽得人心裡酸軟一片：「我們和好，好不好？」

年紀小的時候，他想做什麼，想說什麼，總要等一等，自認為那是理智成熟。等出了烏托邦、等盛望想明白、等酒醒了、等長大了……

後來他終於明白，世界總是在變，沒人知道下一瞬會發生什麼樣的事，就像剛滿十八歲那年樓梯拐角的那句「晚點再說」，誰能想到，他們一晚就晚了這麼多年。

他現在一秒都不想多等了。

盛望愣了好久，重重地點了一下頭。

他舉止依然帶著酒意，反應有點慢，又顯得格外直白認真。

他點完頭後又垂了眼，透著一股懊喪，「但是我跟以前不大一樣，很多人這麼說。」

他垂著的拇指捏著其他幾根手指關節，又開始了無意識的小動作。

他想說，你可以等一陣子再看。結果還沒來得及開口，就聽見江添「嗯」了一聲：「聽說了，喜歡你的人比高中時候多很多。」

盛望有點懵，想說我不是這個意思。

如果是平日清醒的狀態下，他一定能立刻反應過來，江添那麼聰明，怎麼會不知道他想說什麼。可惜他現在還醉著，只能呆呆地看著對方。

直到江添又開口說：「那換我來追，你決定要不要答應。」

「算了。」盛望洩氣地說。他安靜片刻，低低地咕噥道：「捨不得。」

他說話的語氣神態分明跟十七、八歲時候相差無幾，讓人無端想逗弄一下。

但江添此時滿是心疼，只是沉靜地看著他，然後低下頭輕輕地啄著他的眼尾、臉頰、唇角。

盛望被他弄得心癢難耐，又忍不住回應起來。

如果不是因為被某個毛茸茸的東西拱到腿，驚得盛望沒站穩，撞到了茶几一角，他們這會兒可能已經滾到沙發或者床上去了。

肌肉記憶作祟，盛望親著親著，就忍不住要去弄一下江添的喉結。以前是出於惡趣味和占有欲，想看他哥從冷冷淡淡的模樣被他一點點逗到失控。現在……

現在好像也是。

那點少年期的使壞心思總在相似的情境下倏忽探出頭來，根本用不著刻意去想。好像對著江添，他就能緩慢地、一點一點地把自己攤開來。

茶几是木質的，邊角有點尖。江添其實買了一組矽膠包邊，但這幾天心思跟著某人飛去了廣東，包裝盒都還沒拆。

盛望小腿被蹭破了一道印，細細地滲著血，他捲了褲腿坐在沙發上，跟蹲在茶几上的罪魁禍首大眼瞪小眼。

可能是貓的目光過於專注，盛望的神經在酒勁中掙扎了一下，感覺到了微妙的尷尬，於是他拽了個抱枕過來摟著，默默擋住了腰胯。

這貓被江添慣得無法無天，哪兒都敢坐，還不怕生人。

想到「生人」這個詞，盛望有一點點不爽。

江添去臥室找藥膏，他趁著對方聽不見，傾身向前，伏在抱枕上看著貓說：「你是我那個失散多年的兒子麼？」

貓可能以為他要撓牠，默默往後撤了腦袋。

盛望又問：「你怎麼長這麼胖了。」

貓虎著臉瞪他，變成了飛機耳。

盛望還想再開口，就見江添從臥室出來，手裡拿了個小盒說：「是那隻，不是胖，是毛多。」

他一出現，客廳裡兩個活物都消停了。貓癱坐下來舔起了爪子，盛望摟著抱枕窩了回去。半晌，他老老實實地「噢」了一聲。

「別盤腿。」江添示意他把破了皮的那條腿放下，在盒裡抽了張創口貼出來，說：「剛住過來，沒別的。」

「我自己來。」盛望剛要伸手，就被江添讓了過去。

創口貼帶著微微清苦的藥味貼在了破口上，江添的指尖落在他小腿皮膚上，在創口貼邊沿抹抹碰碰。盛望下意識收了一下腿，默默摟緊了抱枕。

那貓不知是對藥味好奇還是怎麼，忽然湊過來，用濕漉漉的鼻尖嗅了嗅他腿側。

「牠這是在親我麼？」這貓畢竟是盛望當年費勁挑的，稍稍有點親近的姿態，他就覺得真討人喜歡。

誰知他剛有點享受這種親近，江添就潑了他一桶冷水：「不是，牠在蹭鼻涕。」

盛望：「啊？」

——放你的屁。

盛望給了他一腳，不重，就像是傷腿來了個膝跳反應。踢完他才反應過來，自己先愣了一下，抬眼卻見江添站在那裡收著創口貼盒，然後偏開頭很低地笑了一聲。

盛望感覺自己像一個在雪地裡長途跋涉的旅人，守著火堆坐了很久，終於後知後覺地感到了暖熱。解凍從手腳末梢開始，血液活泛起來便淌滿了四肢百骸。

原來這麼多年過去，哪怕他自己都覺得已經面目全非了，卻依然可以逗笑那個人，一如往昔。江添的那聲低笑就像一個開關。那之後，盛望忽然變得黏人起來，跟著他進出臥室和廚房，看著他沖泡了一杯解酒的蜂蜜水，然後異常自覺地抓過來灌了下去。

他的話終於緩慢地多了起來。最初是問江添，問他為什麼換了微信？在學校過得怎麼樣？生活還方便麼？有沒有交到一些還不錯的朋友？

他聽到江添說住的地方空氣不錯，只是人很少，節假日尤其到了聖誕之前，周圍的商店總不開門，只有幾間狹小的超市亮著燈，卻找不到想買的東西。

附近有家中餐廳，味道並不怎麼讓人滿意。有一回過年，幾個同學叫上江添包了餃子，卻只買到了果醋，蘸著味道很奇怪。有個奇才破罐子破摔，往醋裡擠了同樣奇怪的辣醬和芥末，一頓年夜飯差點吃出終身陰影。

留學生時常有聚會和聯誼，江添被拽著去過兩次，實在沒有興趣，便再沒參加過。

然後慢慢的，盛望從問轉為答，說到了自己。

他一直過得匆匆忙忙，很少會回想這幾年的經歷，碰見過什麼人、做過什麼事，好像過去了就過去了，不願細說。直到今天，他才真正給這幾年劃開一道口，零零散散地說給江添聽。

他以為會很難過，可真正說出來，又覺得一切還好。

他說了大學生活，著重吐槽了隔壁宿舍醉人的「香氣」，逼得他很早就搬出來租房住，一度想養一隻貓，免得房子太冷清。可是每次挑選，都會想到很多年前被領走的那隻，所以貓窩、貓砂盆、貓玩具買了一整套，卻始終閒置在那裡。

還說了各種社團和比賽，其實他已經記不大清了，卻在江添的注視下描述得熱鬧非凡。說到後來終於流露出幾分本性，不動聲色地吹噓了一下自己在學生會做策劃、拉贊助的能力。

好像看到江添挑起的眉和流露出的訝異，那些東跑西竄日夜顛倒的日子就沒有白瞎。

盛望已經很久沒有這樣跟人聊過天了，好像怎麼都說不完。就像高中時候，明明沒什麼事，依然能抱著手機跟江添你來我往，在上課的間隙裡聊一整天的微信。

江添一度擔心他會口渴，瞄了他嘴唇好幾眼，終於還是沒忍住，起身去廚房倒了一杯水。等到端了杯子回來，口口聲聲要睜著眼跨年的某人已經睡著了。

他洗過澡，脫下了矜持沉穩的襯衫，從衣櫃裡翻了一件寬大T恤和運動長褲來穿，因為弓身的緣故，肩背輪廓分明，棉質的布料裹在腰間，拉出清瘦緊繃的線。

他睡覺依然喜歡趴在枕頭上，頭髮凌亂滑落，因為暖氣太足，額際也總會有幾分微潮，跟多年以前如出一轍。

江添自己喝了一口水，然後撐著床沿俯身吻了他一下。

盛望無意識地舔了一下嘴唇，側過頭更深地埋進枕頭裡。

他忽然想起當年附中藝術節後的那天，也是這樣的深夜，盛望霸占著他下鋪大半張床，沒等到零點就已經睡著了。

他也是這樣親了對方一下，在迷蒙睡意裡等著新年到來。

這一瞬間，所有場景都銜接上了，彷彿中間錯失的那幾年並不存在。

昨天是十二月二十九，他站在附中偌大的禮堂舞臺上，穿著帶有另一個名字的襯衫，用臨時抱佛腳學來的吉他彈了一首〈童年〉。

今天是十二月三十一，他像往常一樣關了燈躺到床上，喜歡的人近在咫尺。

元旦就要到了。

他在最後幾秒的時間裡閉上眼，扣住盛望的手指低聲說：「望仔，新年快樂。」

……我很想你，每天都是。

〔Chapter 3〕

冥冥之中，他們還是會過上想像中的日子，只是遲到了幾年而已

新年第一天，盛望的手機六點就開始嗡嗡震動。

他眼也沒睜，帶著一腦門的起床氣，從被窩裡伸出一隻手往枕邊摸。

結果手機沒摸到，震動卻自己停了。

盛望睡蒙了的腦袋上緩緩冒出一個問號。

他正處於宿醉過後短暫的斷片兒中，一時間並沒有反應過來自己人在哪裡，也沒能立刻想起來昨晚經歷了什麼。他只是在過每天早上機械的流程——鬧鐘響了，他得關掉起床。

結果今天不用他關，鬧鐘自己就消停了。

然後有人抓住他在枕邊亂摸的手，塞回了被子裡。

溫暖包裹上來，意識又開始不堅定地往下沉。他趴在枕間迷糊了幾秒，忽然意識到不對勁，詐屍似的抬起頭。

窗簾沒拉開，看不出來外面天色如何，屋裡倒是一片溫暖的昏暗。

江添似乎也剛被弄醒，眉宇間還有惺忪睡意。

盛望看見他從床頭櫃拿來手機，掃了一眼螢幕說：「六點零五分，你有工作？」

他嗓音很低，帶著睏意未消的沙啞。說完像是怕某人記不清日子一樣，又補充了一句：「今天元旦。」

其實江添平時起床也就這個點。天氣好會晨跑，陰雨天就早早進實驗室。不過北京的深冬妖風陣陣，厲害起來能把小姑娘吹倒退，所以他這些天早起歸早起，並不會去風裡找虐。

今天是難得的例外。

不是起不來，只是想把某人一些無關痛癢的小習慣養回來，比如假日的懶覺。

盛望露出了一絲茫然，他的眼珠在昏暗中也依然很亮，一眨不眨地看著江添，像是在緩慢梳理昨天到今早的來龍去脈。

幾秒過後，他又趴回到了枕頭上低聲答道：「沒有工作。」

某種程度而言，他跟他那隻貓兒子真的有點像。驚醒的瞬間會警覺地炸起毛來，發現沒什麼事，又會慢慢軟化下來癱回窩裡。

他終於意識到自己能睡個懶覺，繃起的神經放鬆下來，任由睏意捲裹上頭。

「本來是有事的。」他聲音沙沙糯糯，像是不願多動舌頭，話語間的停頓很長，像半夢半醒下有一搭沒一搭的閒聊：「客戶不做人，我本來要出七天差，把元旦假全給占了。」

江添很享受這種久違的抱怨，沒有說「我聽說了」，只是「嗯」了一聲，任盛望懶懶地往下說。犯睏的人思維是斷層的，內容也很跳躍。

他說完了「本來」，呼吸輕緩下來，像是已經睡著了。

過了幾秒，他忽然又說：「那客戶長得像徐大嘴你知道麼，我看到他就想藏手機。」

江添沉沉笑起來。

盛望的反應已經跟不上說話內容了，他抱怨完才想起來該問一句「政教處徐大嘴你還記得嗎」。聽到江添毫無停頓的低笑，他翹起的神經枝丫又放了下來。

原來並不是只有他一個人總惦記著附中的日子，他記住的，江添也記得。

時間並沒有在他們的聊笑中插入沉默、茫然和停頓，就好像這些年他們從來都是並肩走過的。

直到這一瞬，盛望才真正全然地放鬆下來。他換了個更舒服的姿勢，半悶在枕頭裡，齉聲齉氣地說：「我兩天就做完了一週的事，所以今天休息。」

他感覺江添揉了一下他的後腦杓，弄亂了頭髮，但他不想動彈，很快就睡著了。

等到兩人真正起床，已經將近十點了。

盛望坐起來的時候，發現他失散多年的貓兒子正睡在被子上。牠在兩人之間挑了個縫隙，把自己填在裡面，睡成了長長一條，宛如夾縫中生存。

盛望沒有真正養過貓，被牠的睡姿弄得根本不敢動，戰戰兢兢地問：「我要是挪一下腿，牠是不是就被擠死了？」

「不會。」江添掀開被子下床，「牠會把人蹬開。」

貓被兩人的動靜弄醒，一臉迷糊地抻直了脖子，聳著鼻尖跟盛望臉對臉。

盛望看牠翻滾了兩下，掛在床邊搖搖欲墜，忍不住捏住牠一隻爪子，擔憂地問：「我要鬆手牠會掉下去麼？」

「不會，沒那麼傻。」江添又說。

盛望鬆了手，貓哐噹一下掉在地板上。

江添：「……」

他的表情跟吃了餿水一樣。

傻兒子一骨碌翻起來竄出房間，盛望笑得倒在了床上。

江添繃著臉去洗漱，又從冰箱裡翻了兩顆雞蛋出來敲在煎鍋裡。他對吃的一貫不挑，要求只有兩樣——熟的、沒毒。所以在國外生活那麼久，廚藝卻長進緩慢。思來想去，只有煎蛋不容易砸，能應對某人極挑的嘴。

盛望在他的指點下找到了新牙刷和毛巾，洗漱完便抱著貓在廚房邊轉悠。

江添瞄了他好幾眼，終於忍不住道：「你是打算吃煎蛋配貓毛麼？」

盛望聽著就覺得嗓子癢。他默默走遠了一點，手指插進貓毛裡擼了一把，果然擼到一手貓毛。

「你怎麼跟蒲公英一樣。」

盛望拍掉手裡的毛，從沙發旁拖出一只掃地機器人，開了讓它吸毛。

不一會兒，他兒子掙扎著跳下去，蹲在了機器人上開始巡視疆土。

他忽然想起自己小時候拽著外公去大街視察的模樣，摸了摸鼻子，心說還真是「親生的」。

只是這親生的玩意兒實在有點重，掃地機器人掙扎了一會兒，死在原地不動了。

盛望衝貓招了招手，想把牠叫下來，張口卻發現自己還不知道貓的名字。

他轉頭衝廚房道：「牠叫什麼？」

江添恰好端了兩盤煎蛋出來，他把盤子擱在餐桌上，朝這邊看了一眼，不知為什麼含糊其辭：「隨你怎麼叫。」

盛望：「啊？」

說話間，門鈴忽然響了。

盛望站起身，下意識走過去開門。

來的是江添的博士同門，飯桌上問「你有老同學你怎麼不早說」的那位，盛望努力回憶微信名片，想起來他好像叫陳晨。

今天元旦假期，北京又下了雪。

陳晨他們幾個商量了一下，本打算去西山滑雪，再請教授好好吃一頓迎接新年。結果說了半天也沒見江添在群裡冒頭，便乾脆過來串個門問一聲。

他們算是師兄弟，都知道江添習慣早起，一年三百六十五天從不例外，所以來摁門鈴的時候並沒有多想。

誰知開門就看見一個年輕帥哥，穿著寬鬆的白色T恤和灰色運動長褲，一臉懵圈地看著他。

陳晨第一反應是：「對不起，走錯門了。」

他自顧自闔上門，再抬頭一看……不對啊，是這間啊！

他默默又把門拉開，就見那個帥哥乾笑一聲說：「陳博士，來找江添嗎？」

陳晨從茫然中抓回一點神智，盯著帥哥的臉看了幾秒，終於意識到這是那天飯局見到的那位青年才俊——江添老同學。

他還記得自己說錯話時滿桌尷尬的場景，還有江添和這位同學之間僵持又莫名的氛圍。

這會兒再一看——

現在是上午九點多鐘，外面大雪紛飛，應該不會有什麼普通朋友閒得蛋疼，不畏風雪來做客。

而這位老同學還穿著江添慣常在家穿的衣服，頭髮還沒完全打理過，褲子上沾著貓毛。

理性分析完，陳晨心裡只剩一句「臥槽」。

他總算明白，那晚席間這倆的氛圍為什麼那麼微妙了。

這哪是老同學見面啊，這是舊情難忘天雷勾動地火吧！

他們這群所謂的師兄早就習慣了江添冷冰冰的性格，舞會不去、聯誼不去，同門近親難得吃個飯，那麼多活潑有趣的師姐、師妹衝他表露好感，他都無動於衷。偏偏有些姑娘越挫越勇，越是撩不動，越是前赴後繼。

就這樣，這麼多年都沒誰能把他拿下。

萬萬沒想到……

陳晨在門口魂飛天外，盛望就略有點尷尬了。好在貓兒子終於巡視到了附近，不忍留他一個人，飛奔過來救駕。

盛望把貓撈起來抱在懷裡，江添終於洗了手從廚房出來了。

「誰來了？」他走過來，看到了傻站著的陳晨。

面前忽然多了一貓一人，陳晨終於回了神。

江添問道：「你怎麼來了，計畫有事？」

陳晨立刻擺擺手，解釋說：「沒！專案哪有什麼事，今天國假。就是沒見你晨跑，有點納悶，過來看看。」

江添默默往窗外掃了一眼，白雪茫茫，「這種天晨跑？」

陳晨：「……」

他生平第一次覺得，情商真他媽是個好東西，可惜他沒有。

陳晨四下瞄了一眼，最後乾笑兩聲，摸了摸盛望懷裡的貓說：「我來擼一下貓不行嗎？是吧，望仔？」

其實他從來沒擼過江添的貓，他怕死了這種帶毛的動物，就連名字都是從教授那邊聽來的。

但是能救命的貓就是好貓，於是他跟貓打完招呼便說：「好了，我真就是來看看，沒什麼事我就先走了。」

說完他腳底抹油跑了，還不忘替江添關上門。因為跑得太快，甚至沒發現他喊完「望仔」之後，屋裡兩個人都沒了音。

盛望摟著貓站了一會兒，轉頭問江添：「他剛剛是喊貓麼？」

江添垂眼看他，動了一下嘴唇。看得出來他內心很是掙扎了一會兒，終於破罐子破摔，癱著臉扭頭就走。

那一瞬間的表情像極了他少年時候偷偷表示善意，轉頭就被人當面拆臺的模樣。

盛望忽然彎著眼睛笑起來，不依不饒地跟在他後面，像個甩不掉的尾巴，「哎，你別跑啊。」

「哥。」盛望故意不放過他。

江添已經聾了，逕自從冰箱裡拿了一盒牛奶出來往廚房走。

「江添。」盛望又溜溜達達跟進了廚房。

江添掏了兩個玻璃杯出來，把牛奶倒進去。

「江博士。」盛望還在後面招魂。

江添把紙盒捏了扔進垃圾桶，端著兩個杯子回到餐桌。

「我都跟貓同名了，我還不能要個解釋？」盛望又順勢跟過來，在旁邊要笑不笑地逗他。

江添擱下杯子，看著他開開合合的嘴唇，湊過去堵了個嚴實。一直吻到盛望抱不住貓，伸手抓住椅子，他才站直了道：「你還是話少點吧。」

盛望被親得腿軟，在心裡自我唾棄了一下，嘴上卻道：「做夢。」

兩人鬧著的時候，盛望手機忽然震了一下。

他心思都在江添這裡，沒看來電名就按了接聽，話音裡還帶著笑「喂」了一聲。

對方似乎被他的笑意弄得愣了一下，片刻後才道：「在幹麼這麼高興？你這兩天在北京麼？爸爸剛好過去有點事，出來吃個飯？」

盛望有一瞬間的怔愣，笑意從眼尾、嘴角褪淡下去。

江添端著牛奶杯往他臉頰上輕碰了一下。他接過來喝了，瞥眼看見江添正在回覆群裡師兄們的消息。

盛望看了一會兒，擱下玻璃杯對電話裡的人說：「行，時間你定？」

盛明陽就等他應聲呢，聞言笑道：「我下午就到了，這兩天都有空，現在爸爸不如你忙，得就你的時間。」

盛望說：「那就今晚吧，你幾點到？我去接。」

江添看過來的時候，他已經掛了電話。

「又有工作？」

盛望一手掛在他肩膀上，把手機扔到了桌邊，懶懶地回道：「嗯。我剛偷看了，你是不是今天也得請教授吃飯？」

成年人的世界，就是越到節日越不得消停。

元旦的北京大雪紛飛，在屋裡窩上一天的美好願景被扼殺在了計劃裡。

江添被師兄們叫走了，主要為了給教授過個西曆新年，順便八卦一下他和「老同學」的關係。

盛望則去見了盛明陽。

儘管天公不作美，但畢竟是元旦，四處依然人滿為患。

盛望在一家洋房火鍋店訂了位置，這裡倒沒那麼吵鬧。

盛明陽脫下外套搭在椅背上，把襯衫袖子翻折到了灰色的羊絨衫外，四下掃了一眼說：「你那樓下不就有商場餐廳，怎麼跑來這麼遠？」

「你不是喜歡這家的和牛？」盛望說。

盛明陽愣了一下。

他確實喜歡這家的和牛，早前約上朋友叫了盛望在這裡吃過兩回。可能順口提了一句，也可能沒明說過，反正他自己已經沒印象了，沒想到兒子還記得。

這些年他們父子的關係就是這樣。

盛望很孝順，非常孝順，方方面面細枝末節都能照顧到，甚至算得上熨帖。跟盛明陽二十多年前對那個小不點的期望和預想一樣，出類拔萃，玉樹臨風。

按理說他該欣慰高興的，但又總會在某個瞬間變得落寞起來。

都說父子間必然要有一場關於話語權的拉鋸戰，就像雄性動物爭奪地盤，從掌控到被掌控，有些人能為此吵吵嚷嚷鬥一輩子。

但他們不一樣，他不喜歡毫無風度的吵嚷，盛望也不喜歡不講情面的爭鬥。

盛明陽一度認為自己是開明的，他跟兒子各占半壁江山，和平融洽。

很久之後他才意識到，他從未停止過圈畫地盤，只是他每圈一塊，盛望就會往旁邊挪一點，不爭不搶，卻越走越遠。

等到他終於反應過來，卻連影子都看不清了。

他偶爾會有點想念那個毛手毛腳的望仔，會嫌他語音太長只聽開頭，會按照他分享的內容給他亂改備註名。心情不爽會直接掛他電話，高興了就叫他「盛明陽老同志」。

他以前常覺得頭疼，現在卻再也享受不到了。

有時候悶極了，他會想藉著酒勁問一句：「你是在報復爸爸嗎？」

但他知道其實不是，因為盛望心軟，不會是故意的。正因為不是故意的，所以盛明陽才更覺得憋悶難受。

這次的北京之行其實並沒有那麼必要，他可來，可不來，但昨天臨睡前洗臉的時候，他看了一眼鏡子，發現自己鬢角居然有了白頭髮，還不是一根兩根，彷彿一夜之間催長起來的。

他撥著頭髮在鏡前站了一會兒，忽然特別想見一見兒子，想在新年的第一天跟盛望好好吃頓飯。也許是年紀大了，比起事業有成過得體面，他更想聽盛望用十來歲時候的語氣說一句：「盛明陽同志，你長白頭髮了。」

然而他抬起頭，卻只看見盛望合上菜單衝服務生笑笑，轉過頭來問道：「爸，你要酒麼？」

說不失望是假的，盛明陽沉默了一下，擺手說：「不了，水就行，最近見了好幾個喝出痛風的，我得節制一點。」

如果是小時候的盛望，一定會說「等瘸了就晚了」，現在他卻只是點點頭，道：「不是應酬還是少喝點吧。」

服務生端來了花膠鍋底和兩份蘸料盤。

盛明陽喝了一口清水，帶上笑意另起了話題：「前陣子去杭州，跟小彭也吃了頓飯，他還跟我告狀呢，說你忙起來日夜顛倒，逮你一回不容易。」

盛明陽口中的小彭全名彭榭，微信名「八角螃蟹」，這麼多年來跟盛望一直斷斷續續地聯繫著。他在廣州念的大學，盛望去找他玩過兩回，他也來過北京。

畢業後各自忙成了陀螺，見面閒聊便難了不少。

螃蟹家底不錯，畢業後上了兩個月的班就受不了管束，跟他爸借了點啟動資金，辭職下海撈金去了。因為夠義氣又能喝能說，居然混得很不錯。

有陣子盛明陽生意碰到了坎，想找人疏通一下關係，兜兜轉轉到了兒子那裡，盛望找的就是螃蟹。

兩邊一串，盛明陽自動跨了個輩分，跟螃蟹成了生意夥伴。

「還行吧。」盛望撥好醬料，把空盤遞給服務生，「他上次當爸爸了在那乾激動，我不是陪他聊到了凌晨三點麼。」

盛明陽笑起來，從手機裡翻了幾張照片滑給盛望看，「你看過他那小孩沒？我那天去見到了，眉清目秀，挺端正的。」

「這才幾個月，你都能看出眉清目秀了？」盛望沒好氣地說：「當年你還說政教處的徐主任長得端正呢。」

盛明陽反應了一下才想起來是哪個徐主任，然後便愣住了。

這些年他們父子之間見面聊天，很少會提到附中的人和事。那就像一塊禁區，只要提了，十有八九會以沉默收場，盛明陽不愛自討沒趣。

這是盛望第一次主動提及，還是以開玩笑的口氣。盛明陽心裡莫名一陣發酸，就像撬了很久的岩石終於有了鬆動的痕跡，他這個做爸爸的幾乎有點感動了。

花膠雞濃稠金黃的湯汁在鍋裡汩汩沸著，服務生給他們燙了和牛，分夾進兩人的餐盤裡。

盛明陽在騰騰的熱氣中低下頭，因為吃得匆忙，還被燙了舌尖。

他連喝了幾口水，想把話題和氛圍繼續下去，於是逮住螃蟹一陣深挖。聊他怎麼一畢業就結了婚，聊他跟他爸打的借條到今年終於還清了，聊他一家三口長了一張臉，都很有福相。他爸媽最近什麼事也不幹，天天圍著孫女轉，要星星不給月亮。

興致上頭，一不小心就聊進了雷區。

盛明陽說：「你什麼時候也給我弄個小玩意，爸爸就可以金盆洗手享享天倫之樂了。」

他也就是話趕話迸了這麼一句，說完就覺得不太妥當，看到盛望停頓的筷子，更有點後悔。但礙於服務生還在給他們燙肉，他又緩緩鬆了一口氣——還有外人在，盛望不至於說什麼太過的話。

盛望只停了一瞬，便繼續蘸起了料。

吃完那口又喝了水，這才擱下杯子說：「這個可能不行。要不我給你弄隻貓，或者以後領一個回來，想要孫子或者孫女，你說了算。」

盛明陽剛夾起一筷子牛肉，聽到這話便頓住了動作。

他懸著筷子僵了幾秒，緩和地笑了一聲：「行，你還小，我知道你們這年紀的人都這樣，問就是沒有，再問就是不要了。先不說這個，等以後……」

盛望打斷了他的話，語氣卻很平靜：「以後可能也是這樣。」

盛明陽抬起眼，正要張口，盛望又道：「江添回國了。」

沉默瞬間在父子之間蔓延開來。盛明陽終於沒了胃口，擱下筷子。他朝服務生掃了一眼，對方目不斜視燙完了最後一片肉，夾進餐盤，說了句「慢用」便識時務地走開了。

那一瞬間，時光彷彿又倒流回了數年前的那一天。他們也是這樣沉默著坐在車裡，直到其中一個主動開口。

當初是盛明陽，這次是盛望。

他說：「就前幾天的事，他回國執行專案，我們在飯局上碰到了。」

盛明陽的臉上看不出什麼表情，他皺著眉，良久才接話道：「然後呢？」

「你今早打電話給我的時候，我在他那裡。」盛望停頓了一會兒，坦然地說：「我還是喜歡他，還是打算跟他在一起。」

盛明陽擱在桌上的手指抽動了一下。

某一瞬間，他想，如果不是在這樣的餐廳就好了，如果周圍沒有這麼多人……但緊接著他又意識到，那又能怎樣呢？盛望再也不是那個他一拽就走的少年了。

再然後，另一種認知漲潮似的從底下翻湧上來。他終於知道為什麼盛望接電話的一瞬間是帶著笑的，也終於知道為什麼岩石開始鬆動了。

很荒謬，他作為父親，一邊在忐忑期待著這一天，一邊又想把這些摁回去。他想要結果，不想要那個原因。

但這並不由他說了算，他只能選擇全盤接受，或者粉碎徹底。

盛明陽盯著桌面上的某一點出神許久，深深吸了一口氣，這才抬眼道：「如果我還是以前那個態度呢。」

「很正常。」盛望點點頭說：「你如果說換就換，我反而比較意外。但是我想說的，跟以前不一樣了。」

「你那時候說，讓我告訴所有人我喜歡男的，看別人什麼反應。」盛望很淺地笑了一下，說：「你這幾年不在這邊，可能不知道。我跟很多人說過了，只要有人問，我就敢說。結論挺奇怪的，沒有一個人指著我說你是不是瘋了。」

盛明陽忍不住道：「那些都是外人，外人當然不管你！」

「所以外人都不在意，家裡人擔心的是什麼呢？擔心我被人說荒唐、變態？這個邏輯很奇怪啊，不覺得麼？」

盛望收了笑，有點無奈地說：「爸，除了你，我真的再沒聽人這樣跟我說過了。」

盛明陽瞬間沉默下來。

許久過後，他握著杯子沉聲道：「那是當面，你怎麼知道人家背地裡不說？」

「大街上的人那麼多，每天背地裡說的話數都數不清。這個人圓滑、那個人木訥、這個人太高、那個人太矮，這個人厲害金光閃閃，那個人廢物一無是處，就是背地裡說我喜歡男的，跟我剛剛那些話有什麼不同麼？誰不被說？」

盛明陽沒了話音。

盛望看著他，又繼續問說：「那時候你還問我，如果不覺得荒唐，為什麼會難過。還能為什麼呢，爸？」

盛明陽當然清楚是為什麼，只是在質問的時候偷換了概念。他對江添說過「盛望心軟」，又怎麼可能不知道他兒子為什麼難過。

這個世界就像一個巨大的輪迴。為了讓他高興，盛望這幾年再沒高興過，現在卻輪到他小心翼翼，只想換盛望笑一下了。

盛望說：「我現在敢去公墓了，也敢跟我媽說我喜歡江添，我想跟他在一起。我覺得我媽應該不會罵我，可能還會跟我說新年快樂。」

他默然良久，抬眼對盛明陽說：「你會跟我說這句話麼？」

有那麼一瞬間，盛明陽幾乎要開口了。但也許是沉默太久，口舌生了鏽，他心裡酸澀一片，卻怎麼也說不出那四個字。

盛望也沒有逼迫，他有著成年人的體面和圓融，又跟少年時候一樣心軟。

他們近乎沉默地吃完了這頓飯，盛望本想開車送他回去，盛明陽卻說雪天路滑，讓他不用來回折騰。

可能父子就是這樣，想聽的話打死說不出口，無用的嘮叨又總是一堆。最後還是盛望替他叫了一輛專車。

盛明陽上車的時候，盛望站在車窗外替他扶著門，臨行前對他說：「爸，新年快樂。」

這話扎得他心裡一陣密密麻麻的難受。

盛望在店前澄黃的光下站了一會兒，直到那輛車沒入長街連成線的尾燈流中。

雪停了一個下午，這會兒又漫天遍野地下了起來。盛望拉高了圍巾，正要往停車場走，卻看見一個熟悉的身影撐著傘從天橋上下來。

那人和少年時候一樣，喜歡敞著前襟，在北方的夜裡顯得高瘦又冷清。他的大衣衣襬被風吹攪得翻飛起來，雪沫打在上面，洇出星星點點的濕痕。

他順著臺階走到店門前，掃掉前襟的雪衝盛望說：「又不打傘，淋得爽麼？」

盛望僵了一晚上的眉眼終於舒展開來。他晃了晃手裡的鑰匙說：「我開車了。」

「你怎麼過來了？」盛望跟他並肩往車那邊走。

江添指了指對面的商業區，「剛好在那邊吃飯，看到你說洋房火鍋就過來了。」

「幸虧我站了一會兒，不然你要追著我車屁股跑麼？」盛望說。

「我瘋了麼，雪天追車。」江添不鹹不淡地說。

「顯得感情比較深。」

「算了吧。」

盛望閒著的那隻手默默伸出一根中指，還沒抻直，又被他哥精準地按了回去。

「工作聊得怎麼樣？」江添問。

盛望坐進駕駛座，悶頭繫著安全帶。他發動了車子，掃開擋風玻璃上薄薄的雪層，匯入大街的車流中才開口道：「其實不是工作，我爸找我吃飯，我順便跟他又出了一次櫃。」

江添對於「盛明陽單獨找盛望」幾乎有心理陰影，一聽這話，當即皺著眉看過來。

盛望心說，要不然我先踩油門再開口呢。他騰了一隻手擋了一下江添的眼睛，說：「我開車呢，雪天容易出事故，不要用視線干擾我。」

「那你騙我說工作？」

「我知道錯了，正在坦白從寬啊。」盛望狡辯道。

江添看了一眼他的表情，心說哄誰呢，你知道個屁。

「主要我一個人去，那是跟老同志講道理，兩個人就是示威了，他不得掀鍋啊？」盛望笑著看著前方車流，片刻後又認真地說：「放心，不會像那次一樣了。」

過了好久，江添才慢慢放鬆下來，沉沉應了一聲：「嗯。」

盛望說：「我爸好像有點鬆口了。」

他當然知道盛明陽不可能在一頓飯的時間裡想通，但他能感覺到對方的動搖和遲疑，這就足夠了。返回的路上，他慢慢變得高興起來，甚至有點不經意的興奮，但很快他又想到了另外兩個人。

「江阿姨和丁爺爺什麼時候過來？」盛望問道。

江添回覆消息的手指頓了一下，說：「還有一陣子。」

在他回國之前，丁老頭所在的療養院跟旅行社合作，給一群症狀類似的老人家安排了一場旅行式療養，保持心情放鬆，旅行方式也以休養調理為主，不會吃力勞累，玩幾天歇一陣。江鷗跟著過去了，一方面照顧老頭，一方面自己也能放鬆舒緩一些。

按照行程，他們到北京就要月底了。

盛望想起江鷗曾經歇斯底里的樣子，依然心有餘悸，但他也記得江鷗最初溫柔可親的模樣，幾乎把他當成了親兒子慣著。

都說旅行能解壓，況且人的本性在那裡，怎麼也不會由善變惡。所以他一邊忐忑，一邊又抱有一絲期待。盛明陽都開始鬆口了，江鷗應該不至於毫無軟化。

這樣想來，一切都在往好的方向發展，只等時間。

盛望心情不錯，開車繞去了石景山。

江添對於北京的路線並不熟悉，但再怎麼不熟，也不至於分不清東西南北，起碼路標上的字還是認識的。

他盯著碩大的路牌問道：「你要回去？」

「拿點換洗衣服。」盛望已經毫不客氣地把江添那裡當成自己的地盤了，兀自決定了要在那裡消磨掉元旦最後的假期，說完才想起來房屋主人就坐在旁邊，又假惺惺地問道：「我這兩天住你那行嗎？」

江添其實很享受他這種強占地盤的行為。

車外燈光星星點點，晚餐的酒後勁有點大，他靠在副駕駛椅背上，嗓音很淡，懶懶地逗著盛望：「給個理由。」

「你還拿起架子了？」盛望想了想說：「我想去擼貓，這理由行嗎？」

江添淡淡道：「駁回。」

盛望：「牠都叫望仔了，我還沒權擼啦？」

江添：「嗯，沒權。」

盛望想也不想改口道：「那我擼你行嗎？」

說完他感覺哪裡不對，緊接著車內陷入一片詭異的寂靜。

盛望掙扎了一下，「不是，我沒有要當街耍流氓的意思，要不換個動詞？」

「摸？算了。」

「玩？也不對。」

這話越描越黑，越聽越流氓。

他還想再往外迸字，就聽見他哥在旁邊毫無起伏地說：「閉嘴吧。」

盛望終於沒忍住，扶著方向盤笑了半天，被江添重重揉了一下頭。

因為這番流氓話著實辣耳朵，想像一下更是……總之，高冷禁慾的江博士選擇了一路沉默，不太搭理人。直到盛望回到住處挑衣服，他才重新上線。

盛望拿了兩套居家穿的T恤、長褲，他說：「我那裡有。」

盛望又拿了之後上班要穿的換洗襯衫，他又說：「我那裡有。」

簡而言之，拿什麼他都說有，聽得盛望哭笑不得，最後把衣服都堆他身上，認真地問：「哥，你說實話，你是不是對我穿你的衣服有什麼癖好？」

江添動了動嘴唇，一臉無語地拎了衣服轉身就走，留下盛望滿眼是笑，在儲物櫃裡挑挑揀揀收了一大包東西。

江添把那鼓鼓囊囊的一包放進後座，納悶地問：「這又拿的什麼？」

盛望繫了安全帶，倒車出了社區說：「貓玩具，我要借住兩天，占了牠的地盤，總得送點禮物討牠歡心吧？單親家庭養出來的，心思重。」

江添：「……」

雪漸漸又停了，四周圍均是一片茫茫的白。

車在夜色下穿行而過，夜晚安靜得讓人生出一絲懶意。

盛望在街口停下等紅燈，忽然聽見江添開口說：「那你打算什麼時候讓牠回歸雙親家庭。」

他嗓音低低的，很襯夜色。

盛望摸了一下右邊耳垂，心裡有點癢，「現在不算嗎？」

「哪個雙親家庭是拎了行李住兩天就跑的？」江添說。

盛望「噢」了一聲，在紅燈的倒數下轉頭看向副駕駛：「哥。」

「嗯。」江添應了一聲。

「你是在邀請我同居嗎？」

「那你答應麼？」江添問。

紅燈跳到了綠燈，盛望目光回到前方，踩了油門促狹道：「這是大事，我得考慮考慮。」

他在等紅燈的間隙裡順著江添的邀請想像了一下——他們共同住在大學某一角，共同養著一隻貓，然後在時間的作用下慢慢說服家人。

有一瞬間他覺得這種生活有些熟悉，怔愣片刻後恍然想起，這是江添十八歲生日那天，他們窩在房間裡對大學生活所做的設想。

這個世界有時候存在著一種冥冥之中。

冥冥之中，他們還是會過上曾經想像中的日子，只是不小心遲到了幾年而已。

他們回去的時候，單親家庭金貴的貓兒子一反常態沒來迎接，而是兩爪扒在窗臺上朝外瞭望，也不知道在思考什麼哲理人生。

江添轉了一圈，發現是貓食盆空了。

他剛打開貓糧盒，那位思考人生的瞭望者就飛也似地撲了過來，繞著他褲腿蹭頭蹭臉，還翹著鼻尖親人賣乖。

盛望那一大包貓玩具擺在家裡沉寂已久，好不容易撈到能玩的機會，當即傾倒出來，挨個拆，挨個試。

這人有沙發不坐，盤腿坐在地毯上，跟貓打成一團。

江添在旁邊觀察了一會兒，發現某人口口聲聲要「討貓歡心」，幹的都是找打的勾當。

貓崽子兩腳直立，伸著爪子去搆逗貓棒，他非要突襲似的拽一下貓腳，然後看他兒子一個沒站穩，撲通倒在地上。

貓被他惹急了，扭頭就要跑，他非捏著人家一隻後腳，任憑對方三爪飛蹬，就是跑不掉。逼得貓崽子伸著爪子躍躍欲試要呼他巴掌，結果他伸手跟牠擊了個掌。

幾次三番過後，貓壓根不敢過來了，委委屈屈趴在窗臺上。

盛望怎麼搖逗貓棒都不被搭理，忍不住扭頭問江添：「牠怎麼老往窗外看，我以前想養貓的時候研究過，說貓如果總想著往外跑，可能就是發情了。」

江添：「……」

他一肚子的話不知挑哪句來懟，最終沒好氣地說：「不是發情，牠做過絕育。」

盛望「哦」了一聲，又去擺弄他的逗貓棒了。

過了幾秒，他突然反應過來，蹭地轉過身問：「你說什麼？你給牠做過絕育？」

江添一時不解，「嗯，怎麼？」

「你管牠叫望仔，然後你把牠給閹了？」盛望一臉難以置信。

他的表情實在很生動，江添愣了片刻沒忍住，捏著一只棉布小老鼠笑了起來。

「你還笑？」盛望扔了逗貓棒撲過去，把他哥從沙發上薅下來，一邊撓腰一邊說：「你簡直居心不良，憋的什麼壞水。你怎麼不管牠叫小江呢？你別跑……」

江添沉笑著躲讓，「多大了還來這招？」

盛望理直氣壯：「我十八！」

他一邊笑罵一邊往江添腰胯裡摸，本想說，要不你也嘗嘗那個滋味？結果三鬧兩鬧，兩人糾纏著便蹭出了火。

他舔了一下嘴唇，把江添拉下來吻咬過去，然後順著對方的下巴吻到喉結。剛想使點壞，就感覺有手貼著胯骨伸進了他的長褲裡。

他陡然曲起了一條腿，弓腰攥住江添的手腕，想阻止又一點兒也不堅定，反倒像是變相的幫忙。然後他瞇著眼，嘴唇貼着江添的喉結急喘了幾聲，眼裡霧氣矇矓。

江添的喉結也很紅，眸光順著薄薄的眼皮垂下來，他從盛望嘴唇吻到頸側，然後在對方不上不下的時候忽地停了手。

盛望有點難耐地偏頭咬了他一下，嗓音沙啞地叫了聲「哥」。

江添閉了一下眼又睜開，看著對方一貫清亮的眼珠倏然漫起一層潮，然後低頭把他嗓子裡的喘息堵了回去。

等到兩人鬧完，地毯一片狼藉，貓早不知溜去了哪裡。

盛望伸手搆來一杯水，喝了兩口又遞給江添。他意猶未盡地親著對方的下巴，逗著玩兒似的問了一句：「哥，你知道還有一種別的方式麼？」

畢竟是成年人了，他料定了江添知道，本來就是順嘴耍句流氓，過過癮就算。誰知他哥在喝水的間隙從眼尾瞥掃過來，說：「不知道。」

「……」

盛望心說，你認真的嗎？他納悶地追問了一句：「你沒看過就算了，也沒聽說過嗎？」

江添收回目光，仰頭又喝了一口水，然後手肘架在曲起的膝蓋上，瘦長的手指一圈圈捏著杯口問：「沒有，你演示一下？」

盛望：「我……」

至此他終於確定，某人裝聾作啞耍他玩的本事，簡直爐火純青。

人說食色性也，有些事不提便罷，一旦提了，就忍不住會多想一下。

十七歲的時候，盛望覺得自己簡直不禁碰，跟江添親一會兒都有反應，打鬧摸蹭鬧到關進浴室更是常有的事。那都不能叫年少氣盛內火旺，那是身體裡住了個太陽。

後來江添走了，他就變得清心寡慾起來。每天都填塞了太多事情，忙得連睡覺都成了抽空，自然也就沒時間去想這些有的沒的。

現在，一切又變了。

盛望盤坐在地，在玩手機的間隙裡第三次瞄向江添摸貓的手，看到他瘦白修長的手指在貓毛中若隱若現，總會想起不久之前這些手指沒入布料的畫面，以及指骨在布料下收緊又舒張的輪廓……

他盯著看了幾分鐘，一臉鎮定地爬起來，從冰箱裡翻出一瓶冰水灌了兩口，然後抄起換洗衣服第二次進了浴室。

他感覺自己又回到了內火旺盛的十七歲，身體裡住著的那個日……不是，太陽又升起來了。江博士科研實力驚人，能讓人永保青春。

盛望一邊在心裡罵自己流氓，一邊又悄悄去搜了點東西。都說學霸進取的原動力在於「對世界保有旺盛的好奇心」，正事上是，不那麼正的事情上，也是。

他上一次看這種東西還是大一，宿舍六個人裡，三個是老流氓，片庫豐富，什麼類型都有。開學沒兩個月，他們就打著「好物共賞，加深感情」的旗號，精心挑選了幾部，強拽著盛望他們幾個看了個全。

那幾個哥們兒本來是好心，挑的是他們審美框架裡的上品。唯一的問題是……盛望跟他們壓根不是一個框架。

他們喜歡聲音好聽的、胸大腰細的，剩下的只要簡單粗暴就可以。

盛望這裡聲音好聽的是他哥，身材好的也是他哥，因為談過戀愛的緣故，簡單粗暴並不可以。於是那天下午，他的觀影體驗只有兩個字：瞎了。

那幾部片子直接把他從清心靜氣看到了無慾無求，並且在很長一段時間裡都心有餘悸。

但是人的本性是屬金魚的，好了傷疤就忘了疼。

於是時隔多年，本著「加深感情」的初衷，盛望主動伸出了罪惡的手。他想著自己搜索自己篩選，怎麼也比那幾個哥們兒挑的強。

況且他的目的也不是為了助興，他就是想看看究竟怎麼弄比較科學。

可惜大少爺忘了一件事——拍成片的，它往往不大科學。有些定格畫面很藝術、很親暱，彷彿真的是一對愛侶，結果一動起來，他滿心只剩「我的媽」。

江添臨睡前接到了教授的電話，抱著電腦開著郵件去客廳聊了很久。

盛望一邊聽著他冷靜理性地飆著英文，一邊靠坐在床頭開開關關尋找「愛的教育」。

江添回臥室的時候，盛大少爺正看到一個什麼玩意兒都敢往裡塞的。他餘光瞄到門口動靜，裝模作樣淡定地摘了耳機，然後啪地把電腦合上了。

「在看什麼，臉色這麼差？」江添的視線在他臉上掃量了一番，奇怪地問。

大少爺想了想說：「恐怖片。」

江添表情更古怪了，「哪部能把你嚇成這樣？」

「沒看名字。」

「講什麼的？」

「……」盛望的表情一言難盡，像癱在絕育臺上的貓。他欲言又止，說：「黑洞奧祕吧。」

江添滿臉疑問。

可能那片子是真的很恐怖吧，江添坐在床頭敲郵件的時候，某人揉搓著昏睡的貓發了一會兒愣，又擺弄了幾下手機就躺下了。

等到江添發完郵件轉頭一看，他已經趴在枕頭上睡著了，凌亂的額髮半遮著眼，嘴唇微啟，脊背像一條凹線。

江添垂眸看了一會兒，伸出食指撥了撥盛望的頭髮。他忽然想起剛剛某人盤著腿擺弄手機的架式，像極了以前有事沒事換頭像的模樣。

他心思一動，點進微信看了一眼。

也許是心有靈犀吧，盛望的資訊介面居然真的有了變化。工作之後就一片空白的頭像終於撤

掉，換成了一個卡通的巴掌。

江添深知他的習慣，不用細看也知道，這隻手是從大字型旺仔貼紙上截的，而某人的暱稱也從問號改成了一行字：這手我不要了。

江添：「……」

得多瞎眼的片子才能把人害成這樣？

託手賤的「福」，盛望連續幾天都沒再想那些污七八糟的事，事實上，別的事也被他攪和忘了。直到四號下午他在公司接到高天揚的電話，才想起來還有個朋友聚會等著他。

「老規矩，燒烤吃串燒！」高天揚嗓門一如既往的大，聽得出來他興致很高。

「就上次咱們三個去的那家，地鐵口那個。那邊烤生蠔和烤蟶子簡直絕了，我跟老宋提過好幾次，還給他發過圖，他饞好久了，這次點名要吃那個。」

盛望自然沒意見。他嘴太刁，經過檢驗的店總比沒試過的新店雷區少，況且那家確實不錯。他跟趙曦、林北庭也在那約過兩頓。

他以前就有獻寶的毛病，吃到什麼好吃的，聽聞什麼好玩的，總要找機會跟江添現一現。後來不在一起了，毛病卻怎麼也改不掉，只是省去了一步——心裡想過了，就相當於已經現過了。

每次去那家燒烤店，他都會想，江添應該會喜歡這家的藕夾，肉沒那麼多那麼膩，藕也生脆。如果某年某月某天有機會，他要拉江添來試試。他並不知道那個「某」會具體到多久，所以始終只當是妄想。

沒料到，妄想成了真。盛望整個下午心情奇佳，效率也極高，在張朝八卦狐疑的目光中早早幹完了所有事。下班時間剛到點，盛望就套上大衣走了，進電梯的時候迎面帶著風，撲得兩個新來的實習小姑娘面紅耳赤。

他剛坐進車裡就收到了張朝的微信：我認識你這麼多年了，第一次看你趕著下班。這就是老情人的力量嗎？

盛望一手轉著方向盤從車位裡出來，一手匆匆打字道：現男友，謝謝。

張朝：？？？？？？？

張朝：草

那家店離江添更近一些，盛望過去反而要繞路，所以兩人沒有強行兜圈子膩到一塊走。約的是七點，本來時間綽綽有餘，但加上堵車就要了命。

盛望一路停停走走，好不容易挪到地方，已經六點五十五了。他停好車，按照高天揚發來的消息進了包廂，就見一桌人整整齊齊坐在那裡笑著看他。

「我說什麼！我說什麼——」宋思銳敲著手腕上的錶說：「盛哥肯定踩點到，誤差不超過兩分鐘。說準了吧？願賭服輸別耍賴啊，給錢！」

他戴了好幾年的眼鏡在大學畢業後摘下了，換了隱形，個頭也竄了一截，雖然不算高大，但也不再是以前那副豆芽兒相了。

高中畢業之後，盛望跟桌上大多數人的見面次數屈指可數。像宋思銳這樣氣質變化巨大的，大街上迎面撞上可能都不大敢認，剛進門的一瞬間甚至還有幾分陌生。但只要一開口，瞬間就能拉回幾年前。

一桌人唉聲嘆氣地掏手機，手指飛快地點著什麼。

盛望感覺自己指間一震，劃開螢幕一看，高天揚已經拉了個微信群，這會兒群裡正一個接一個地往外蹦紅包，宋思銳收得手軟。

收到高天揚的時候，那玩意兒眼疾手快把信息撤回了。

宋思銳「靠」了一聲，罵道：「你是不是人？兩塊錢都撤？」

高天揚一副不要臉的模樣，「我是不是人你第一天知道嗎？」

熟悉的爭吵一出現，盛望笑了起來。

他晃了晃手機說：「過分了吧？我人還沒到呢，就拿我聚眾賭博？舉報了啊。」

「別啊，拿你賭才有人下注。這要是拿老宋賭，誰稀罕搭理是吧？不值這個錢。」高天揚說。

「滾！」宋思銳隔空罵了一句。他拍了拍身邊的空座位，衝盛望說：「盛哥，請上座。」

那空位離盛望最近，他也沒多想，掛了大衣便坐下了。

正想問江添到了沒，包廂門就被人推開了。

江添專案上有點事，提前跟高天揚打了聲招呼。不過最終也不算遲到，只晚了兩分鐘。他進門掃了一眼，目光跟盛望撞了一下，剛想開口。包廂裡就出現了一副奇景——

就見鯉魚、老宋、高天揚他們叮呤哐啷挪起了椅子，一個擠一個，在離盛望最遠的地方，也就是高天揚旁邊空出了另一張座位，對江添說：「添哥，來坐。」

盛望：「啊？」

他一腦門問號地懵了半天才想起來，哦，這幫熱心市民還以為他跟江添崩著呢。

滿桌的鵝……不是，人都伸著脖子望向江添，一副努力維持輕鬆氛圍的模樣，大概是不想給某兩人徒增尷尬。

江添在眾人巴巴的目光中脫了大衣掛上衣架，然後走到高天揚旁邊，伸手抓住了椅背。他抬眸看了那個二百五一眼，問：「你排的座位？」

高天揚仰著頭，「……嗯。」

江添點了點頭，不知是嘲諷還是什麼，衝他比了個拇指，然後拎著椅子走到盛望旁邊，哐噹一聲放下了。

……整個包廂就很寂靜。

主要是茫然。

一個圓臉服務生進來給盛望和江添補了兩杯水，又在盛望的要求下拿來了一桶碎冰。

直到服務生給他們關上包廂門，盛望往自己和江添空著的飲料杯裡撥了點冰塊，又把冰桶往對面推了推，叫道：「老高。」高天揚才從懵逼中還魂。

他把冰桶拽到面前，卻忘了往杯子裡加，而是緊緊摟著它問道：「不是，你倆什麼情況？」

「就你看到的這個情況。」

高天揚試圖找小辣椒面面相覷一下，結果小辣椒根本不看他。

她在擁擠中舉了一下手，衝盛望和江添解釋說：「我沒想挪啊，你倆一進門我就覺得不對勁了。他們逼我的，這傻子擠起來，山都頂不住……」

她拍了拍高天揚的狗頭，說：「別看我，趕緊往旁邊挪。我這椅子四個腳還懸空了一個。」

於是這群人一邊滿頭問號，一邊叮呤哐啷把椅子又挪了回去，然後齊刷刷地看向盛望和江添。

宋思銳離得最近，衝擊最強，終於忍不住問道：「所以……你倆又好上啦？」

盛望跟江添對視一眼，笑著轉了一下桌上的杯子，「嗯，又湊一塊了。」

一桌人立刻齊刷刷怒視高天揚。

「老高，你就說尷不尷尬吧！」宋思銳斥道：「瞎報什麼軍情，你是不是有毒？」

「你才有毒，我多冤吶！」高天揚遠遠衝盛望叫道：「盛哥！咱倆兄弟這麼多年，你得還我個公道！我上禮拜給你打電話，你是不是說讓我把添哥叫上，你就不來了？」

二百五話音剛落就是一聲「嗷」，因為腳被小辣椒的高跟鞋碾了。

江添鬆鬆握著杯子，轉頭看向盛望，「你說的？」

盛望：「……」他嘆了口氣，順手抄了一本菜單豎在臉側，把江添的目光擋住，對高天揚說：「你是真的有毒。」

「這麼多年了，眼力見毫無長進。」辣椒補充道。

高天揚縮著一隻腳，非常委屈，「那誰能想到他倆這麼快呢。」

「怎麼說話呢？」宋思銳嗆他：「男人能說快嗎？」

「有你什麼事？文明點，沒看見班長整顆頭都紅了嗎？」高天揚堵了回去。

辣椒翻了個白眼，挽著身邊班長小鯉魚的胳膊說：「畢業這麼多年了，這幫男生還是這麼……」傻逼。

鯉魚說：「是啊。」

盛望還是喜歡轉筆，點菜的時候，鉛筆在修長的手指間轉成了虛影。

江添還是那樣話少，偶爾迸一句冷槍，配合上盛望一臉懵逼或者「您是不是缺少毒打」的表情，全桌都能笑翻。

高天揚還是滔滔不絕，任意兩個人說話他都能插一腳，什麼話題都能發散成海，是朵黑皮「交際花」。

宋思銳依然像隻大鵝，逮住他就一頓叨，又被更凶地叨回來。

小辣椒還是潑辣，誰開她一句玩笑，都能被她追著打回來。

只不過現在縮小了範圍，主打高天揚。

鯉魚大學念了臨床醫學，讀書生涯肉眼可見的長，比起直接申博的江添有過之而無不及。她還是喜歡紮個簡單的馬尾，還是容易害羞，誰逗一句都能滿臉通紅……

明明去了不同的大學，天南地北，有過新的同學和朋友，跟他們見面更多說話更多，生活和工作都有交集。但不知怎麼的，他們說起最親的最惦念的人，始終還是A班那一撥。

也許是因為見證過彼此的少年時光吧，見證過他們最熱血也最傻逼的樣子。

盛望第三次往杯子裡撥冰塊的時候，鯉魚終於忍不住了，「你們知道現在是冬天嗎？」

「知道啊。」盛望忍俊不禁，「外面零下十來度呢。」

「……」鯉魚認真地問：「你們不冷嗎？」

「我靠，終於有人提了。」宋思銳抽了一瓶啤酒在桌沿磕開，「服務生拿著冰桶進來的時候我就想說了，大冬天吃冰啊，你們真不用去醫院查查？溫度認知障礙什麼的。」

「去你的。」高天揚罵道。

「老宋，我跟你說，我們學校以前冰棒就冬天賣得最好。」盛望說：「你猜為什麼？」

宋思銳信了他的邪，認真問：「為什麼？」

「因為有暖氣。」

盛望說完又裝模作樣「哦」了一聲，說：「對，你們沒有，體會不了那種樂趣。」

「我……」宋思銳氣得抄起一只空碗。

盛望壞笑著往後一仰，讓開了他的攻擊範圍，剛好背後有江添抵著他。

學委行凶不成，還被塞了一嘴狗糧，重重擱下碗憋出一句：「靠！」

同樣享受不到暖氣的鯉魚感覺到了不公。她默默倒了半杯啤酒，跟江浙滬的幾個同學沆瀣一氣，在宋思銳的帶領下，給北京代表團瘋狂敬酒。

說是代表團，其實就兩位——辣椒感冒沒好還在吃藥，忌酒，於是派出了她的男朋友。盛望一來就亮了鑰匙，說要開車，於是也派出了他的男朋友。

這就更加激發了江浙滬代表團的鬥志。

因為朋友這麼多年，高天揚和江添的酒量一直是個謎，反正在座的沒人見過他倆喝醉是什麼樣子，於是卯足了勁要灌他們。

剛開始還找點理由，什麼「歡迎添哥回國，走一個」、「添哥跟盛哥不容易，走一個」、「老高升職了，走一個」。

後來就變成了「辣椒居然能容忍你這個傻逼，必須喝一杯」、「添哥你是不是養了貓？祝貓健康，碰一下」。

等到能找的理由都找盡了，他們就只好開始找樂子了。一群人白長了這麼多歲，說到飯桌遊戲，第一反應還是當年的「憋七」。

高天揚跟這裡老闆混得熟，他主動舉手說：「老闆那邊有工具，等下啊，我找服務生拿。」

「還有工具？」宋思銳工作之後酒量見長，強行撐到了現在，就是眼神有點發直。

等到高天揚拿了個小盒子進來，大家才知道他所謂的工具，是一套真心話大冒險用的卡牌，寫了現成的問題和冒險內容，誰輸了誰抽。

如果既憋不出真心話，也幹不出大冒險，那乖乖喝酒就行。宋思銳那幾個對這種玩法拍桌叫好，他們反正臉皮厚，幹啥都可以，這樣就能少喝幾杯，多撐一會兒。

但是江添就不同了。認識這麼多年，他們還不清楚江添的性格麼？肯定兩樣都不選，直接喝。那不就正好合了他們的意麼！

於是一桌人擼了袖子說玩就玩。

江添起初是無所謂的，畢竟他反應快，玩這些從來就沒輸過。但後來他就有點無奈了……反應再快，也架不住某位大少爺恃寵而驕，卯著勁坑他。

第四輪驚險通過後，江添端起盛望的飲料杯聞了聞。

「你幹麼？」盛望睨著他。

「你往裡加酒了。」江添問。

「沒有。」

「沒喝多？」

「非常清醒。」

江添看著他眼裡蔫壞的笑意，忍了幾秒沒忍住：「你分得清誰跟誰一家麼？」

「分得清啊。」盛望說：「我輸了算你的。」

江添：「……」

到第六輪，非常清醒的盛大少爺終於把男朋友坑下不敗王座，江添頭疼地瞥了某人一眼。

宋思銳已經喝飄了，站在那兒比劃說：「來！添哥！來選，這探真心話，這探大冒險，選一探抽！但是我們不勉強，不想抽可以直接喝，不多，三杯就行。」

他說著便拿起酒瓶，都準備好要給江添倒酒了，卻聽見對方淡定地說：「那我抽吧。」

宋思銳愣了一下，「啊？你居然抽啊？你抽哪探？」

話音剛落，江添已經從真心話裡抽了一張。

準確而言，他都不是抽，是直接掀了最上面的一張。

眾人紛紛湊頭看過來，就見牌面上寫著：最近一次接吻是什麼時候？

這問題其實很常規，但放在江添身上就有種奇妙的效果。在座的人只見過他平日裡冷冰冰的模樣，很難把他跟戀愛、接吻這種詞彙聯繫起來。

包廂陷入了曖昧的安靜中。

江添朝盛望瞥了一眼，把翻好的牌面往桌邊一扣，淡聲答道：「今天。」

明明就是很簡單的兩個字，盛望卻感覺臉面有點熱。他維持著表面的坦然，端起杯子喝了一口加了冰塊的牛奶，再一抬眼，發現所有人都下意識朝他看過來。

……靠。

盛大少爺默默放下杯子，感覺自己把自己坑死了。

他反省了幾秒，聽見他哥偏過頭來低聲問道：「皮得爽麼？」

幾輪一來，被坑的江添還沒怎樣，灌酒的那幾個已經先炸了。

宋思銳擺著手說：「不玩了、不玩了，刺激太大，受不了了。我就是個絕頂憨批，怎麼想的，跟兩對情侶玩真心話，我踏馬要被狗糧撐死了！」

這之後，幾隻單身狗就開始撒潑了，以自己心靈受傷為由，拽著高天揚和江添又喝了一波。到最後這倆真的有點醉了，宋思銳已經站都站不穩了。

他手肘掛在椅背上，趴著緩了一會兒神，忽然大著舌頭說：「添哥、盛哥，有個人不知道你倆……你倆還記不記得。」

盛望跟服務生要了一杯溫水遞給江添，聞言愣了一下，轉頭看向他，「誰啊？」

「其實我之前跟老高說過……」

「我讓你別提呢。」高天揚反應也有點慢了，隔著幾個人叫道。

「哎，我知道。」宋思銳揮了揮手，示意他不要廢話，「老高說你倆估計懶得知道，但我就憋不住，就說一句。」

「你說。」盛望道。

「我不是在市政嘛。」宋思銳頓了一下說：「有時候會接觸到一些工程上的事，然後今年上半年吧，開發區那邊有塊工地出了一起安全事故，就追責嘛，刑事責任。盛哥你猜我在責任人名單裡看到誰了？」

盛望隱隱有點預感，但還是問了一句：「誰？以前同學麼？」

「齊嘉豪。」

聽到這個名字的時候，盛望怔愣了好一會兒。許久之後輕輕「哦」了一聲，出乎意料的平心靜氣，「刑事責任？那他不是要留案底了麼。」

「對。」宋思銳點了點頭，「他爸不是搞建築工程承包的麼？當然，規模不大。他高考不是心態失常砸了麼，好像畢業之後就跟著他爸幹了，結果安全措施不到位，就出了那些事，要賠不少錢，據說到處在借。」

高天揚遠遠罵了句：「該！」

宋思銳說：「我就是告訴你倆一聲。」

盛望點了點頭。

當初這些朋友、同學知道他跟江添的事，就是拜齊嘉豪所賜，那天之後他的生活開始脫軌，變得面目全非。

某某
Someone

要說不在意、不厭惡，肯定是假的，但是更多時候，他根本無暇想起那個人，久而久之，甚至連對方的長相都記不清了。

十七歲的時候，那個叫齊嘉豪的人對他而言，是一切巨變的導火線，現在卻成了他生活裡一個面目模糊的小角色，小到只存在於酒後閒聊的幾句醉話裡，占不了幾分鐘。

時間真神奇。

〔Chapter 4〕

我想跟他過很久，
哪一年都不想錯過

宋思銳最後大著舌頭對天發誓，脫單之前都不想見到他們。

高天揚遠遠指著他說：「你有本事發得再毒一點。」

宋思銳警覺地問：「幹麼？」

「今年就有附中校慶，你來你是狗。」

宋思銳一聽立刻補充道：「宣誓人：高天揚。」

在場醉的沒醉的都笑翻了，高天揚罵了一句「日」，拿起面前的雞翅骨頭就扔了過來，結果這個二百五還沒瞄準。

盛望眼疾手快抄起菜單擋了一下，才避免了被雞骨頭正中門面。

「你完了。」盛望拎起了冰桶。

高天揚飛也似地竄了起來，一邊喊著「對不起，我錯了」，一邊衝江添叫道：「添哥，你管一管啊！」

江添靠在椅背上說：「管不了。」

他這會兒嗓音帶著懶意，看得出來有點醉了，目光一直落在鬧著的某人身上。

高天揚還在叫囂，繞著桌子在包廂裡躲避抓捕，本來還指望他添哥開眼，能在關鍵時刻救他一命。繞了兩圈他終於明白，戀愛中的人是靠不住的，自己扔的骨頭自己得受著。

盛望繞回座位的時候，聽見鯉魚在跟他聊專業方面的問題，他居然有問有答。

「你不是搞奈米的麼？」盛望手肘搭在他椅背上，好奇地問了一句。

「修過臨床的一些課。」江添說

「哪些啊？」

「人體、細胞生物、組織胚胎之類。」

他目光從盛望搭著的手上掃了個來回，再跟鯉魚說話的時候，伸手捏住了盛望的手指尖，就那麼一邊答話一邊捏著玩。

盛望盯著自己被捏著玩的手指，忽然覺得有點新奇。

他哥在別人面前很少會有小動作，這種透著親暱和依賴感的，更是難得一見。就像當年發燒時的黏人一樣，大概是精神慵懶放鬆的產物，並沒有什麼意義，倏然冒一下頭，盛望就極其享受。

他有時候覺得江添像一只魔盒，怕盒裡的東西會嚇到人，所以每次只開一條縫，讓那些稠密洶湧的東西慢慢溢出來，就會顯得柔和一點。

但越是那樣，盛望就越喜歡逗他掀掉蓋子，就像他平日越是冷淡，就越有吸引力一樣，因為盛望見過他隱祕之下的樣子。

如果不是酒多了傷身，盛望簡直想騙他再喝幾杯，看看他會慵懶放鬆到什麼程度，會不會乾脆敞了蓋。

一群人聊到將近十一點才散場，盛望繞了一下路，先把宋思銳他們送回酒店才往學校方向開。途中經過一家超市，盛望朝那裡望了一眼問道：「你那蜂蜜是不是沒有了？」

問完沒聽到回答，他轉頭一看，發現江添不知什麼時候已經睡著了，車外的路燈落在他臉側，從額頭到上唇勾出一條輪廓線，鋒利又安靜。

盛望在路邊停車線裡熄了火，給車窗留了條縫隙，悄悄下車進了超市。他惦記著江添還在車裡睡著，拿了瓶蜂蜜就去了收銀臺。

收銀臺旁總會有那麼一兩個貨架，展覽似的擺著些少兒不宜的東西。盛望當然知道，只是以前並不會在意，這次可能是受前幾天片子的影響，忍不住多看了幾眼。

人的手天生就會背叛自己，他腦中明明想的是「恐怖教育片」害人不淺，等回過神來，收銀臺上卻多了兩樣東西。

他遲疑了一瞬，剛想把東西撤回來，就聽見超市門叮咚叫了一聲「歡迎光臨」。剛剛還在睡覺的江添不知為什麼醒了，目光隔著滑開的自動門往店內掃了個來回，落在了收銀臺這裡。

盛望抬頭就對收銀員說：「結帳，謝謝。」

他要了個袋子，把東西囫圇掃了進去，上車又特地擱在了後座。

「怎麼醒了？」盛望以為江添的酒勁這就消了，誰知他只是悶頭扣了安全帶，沉沉「嗯」了一聲，又轉頭去看後座的白色袋子。

盛望一陣心虛。

「買什麼了？」江添問。

「蜂蜜。」盛望斬釘截鐵地答道。

他進屋先把江添安頓在了客廳沙發上，然後拎著袋子匆匆進了廚房。他解了結，看著袋子裡那兩個多餘的玩意兒，心說：黑洞陰影都沒消呢，我買這回來幹麼？搞科研嗎？

他順手拉開一個不常用的抽屜，把東西塞了進去，然後老老實實燒起了水。

電水壺在靜靜工作，盛望把蜂蜜瓶上的密封玻璃紙撕了扔進垃圾桶，轉身正要去玻璃櫃裡拿杯子，卻見江添靠著廚房門安靜地看著這邊，也不知道什麼時候過來的。

他喝了酒有點待不住，總在找人，找到了又不吭聲，就那麼不遠不近地站著。廚房的燈從頭頂斜照過去，卻照不透他的眼睛，看上去又深又沉。

「哥？」盛望抓著杯子叫了他一聲。

「嗯。」江添眼皮抬了一下，眼睫投下的陰影收成了狹長的線。他盯著盛望看了幾秒，走過來從背後把人抱住了。

有一瞬間，盛望能感覺到他肩頸肌骨的緊繃，又過了好一會兒，他才慢慢放鬆下來，下巴壓著盛望肩窩垂下眸光。

「望仔。」江添低低叫了一句。

「嗯？」盛望應聲。

他卻又不說話了，好像只是單純想叫一聲，

之前盛望總說想看他哥喝多了的模樣，微醺也行。現在真看到了，又感覺心尖被人捏著掐了一下，酸軟一片。

客廳裡的貓不知什麼時候醒了，顛顛地跑進來繞著兩人的腿打轉，用腦袋蹭著長褲布料，然後伸了個懶腰又跑走了，好像只是聽見名字過來打個招呼。

盛望愣了一秒，忽然知道江添為什麼一個人待不住，睡著了也會醒，又為什麼總在找他。他也知道，為什麼江添會給貓取那樣的名字了。

也許是獨居異國的時候，希望叫這個名字的瞬間，屋裡能有一點回應的聲音。

盛望任他抱了一會兒，摸了摸他的臉側說：「我在給你泡蜂蜜水，解酒的。」

「看到了。」江添低低應道。

他依然壓在盛望肩窩，說話的嗓音很低，帶著闌珊酒意。

盛望耳朵本來就不禁碰。聽他這麼靠近著耳根說話，簡直是一種變相的刺激，心裡那陣軟意轉頭就被麻麻刺刺的感覺取代了。

他很輕地偏了一下頭，又聽見江添說：「你在超市買什麼了？」

「……沒買什麼。」

「真的？」

盛望很輕地舔了一下發乾的唇角，他忍了一會兒沒忍住，說：「你別在我耳朵旁邊說話。」

江添沒動，不知道是故意的還是怎麼，「為什麼？」

盛望閉了一下眼，想說你再這樣我要有反應了。

結果剛張口，就感覺江添偏頭咬了一下他的脖子，手指往下探過去。

盛望本來就意志不堅定，被他哥這麼一弄，沒過多會兒便反手抓著對方，手指沒進髮間。

他仰頭喘了一下，轉頭胡亂地回吻江添。

他隱約聽見江添拉開了抽屜，在接吻的間隙中摸出他藏的東西，啞聲說：「找到了。」

盛望腦中轟地一下著了火。

「你真的很想試麼？」江添問。

他當然知道盛望所謂的另一種方式是什麼，畢竟他曾經撞見過，並且一度成為了他很長一段時間內的陰影。那是他幼年以及少年時期對醜態的全部理解，因為就連季寰宇本人都把那些瞬間，視為不可多提的恥事。

他曾經以為自己會很排斥這種事，直到有了喜歡的人，直到開始情不自禁，直到有了躁動和慾求。他很喜歡看盛望沉溺難耐的模樣，皮膚很白，眼尾很紅，焦灼的時候喜歡舔下唇，眼珠會蒙上曖昧潮濕的水汽。像太陽半沉在海水裡，光和浪潮交織出了濃稠的霧。

但是有些事情，想做和真的做並不一樣。所以他每次都止於常態能接受的程度，他擔心真的做到底，盛望回想起來也會覺得那是醜態。

但他架不住某人一次又一次有意無意的逗弄撩撥，所以他認真地問了一次，你真的很想試麼？

盛望確實有一瞬間打了點退堂鼓，想說「我就隨便買買」，但他被江添吻著吻著，就什麼都管不著了，大概骨子裡他還是十七歲時，那個跟男朋友親幾下就能關進衛生間的人吧。

怎麼從廚房出來，怎麼磕磕絆絆洗的澡，又是怎麼滾到了床上，盛望都記不清了。

他趴在枕頭上，血色一點點從肩背漫上來。他額頭抵著手背，某個瞬間他迷亂不清地轉頭看了一眼，看到了江添濃黑色半垂的眸子以及瘦白的手腕。

他在被探索。

這個認知讓他眼眶一下子燒得發紅，他眼睫翕張著，閉上眼轉了回去。

接著聽見江添說：「望仔，你有點燙。」

他更深地抵進枕頭，血色漫到了耳根。

不久之後，他腰際抖了一下。一條腿蜷了起來，膝蓋發紅。他背手抓了一下身後的人，胡亂攥到了對方撐在一側的手腕。因為汗液打了一下滑，又扣進了指間。

「哥。」他嗓音啞極了，低聲說：「行了……」

不久之後，他便在推進的動作裡瞇起了眼，然後急喘了幾聲，眼睫一片潮濕。

張朝踩著正常的時間點到公司，發現某位工作狂居然不在，再一問，說是請假了，頓時有點擔心，連忙發了微信去慰問。

結果等了近一個小時，才等到一句回覆。

這手我不要了：剛剛不小心又睡著了，才看到

張朝有點納悶，工作狂不僅極少請假，也很少會在這個點睡著過去，那個「又」字很有靈性，看得他更擔心了。

張朝：你沒事吧？

這手我不要了：沒事，就有點不舒服

張朝：哦，我看你請的事假，不舒服幹麼不請病假？

這手我不要了：懶得去醫院了

張朝：開什麼玩笑不去醫院

張朝：你不要亂來

這手我不要了：？

其實張朝這麼問是有原因的。畢竟以前盛望連發高燒都不請假，藥倒是吃得很自覺，還假模假樣挑牌子、挑成分、挑副作用，每次都看得張朝一腦門氣，苦口婆心地勸說「你回去睡一覺，少喝幾瓶冰水，比什麼藥都強」，可惜對方並不聽。

反觀這次，都不用他勸就老老實實請了假，那得多不舒服？

張朝自己腦補了個齊全，越想越擔心，卻見對方拍了個溫度計。

這手我不要了：看見沒，體溫正常，真沒大事

張朝：那你哪兒不舒服？

這手我不要了……

這手我不要了：腳扭了

張朝還想再發點什麼，就見對方連甩三張鞠躬的表情包，然後問他：你今天不忙嗎？他想說「我今天還真的不太忙」，結果剛說完就遭了報應，被兩封郵件和一通電話抓走了，再沒能分神搞八卦。

盛望盯了會兒螢幕，確定張朝沒了動靜，這才扔了手機爬起來，去洗他昨晚到今天的第三次澡。他套了條寬鬆的黑色慢跑褲，正擦著頭髮去衣櫃找乾淨T恤，就聽見大門響了一聲，江添居然回來了。

盛望朝房門外看了一眼，順手把毛巾搭在一邊，摘了件灰色T恤。他套了袖子正在套頭，江添就已經走了進來，一手搭著他的腰。

盛望穿了半截，赤著的腰肌在觸碰中下意識繃緊了。他連忙把衣服拉下來，抓著江添的手指說：「不來了、不來了，我不想連請兩天假。」

江添：「……我只是想問你難不難受。」

盛望默默回頭看著他，說：「難受也不是這裡。」

江添眸光往下一瞥，剛要換個地方，盛望立刻按住他說：「算了、算了，一點都不難受，你別動了。」

江添剛要張口，盛望又道：「哥。」

某人一這麼叫，江添就沒轍。他其實真的沒打算做什麼，冤得臉都木了。偏偏盛望一句接一句，堵得他根本沒有說話的機會，也不知道是不是故意的。

最後只能封口了事。

盛望親著親著感受到了怨氣，忍不住笑起來。

江添讓開一點，問道：「真難受？」

其實難受真不至於，就是有點彆扭。昨晚盛望渾身是汗，眼尾發紅，把聲音全部悶進枕頭的時候才意識到，他哥真的是修過臨床人體方面專業課的人……

就算剛開始不大舒服，也被後來那些心理和生理上的反應取代了。不然他也不至於洗澡的過程中禁不住摸索，又來一回。

「還行。」大少爺強撐著臉皮說：「不讓你亂動主要是因為我意志力比較薄弱。」

「什麼意思？」江添挑了一下眉，低頭問道：「解釋一下，沒聽明白。」

盛望心說：我信你的邪再說一遍。

他把江添翻了個面，勾著肩一路推進廚房，急忙說：「我快餓死了，江博士，給口吃的吧，我給你幫忙。」

並不精通廚藝的江博士被他勾著脖子，一時間忘了自己的水準，問道：「想吃什麼？」

「還能點菜？」

盛望想了想說：「那我想吃糖醋排骨、石鍋蛙、黑椒牛柳、剁椒魚頭、蟹粉豆腐。」

江添：「……」

盛望歪歪斜斜地站著，一手插在長褲口袋裡，一手勾著他搖了一下說：「醒醒，我點完了。」

江添的表情很是一言難盡，「醒了。」

「那你幹麼這麼沉默？」盛望憋著笑。

江添瞥了他一眼說：「我敢做，你敢吃麼？」

盛望問：「包送醫院麼？」

江添：「我勉強算學過醫。」

盛望：「再見。」

江添下午才需要去實驗室。他看了一眼時間，問盛望：「真想吃這些？要不出去吃？」

大少爺一臉木然，「你要是能找到一家站著吃的餐廳，我就跟你出去。」

「……」

江博士默然反省了幾秒，盛望已經走到一旁翻起了冰箱。

「我就說說，真吃這些，不上火就有鬼了。」盛望並不想連著請假，他扶著冰箱門在裡面挑挑揀揀，然後拎起一個袋子說：「想吃義麵了，這個給做嗎？」

這個江添還真會。

他不僅會，還比一般餐廳做出來的好。因為他知道哪些配料盛望喜歡，哪些不喜歡。調整出來的成品完全是衝著盛望去的。

為了照顧大少爺的「寡人有疾」，江添連盤都沒裝，兩人一人一根叉子，站在鍋邊，一邊聊天一邊分著吃。

結果剛吃兩口，貓兒子就聳著鼻子顛顛地來了。牠一大早就找了個角落窩著，盛望等飯無聊的時候想把牠薅出來玩會兒，愣是沒找到。現在倒是不請自來。

盛望剛叫了一聲「兒子」，兒子就伸爪抱上了他的褲腿。這條褲子寬鬆，他洗完澡還沒繫抽帶，差點被貓把褲子薅下去。

他連忙拽了一下，問江添：「牠拽我褲子幹麼？」

「想吃麵。」江添說。

盛望一腦門問號，「貓不是肉食動物嗎？被你養變異了？」

江添彎腰抓著貓的後脖頸，把牠挪到一邊說：「喜歡牛奶跟起司的味道，不知道學的誰。」

盛望看著他把貓兒子騙回客廳開了個罐頭才回來，莫名想笑，又有一瞬間的慶幸，慶幸當年的自己沒挑別的禮物，給他找了這麼一隻貓。

盛望吃到一半收到了張朝的微信，挑著工作上的事回了兩句，然後順手拍了一張義麵圖發過去。他知道對方最近突然奮起，找了個私教健身，吃的都是私教訂製的健身餐，每天拍照給教練看的那種。

果不其然，對方回了一大串屏蔽詞，說自己很久沒吃過加料的東西了，讓盛望滾蛋。

盛望滾了。

結果沒過幾分鐘，張朝又卑微地問了一句：好吃嗎？

這手我不要了：好吃啊

張朝：你這麼挑都說好吃？哪家餐廳？

這手我不要了：我家

張朝：你會做飯？你蒙誰呢，你冰箱裡除了礦泉水就是我們上回帶去的幾罐啤酒，你會做個鳥的飯。

這手我不要了：誰跟你說是我做的

張朝：？

張朝：……

張朝：我可去你的吧！走了，不聊了。

這人自己非要過來問，問完又自己氣走了，盛望「呵」了一聲。

「笑誰呢？」江添問。

「張朝。」盛望說：「就我那個同事。」

說到這個，他又想起來什麼，把之前的聊天記錄拉下來懟給江添看：「今早追著我問哪裡不舒服，逼得我說我腳崴了。」

告完狀，他把手機按熄扔回長褲口袋裡，又捲了一叉子麵。

他剛叼進嘴裡，就聽見他哥忽然開口說：「腳崴了其實可以休一週。」

盛望拿叉子的手一頓，抬眸看了江添一眼。

他懷疑他哥在耍流氓，但他沒有證據。

兩人一貓的日子太愜意，讓人一不小心就忘了時間。

江添某天從實驗室出來看了一眼手機，這才發現已經臨近年關了。

今年過年很早，一月二十五號。本來江鷗和丁老頭也差不多那個時間回來，剛好能趕上春節，誰知一件事情突然橫插進來，打亂了原本的計畫。

十七號這天江添突然接到了一通電話，是個陌生號碼，說話的是個女聲。

對方張口就問道：「請問您是季先生的家人嗎？」

季先生這個稱呼他實在很少聽到，以至於有那麼一瞬間他幾乎沒有反應過來。

對方在他愣神的幾秒鐘裡又接著說道：「他現在狀況不是很好，走路、說話都不太便利，所以託我打了電話。」

江添皺了一下眉，把「我不認識」這句話又嚥了回去。

早在去年年初，趙曦就跟他說過，季寰宇身體出了問題，已經住進醫院裡去了。

當初杜承腦癌沒能撐多久，在寒假後的某一天停了呼吸。

據說最後那天，醫院勸季寰宇把他帶回家，畢竟大多彌留的病人都想著要落葉歸根，但是杜承的老家早就沒了。

他在北京、上海都住過一陣，又去國外待了很多年，走過的地方很多，能躺著離開的，卻一處也沒有，最後還是在病床上停了呼吸。

不過那時候，江添盛望這邊一團亂麻，盛明陽也好，江鷗也好，根本沒人會分神去聽杜承的事，等他們終於知道消息的時候，早已時過境遷。

杜承死後，季寰宇便再沒了動靜。據說有很長一段時間處於頹喪消極的狀態，不知道是因為把曾經喜歡過的前妻人生毀得一團糟，還是因為情人過世。要說前者，他向來自私沒那麼有良心，要說後者，他也從沒有多上心。

這事別說別人，恐怕連他自己都說不清。

總之在那段時間裡，他把什麼事都幹了，像一灘泥，後果就是給自己招來了一堆病。然後某一天他暈了過去，再醒過來的時候就不會走路了，話也說不太清晰。

他並不缺錢，可以支撐長久的醫藥費，還有個看護工幫他忙前忙後。但他這輩子最要的就是面子，哪能受得了這種日子。所以別人一邊治療一邊復健，還能恢復一些，他卻不行。在他身上肉眼可見精力和生命力在流逝，僅僅一年多，狀況就已經很差了。

電話那頭的看護工說：「他說他想再見見你，覺得虧欠你挺多的，他還有點房產和錢，也沒別人可以留。」

這天北京又在下雪，江添站在樓下聽了這些話，皺著眉安靜了一會兒，說：「我用不著，讓他找別人給。」

話雖然這麼說，但三天後的週六他還是去了一趟醫院，因為他聽說江鷗提前回來了。

人和人之間恐怕真的存在緣分，善緣也好，孽緣也罷。

之前江添他們都在江蘇的時候，季寰宇人也在江蘇，因為杜承想回老家了，想落葉歸根。現在江添他們在北京，季寰宇恰好也到了北京，因為他沒有杜承那種想法。他孤兒出身，家那種東西，對他而言並不是什麼重要意向，他更想要好的醫院、好的條件，光鮮體面一點。

江鷗來醫院前沒跟任何人提。

她始終記得很久以前的那個糟糕夜晚，那天在醫院的每個人都被扭轉到了另一條人生岔道上，一走就是五、六年。

這群人的關係就像盤扎虬結的樹根，可追根究柢，一切的源頭只是她跟季寰宇、杜承三人之間的一筆爛帳而已。

她在最崩潰的時候，曾經被那些交錯的關係繞了進去，鑽在最深的牛角尖裡怎麼也出不來。後來花了兩年的時間吃藥治療，在引導下慢慢理清了大半，終於意識到那個最大的結在她自己。

有時候人就是這樣，當局者迷。

她狀態好的時候覺得，這麼簡單的道理，為什麼之前怎麼也看不清呢？狀態差的時候又覺得，麻煩沒有盡頭。

直到這一年聽說季寰宇進了醫院，她才有了變化。就像在灰濛濛的雲霧裡懸浮了很久，突然墜落下地。

醫生建議她，可以試著從源頭解起，所以她接到看護工的電話，決定再來見一見季寰宇。這次沒有別人，不牽連其他，她自己來解這個結。

只是在上樓之前，她在醫院門口碰到了一個小插曲。

那時她剛下車，掩了大衣正要往大門裡面走，忽然瞥見不遠處，有個穿藏藍色大衣的人正站在路邊接電話，他側對著這裡，一手還扶著車門。

江鷗近視，但度數不算特別深，所以平日不戴眼鏡。這個距離，她只能確定對方是個高瘦白淨氣質出眾的年輕人，看不清臉。但他轉頭的某個瞬間，江鷗就覺得他拿著手機說話的模樣平靜冷淡，跟江添有點像，連她都差點認錯。

好在她及時反應過來，江添沒有這個顏色的大衣，也很少會圍這樣厚的黑色圍巾，於是失笑一聲搖了搖頭，逕自進了醫院。

江鷗很久沒有見過季寰宇了，上一次看到他，還是在杜承的病房裡。

那天對方深夜趕來，身上帶著寒氣，又被江添打過，一反以前衣冠楚楚的模樣，有點狼狽。在她印象裡，那就是季寰宇最不體面的樣子了。

最初聽說季寰宇病了，她就順著那晚的模樣想像過——更瘦一點、蒼白一點、邋遢一點。因為深惡痛絕的緣故，還醜化了三分。

但她真正看到病房裡的季寰宇時，還是愣住了。

如果不是有人提前告訴她，她根本認不出來這是跟她糾纏了十來年的那個人。

那個曾經有副好皮囊的「騙子」，穿著醫院毫無剪裁的病人服，一隻手被看護工攙著，另一手抓著一根支地的鋼杖——其實就是拐杖，只是這個詞放在季寰宇身上，實在太過彆扭。

他弓著腰，一小步一小步往衛生間挪，結果半途瞥到門口有人，便遲緩地轉過頭來……

於是江鷗看到了一張蒼白浮腫的臉。

都說人的走路姿勢會影響骨骼和氣質，時間久了，連模樣也會跟著變化。很久以前，江鷗和季寰宇關係還不錯的時候，她常聽人誇讚，說她丈夫是個美男子，風度翩翩。而現在，這個浮腫遲緩的男人身上已經找不到絲毫過去的影子了。

江鷗攢了滿肚子的話，都在看到他的那一瞬間消失得一乾二淨。

有那麼幾秒鐘，她甚至陷入了一種茫然裡，她在想，這個蒼白臃腫的中年人是誰？為什麼看到她的一瞬間，會下意識抬手擋住了臉，然後又拽著看護工倉皇匆促地往衛生間挪，以至於姿態變得更滑稽了。

許久之後她才回過神來，心裡輕輕「哦」了一聲：這是季寰宇。

這居然……是季寰宇。

她因為這樣的一個人精神崩潰，強抓著唯一能抓住的江添，在塵世裡足足浪費了五、六年……多可笑啊。

季寰宇在衛生間裡待了很久，不知道是單純因為不便利，還是因為沒做好見人的準備。等到看護工重新把他扶出來的時候，江鷗已經把病房門替他虛掩上了。

季寰宇一點點挪回床邊。他以前眼眸很靈，需要的時候可以溫和、可以熱烈，現在卻一直低垂著，顯得麻木又軟弱。

看護工把他扶上床，調好靠背傾斜度，然後拉了一張椅子到床邊，對江鷗說：「您坐。」

「不用了。」江鷗說：「我就來看看，站著就行。」

看護工本想在一旁待著，卻見季寰宇揮了揮手，口齒含混道：「去外面。」

「那……」看護工遲疑了一下，便樂得清閒地出去了，病房裡只剩下兩個人。

江鷗說：「你是讓我來看你過得有多慘麼，季寰宇？」

對方依然不看她，垂著眉眼坐在床頭。他剛剛走動的時候雖然艱難，好歹還有幾分活氣，現在躺到床上，那種死氣沉沉的麻木便又包裹上來。

過了很久，他才眨了一下眼含糊道：「小鷗，對不起啊。」

十幾年前聽他說這句話，江鷗總是有點委屈。五、六年前在醫院聽他說這樣的話，江鷗氣得歇斯底里。

現在又聽到了這句話，她應該是嗤嘲且不屑的，可這一瞬間，她居然無比平靜。

一個陌生的季寰宇把她從過去的影子裡拽了出來，變成了旁觀者。她拎著包站在床邊，看著並不熟悉的病人說著無關痛癢的話。

那一瞬間她忽然知道，為什麼醫生建議她來見一見這個人了。

只有真正見到她才會明白，時過境遷，物是人非，她喜歡過、倦怠過、憎惡過的那個人，早就不存在了，沒人留在原地等著給她一個解釋。這些年折磨她的，只是記憶裡的一個虛影而已。

「還那麼噁心我嗎？」季寰宇說。

江鷗看著這個陌生的中年人，忽然有點想笑，也真的在心裡笑了，接著便一片複雜。

她挽了耳邊一縷滑落的頭髮，深深吸了一口氣說：「算了。」

跟這樣的人說恨，真的有點滑稽。

季寰宇抬了一下眼，動作依然遲緩，但還是捕捉到了她眼中的情緒。

他爭強好勝盤算了幾十年，就為了一點體面。喜歡他也好，厭惡他也好，只要不是看不起，他都能坦然接受。他一度覺得，這世上誰都有可能因為某件事衝他露出輕視的表情，除了江鷗。因為她只會永不見他，或者恨他。

不曾想到頭來，他在這個最不可能的人眼裡，看到了最不想看到的東西。

大概……這才是他最大的報應。

他寧願江鷗像幾年前一樣歇斯底里，一樣紅著眼睛罵他、打他，宣洩積壓的憤怒和委屈，結果江鷗只是掏出手機看了一眼時間，然後對他說：「我也不知道要說什麼，本來想好的話現在也不想說了。就這樣吧，就當我只是接了電話來看看，一會兒就先走了。你……」

江鷗啞然片刻，說：「你好好養病，做做復健。」

季寰宇艱難地露出了自嘲的笑，那種表情落在他如今的臉上，更像一種肌肉抽動。

他張了張口剛想說點什麼，江鷗就打斷了他：「別想太多，沒人要你那些房產和錢。」

這話跟江添倒是如出一轍。

季寰宇緩慢地垂下頭，盯著虛空中的一點，不再動了。他蠅營狗苟大半輩子，最後難得良心發現，想把手裡的東西送出去卻無人肯要。

江鷗最後看了他一眼，推門出了病房。

這間病房在走廊盡頭，旁邊就是一扇寬大的玻璃窗，深冬的陽光照過來，並不溫暖，只是慘白一片有些刺眼。

她走遠了幾步，在一張空著的長凳上坐下了。剛剛在病房說得一派平靜，可坐下來的一刻，她還是忍不住發起了呆。就像學生埋頭苦讀十多年，在高考結束後的那天總會陷入空虛一樣。

說不清是什麼感受，也很難描述是失落，還是如釋重負。直到身邊坐下一個人，往她面前遞了一杯水，她才倏然驚醒。

「小添？」江鷗接過水，怔怔地看著身邊的人。

有一瞬間，她忽然生出一種奇異的陌生感，或許是她太久沒有這樣跟江添平靜地坐在一起了。就好像做了一場冗長乏味的夢，猛然驚醒，她那個高高瘦瘦總會緊抿著唇偏開頭的兒子，已經變成了大人。

「你怎麼來了？」江鷗茫然地問了一句：「什麼時候來的？」

「挺久了。」江添說。

他一接到江鷗到北京的消息，就立刻來了醫院，幾乎跟對方前後腳。不同的是，他在樓下耽擱了幾分鐘，因為看到了盛望。

江添本意不想讓盛望過來，所以打電話的時候只說了一聲有點事情，晚點回去。誰知被對方猜了個正著。但他依然不想讓盛望來面對這些陳舊的爛攤子，所以連親帶哄，讓對方留在車裡等他。

他趕到病房的時候，江鷗剛剛虛掩了房門，他並不想見季寰宇，便靠在門外等著，把兩人的對話一字不漏聽了個全。

江鷗握著他遞的那只紙杯喝了一口。溫度調得剛好，她嚥下水，忽然意識到這麼多年來她的兒子總是這樣，不常說話，卻總把人照顧得很好。就是因為太好太沉穩了，以至於有時候連她都會忘了，他的年紀其實也沒有多大。

「藥吃了麼？」江添陪她坐了一會兒，沉聲問道。

江鷗點了點頭，「來之前特地吃了一顆。」

他們母子間的交流似乎總是如此，江添不擅閒聊、不擅開解，更不擅長找話題讓人放鬆開心，每次都是沉默地待在她能觸及的地方，像個穩重又無言的影子。

江鷗盯著他腳底的影子看了好一會兒，突然聽見他問：「玩得怎麼樣？」

她愣了一下，有幾分意外。她以為江添會開門見山問她和季寰宇說了些什麼，沒想到多年過去，他居然學會了委婉。

「挺好的，不累，很放鬆。」江鷗很輕地笑了一下，眉眼舒展的時候依然溫和可親，只是多年的心理折磨讓她比當初多了幾分疲態，「老爺子也很喜歡，找了兩個棋友，還認識了一個會彈鋼琴的老太太。」

江添「嗯」了一聲，朝病房的方向偏了一下頭說：「那幹麼搭理他回來？」

江鷗笑意一頓，很久之後輕輕嘆口氣。她就知道，委婉也只是暫時的，她兒子還是那個直來直去不會拐彎的冷倔脾氣。

「就想試試。」江鷗說。

「試什麼？」

「試一下醫生的建議，看我有沒有真的好起來。」

「為什麼突然想試？」

江鷗張了張口，想說，因為我知道周圍人有多累，也知道你有多累。

但五、六年遠居異國的時間橫在面前，這句話顯得無比蒼白無力，她說不出口。更何況，她依然會因為幾句話無端緊張起來，恢復得並不那麼完全。

她被問得啞口無言，正想開玩笑說，有這麼盯著媽盤問的麼？忽然想起醫生曾經說的話，說她在這段母子關係中更像一個小輩，更多是在依賴，而非照顧對方。以前就是這樣，只是她沒能清楚地意識到，只當是江添比較獨立，她想照顧也插不上手。

後來因為季寰宇和杜承，她變得惶恐多疑，覺得誰都不可信，誰都不值得傾注感情。唯一的例外就是江添。

所以她自己都沒有意識到，她把這個兒子當成了救命稻草，求生本能讓她攥得死緊，生怕一轉頭，連這個唯一也不見了。

見她怔愣許久遲遲不知回覆，江添抿著唇垂下眼。他手肘支在膝蓋上，十指鬆鬆地交握著。片刻之後，他又問道：「跟他聊得怎麼樣？」

「誰？」江鷗茫然片刻才反應過來他說的是季寰宇，於是她出了一會兒神，答道：「跟我想像的不一樣。」

江添轉過頭來看著她，她輕皺著眉斟酌道：「我以為我會很不舒服，焦慮出汗什麼的，但是沒有。他變化挺大的，差點沒認出來。也可能確實過得不好，我反而沒什麼可氣的了。」

這次江添沒說話，沉默了很久，久到江鷗自己有點坐不住，瞄了他兩眼。

「小添？」江鷗叫了他一聲。

「嗯。」

「是不是覺得媽挺可笑的？」

江添扯了一下嘴角，根本不能算是笑。他說：「不可笑，我就是有點想不通。」

「什麼想不通？」江鷗溫聲問。

江添眼都沒抬，淡聲問：「連季寰宇妳都可以說句算了，為什麼我不行？」

江鷗心裡猛地一揪，就像被人用最利的指甲掐住了心尖上的一點皮肉。

他雖然說話直接，卻從沒有問過這樣的話。怕她焦躁失眠，或是情緒崩塌。他摁著自己的性子，旁敲側擊了那麼多年，今天第一次沒有忍住。

「我比季寰宇還讓人難以接受麼？」

他的語氣其實很平靜，就像真的只是困惑。

越是這樣，江鷗心裡就越揪得生疼。

一朝被蛇咬，十年怕井繩，她這些年鑽進牛角尖裡，不過就是怕自己養得不好，怕江添歪到季寰宇那條路上……歸根結柢，就是不希望江添跟季寰宇有一丁點相似之處。

可她怎麼也沒想到，兜兜轉轉繞了一大圈，江添居然會把自己跟季寰宇放到了一桿秤上，而她張口結舌，竟然不知怎麼反駁。

她想說，當然不是，怎麼可能呢？你跟季寰宇天差地別。

可是她茫然四顧卻發現，這些年裡，自己所做的每一件事似乎都站在這個觀點的對立面，自己的每一個反應似乎都在叫囂「你一不小心就會變成那個人渣」。

最可怕的是，如果江添不這麼問，她甚至從沒意識到這一點。

可是……

「我真的沒有那個意思，小添。」江鷗喝了一口水，捏著杯子把情緒緩慢地壓了下去。

剛剛面對季寰宇的過程給她提供了經驗，她下意識去回想那個瞬間，努力把自己想像成一個旁觀者。面前坐著的不是她兒子，而是一個試著跟她交心的陌生年輕人。

她不那麼容易焦慮了，比前幾年好了太多。她只是很難過……

這些年，為了避免情緒上的劇烈起伏，也因為藥物，她已經很久沒有整理過自己的想法了，或者說，她已經很久沒有「想」這個行為了，以至於在這個瞬間，太多話湧到了嘴邊，她卻不知該怎麼說。

沉默很久後，她終於找到了一句開頭：「我其實有試過的。」

江添抬了一下眼。

這就像一個鼓勵，她捏著杯子，又繼續道：「媽真的試著理解過，有一陣子狀態還行，不用吃藥，我想了很多天。我就在想……為什麼當爸媽的都希望兒子、女兒能好好結婚，好好生個孩子？我媽，你外婆，以前也跟我說過。她說，就是想到以後老了，她又不在了，我孤零零一個人該怎麼辦？身邊有個人就好了，有個靠譜的人能照應我，她就放心了。其實我也差不多，我就想啊……」

她頓了一下，眼圈有一點泛紅。她低頭喝了一口水才又說：「我兒子小時候就孤零零的，總沒人照顧。其實怪季寰宇也沒用，我自己也不合格，還不如一個沒有血緣的老爺子跟你親。但是老爺子年紀大了，身體也不如以前好。包括我自己，以後都是要先走的。如果那時候你還沒結婚，就還是孤零零的。平時無所謂，生病了呢？碰到麻煩呢？以後年紀大了呢？」

江添動了一下，「結婚也不能保證這些。」

「我知道。」江鷗說得很慢，總帶著幾分鼻音，「你看，媽是真的想過的。我後來就跟自己說，結婚其實也不代表什麼，結了也可能會離，我自己就是個活生生的例子。可是我有你，你以後有誰呢？我那時候想啊想啊，很多天鑽在裡面出不來。」

江添沉吟良久，轉向江鷗，「妳當初來梧桐外接我，想的是自己七、八十歲有人照顧麼？」

「當然不是。」江鷗說。

「那為什麼要我想？」江添說。

他並不是質問，語氣也不重，一如既往冷冷淡淡的，一句話卻帶著幾分無奈和傲，但江鷗確實聽得愣住了。

「老頭沒結過婚，沒生過小孩，現在依然有人養，季寰宇旁邊卻只有個看護工。」江添拇指摩挲著指節，出神似的說：「誰知道以後會有什麼事，提前那麼多年規劃好，有用麼？」

「不試試怎麼知道？」江鷗說。

「我十八歲試過。」江添說。

江鷗忽然就說不出話了。

十八歲是個坎，從那以後，江添再沒過過生日。她和丁老頭、教授、同學或鄰居，不管誰試著給他準備，都會被推拒。他就像怕了那一天，甚至厭惡那一天。

只要想到這件事，江鷗就會難受得透不過氣來。

她匆促低頭，又喝了幾口水。

走廊並不那麼暖和，水涼得很快。江添伸手拿了她的紙杯，起身往茶水間走。

這幾年裡，江鷗看過很多次他的背影。也許是這層樓太過空曠的緣故，顯得愈發沉默孤獨。走廊很長，茶水間在另一頭。

有那麼一瞬間，江鷗生出一種錯覺。

好像那個孤獨的背影會長久地走在窄路上，怎麼也走不到頭。

她攥了一下手指，忽然起身跟了過去。

江添在水房兌著溫水，杯口熱氣氤氳，在不銹鋼的飲水機上蒙了一層白霧。餘光裡江鷗跟了過來，站在他旁邊。

過了幾秒，他聽見對方輕聲問：「一定要是小望嗎？」

江添一愣，差點被開水燙到食指。他垂下眸，匆忙關掉水龍頭，捏著微燙的水杯在那站了好一會兒，才道：「為什麼不能是他？」

為什麼連季寰宇都可以平靜對待，聽到盛望的名字卻總是那麼敏感？

江鷗臉上沒什麼血色，看上去有些蒼白，「因為我真的有把小望當成兒子。」

她知道盛明陽商人心性，會對江添好，卻很難視如己出，但她不是。曾經有很長一段時間，她是真的把盛望當成了第二個兒子，親生的。不是因為她對盛明陽有多深的感情，而是因為她把盛望當成了另一個時空裡的江添。

「我以前跟你說過的吧？我聽過很多小望小時候的事，覺得他跟你小時候很像，只不過他被養成了那樣，你被我養成了這樣。我經常會想，要是我能合格一點，多陪陪你，慣著你，你會不會也長成小望那樣，會笑、會鬧、會生氣。不是說他性格比你好，我就是覺得……如果那樣的話，你會不會成熟得晚一點，考慮得少一點，也能多笑一笑。」江鷗說。

她是真的把盛望當成了兒子，要怎麼接受兩個兒子在一起的事實？

江添聽了那些話沒有吭聲，只是沉默地站著，盯著杯中微晃的水線出神，過了好久才忽然開口：「妳之前見過他麼？」

江鷗一時沒反應過來，「見過誰？」

「盛望。」

「……沒有。」

「妳應該見一見。」江添說。

「為什麼？」

「我一個月前見到他的時候，他已經不會笑、不會鬧，也不會生氣了。」他扯一下嘴角，笑裡帶著自嘲，「花了五、六年，又養出一個江添。」

江鷗呼吸一滯，心臟像被人抓出了一道長長的破口，汩汩漏著血。她難過極了，不知道是因為說著這種話的江添，還是因為變成了「江添」的盛望。

又或者……是因為兜兜轉轉這麼多年，把所有人都磨成「江添」的自己。

她忽然想起醫院門外看見的那個年輕人，茫然張了張口，問道：「小望來了麼？」

「來了，我沒讓他上來。」江添說。

她下意識想問為什麼，好在話音出口前剎住了，否則就是徒增尷尬。

她還想問「你們是不是又在一起了」，但也沒能問出口，因為她連季寰宇都說過算了，不知道還能用什麼立場來問這句話。

好像只要問了，就是把兩人跟季寰宇擺在了一條線上，而這本該是她最不想看到的。

她沒找到立場問，江添卻主動開了口：「我應該換不了別人了。」

江鷗愣了一下。

「我想跟他過很久，哪一年都不想錯過。」江添看向她，「如果接受不了，以後還是我一個人找妳，不會有什麼變化。如果可以接受，那就兩個一起。」

他頓了一下，說：「不是徵求意見，只是想跟妳說一聲。」

〔Chapter 5〕

人間四季
又轉了好幾輪，
他們還是在一起

有些事並非三言兩語能說通，總要有個消化的過程。江鷗沒有明顯的情緒問題，這就是最大的成功了，其他的都得交給時間慢慢去解。

江添到底也沒有讓她跟盛望碰上面，他替江鷗叫好了車，把人送到了樓下。

司機從駕駛座上下來，幫忙開了車門，江鷗坐進後座理著衣服，終於還是沒忍住，扭頭透過後車窗往外望。

她看見江添大步流星往大門另一邊走，走到院牆拐角處時，有人從路邊停著的車裡鑽出來。這麼遠的距離，江鷗只能看清那人身上穿著眼熟的藏藍色大衣，裹著厚實的黑圍巾。

那居然真的是盛望嗎？江鷗茫然地看著那個年輕人。

她還記得對方接電話時冷淡穩重的模樣，也許是在聊工作上的事吧，給人一種有條不紊的幹練感，放在人群中一定是最為出眾的那個。

但那真的不是她記憶中的盛望。

以至於她匆匆一瞥，居然把他認成了跟江添相似的陌生人。

「車內溫度合適麼？」司機發動車子的時候問了一句。

江鷗恍然回神，禮貌又匆忙地笑笑說：「挺好的。」

而當她再轉回頭去，依稀看到那個年輕人趴在車窗上笑著招了招手。面向江添的那個瞬間，他身上終於有了過往的影子，好像還是那個會笑會鬧的生動少年。

江鷗出神地看了一會兒，終於轉過頭來沉默地垂下了眼。

盛望往江添身後掃了一眼，沒看到其他熟悉身影，雖說是意料之中，卻還是有點微妙的失落感。結果他坐回駕駛座剛要扣上安全帶，江添就探頭過來吻了他一會兒。

盛望有點懵，「擋風玻璃是透明的。」

江添坐直身體，也扣上了安全帶，「你介意？」

「我當然不介意了。」盛望摸了一下唇角說：「我怕你以為擋風玻璃是單面的。」

「……我智障麼？」

盛望笑起來。

其實也不是，他只是覺得這個舉動在江添身上有點反常，擔心母子之間的對話並不愉快。不過聽到他哥熟悉的譏嘲語氣，他又放下心來。

一切似乎比預想的好不少。

「阿姨自己回去麼？」他問道。

「嗯，不順路。」江添說。

盛望有點想笑，心說：順路她也不可能來坐我的車。

他哥一慣直來直去，特地扯個不順路的理由，真是為難死他了。

盛望自認英俊體貼，當然不會拆穿。

他一邊搜著導航一邊問：「她現在不住療養院了吧？」

「早不住了，在老頭附近租了間公寓。」

「什麼公寓？」

江添瞥了他一眼，「我這麼好騙麼？」

盛望手肘架在方向盤上悶笑著打字，過了一會兒，衝江添豎起手機螢幕，「你不說我就不知道住哪兒了？來之前找曦哥問過了。」
他敲著螢幕上的路線說：「看見沒，特——別——順——路。」
江添：「……」
某些人十來歲的時候熱衷於看別人拆他的臺，現在膽子肥了，開始親自動手。
江添凍著臉跟他對峙了一會兒，忽然伸手捏住他的後脖頸，「要笑去後面癱著笑，車我開。」
「你別拿拎貓那套對付我。」盛望渾身都怕癢，哪哪都是命門，尤其怕被江添碰，「放手！我不信任你資本主義培養出來的車技。」
「試試。」
「試什麼試，車上兩條命呢，哥。」盛望掃開他的手，換擋，打燈，踩鬆剎車，一氣呵成，生怕被趕去後座，「我還年輕，有事業、有家庭……」
江添靠在座椅上聽著某人胡扯，他特別想念這些不著調的話，吵吵鬧鬧充斥著每一天。
他做過最好的設想，就是這樣聽一輩子。
「……雖然我長得挺帥的，但你不能害我。」
某些人前面還勉強靠譜，到了後面就純屬胡說八道。
江添在車流燈光中挑了一下眉，懶聲道：「昨天咬我肩膀的時候，也沒聽你說有家庭。」
盛望「呵」了一聲，在路口停下。可能是紅燈映照的關係，他脖子、臉都漫上了血色，神情卻非常坦然。
他看著車前眨了一下眼，理直氣壯地說：「當然有，早戀騙來的。家屬是個海歸博士，又高又帥，羨慕麼？」
「羨慕誰？」

「我啊。」

江添搖了一下頭，「我比較羨慕那個家屬。」

盛望瞇起眼睛，過了好半天才摸了一下耳垂。

雖然他很早就認清了這件事，但還是想說，他哥是真的悶騷……

春節前的最後幾天，大家忙得十分機械。

高天揚和辣椒早早就訂好了票，問盛望和江添幾號回江蘇。

盛望回答說：「你簡直哪壺不開提哪壺。」

高天揚一想也是，對盛望而言，老家只有祖宅和盛明陽，現在某人處於已出櫃狀態，回去怕是給親爹添堵。

至於江添……

江鷗本來就在北京，江蘇除了附中門口那個已經租出去的老房子，同樣沒什麼可看的。

這兩人情況特殊，是走是留都很尷尬。

高天揚說：「要不你倆乾脆訂個行程，找個冷門地方來個春節七日遊算了！」

江添前幾年習慣了過節到處走走看看，下意識就要翻景點機票了，結果被盛望按住了，「你搭理他，過年哪個地方都不冷門，十幾億人呢。」

他們糾結兩天，最終還是訂了往來江蘇的機票。

一來，A班微信群在年前開始瘋狂跳動，相約節後去看老師。

二來……盛望在距離放假還有三天的時候，突然接到了盛明陽的電話……

元旦那次晚飯後，父子之間始終縈繞著幾分尷尬。

有很長一段時間，盛明陽既不給他分享養身文章，也不轉發朋友圈了，陡然沉寂下去。不知是在作思想掙扎，還是單純在冷戰。

這通電話是元旦後的第一次聯繫，接通的瞬間，兩人都沉默了幾秒。最終是盛明陽先開了口：「春節回來的吧？」

他沒用「回來嗎」，直接用了半肯定的句式。這依然是他一貫的做法，用看似溫和的方式掩蓋住了內裡的強勢。

但不知怎麼的，用在這次，反倒成了一種變相的退讓。

盛望愣了一下，沒有立刻吭聲。那幾秒的時間裡，他敏銳地感覺到盛明陽有兩分緊張，他一貫強勢的爸爸在等他回答的瞬間，居然會緊張。

他沒有戳穿這一點，回神便說：「搶到票就回，春節酒店也有點難訂。」

在這通電話前，他其實已經決定不回去了。忙了一年，春節能窩在住處跟江添享受一下二人世界也不錯，比出去看人頭有意思多了。

但他沒有把這個原計劃說出來，只把原因歸結在難搶的票上，像一種心照不宣的規避，免得讓電話那頭的人難過。

盛明陽一聽他的話便道：「訂酒店幹什麼？家裡有房子不住住酒店嗎？」

這麼一說，盛望就規避不下去了。

他遲疑兩秒，無奈道：「不是我一個人回。」說完他便不再吭聲。

電話那頭安靜了好一會兒，盛明陽像是被按了關機鍵，聽都能聽出他有多僵硬。

良久之後，他才含糊開口：「我知道你不是一個人回，家裡房間不還在那麼。」

這次輪到盛望張口忘言了。

聰明人之間對話往往不用說那麼明白，話外音誰都懂。盛明陽就很聰明，盛望青出於藍，偏偏這次，他想當個笨人。

他嘴唇動了一下，抬眼看到餐桌對面的江添，又認真地問了盛明陽一句：「爸，是我理解的那個意思麼？」

盛明陽沉默片刻，沒有直接回答這句話：「我剛在朋友圈看到老徐說，你們班那些同學準備回學校看看。」

盛望心跳得有點重，等著他繼續說。

「你倆不都是麼。」盛明陽說。

盛望「嗯」了一聲。

盛明陽又說：「我今年事情多，也就三十、初一能在家待兩天，吃兩頓飯，初二一早就走。」

盛望又「嗯」了一聲，只是嗓音有一點點啞，並不那麼清晰：「又一堆飯局？」

「過年總得走動走動。」

「喝酒前先看一眼你的腿。」盛望說。

盛明陽不知為什麼又沉默了，半晌才說：「現在買，票還搶得到麼？」

盛望說：「機票好買一點。」

盛明陽說：「行。」

只是一個字，幾年來的負重便卸去了大半。直到肩背筋骨都慢慢放鬆下來，盛望才意識到，原來之前的自己一直是緊繃著的。

「確定回來，我就讓孫阿姨把房間打掃一下。」盛明陽又說。

盛望想了想說：「那給阿姨省點事吧，我那屋理一下就行，隔壁就算了，用不著兩間。」

盛明陽琢磨了一下，發現這話並不能細琢磨，二話不說直接掛掉了電話。

盛望指著手機跟江添告狀：「看見沒，掛我電話，不搭理我了。」

江添想想他剛剛的話，有點無語，「你就那麼刺激他？」

「以前也沒少刺激。」盛望想起年紀小的時候跟盛明陽胡扯淡的日常，恍如隔日，又好像已經過了好多好多年。

他揪了玻璃碗裡最後一粒青葡萄扔進嘴裡，端起只剩禿藤的碗往廚房走，經過江添的時候探頭親了一下對方唇角，搖頭晃腦地說：「老同志年紀大了，不禁逗了，以前都是我掛他電話。」

盛望和江添買了二十四號一大早的機票，剛落地就收到了盛明陽的微信，說他白天有另一個飯局，讓他們到家自己休整休整，晚上的年夜飯已經提前訂好了。

以往的盛明陽不管多忙，大年三十這天一定是空出來的。今年突然安排了飯局，想也知道就是在躲人。

他一邊希望盛望他們能回來過年，一邊又抹不開面子。

白馬弄堂那間小樓是個特殊存在，見證過兩個家庭四個人的聚散離合。在那個場合下，重新見到相攜歸來的盛望和江添，他實在不知道第一句該說什麼。

老同志精明大半輩子，擅長說各式各樣的漂亮話，到頭來唯一應對不了的，還是自己兒子。

盛望當然知道他是什麼心理，只是默默收了對方分享過來的餐廳定位，並沒有戳穿。

等行李的時候，盛望接到了一通電話。

江添聽他跟對方確認著方位和停車區域，問道：「誰打來的？」

盛望說：「小陳叔叔。」

江添很久沒聽到這個稱呼了，怔愣片刻再回神，盛望已經推著行李過來了。他伸手在江添面前打了個響指說：「回魂。」

江添把他作亂的手指按下，「他已經到了？」

「對，到停車場了。」

江添下意識去看頭頂停車場的方位標誌，卻被盛望拉著往手扶梯那邊走，「你看標誌幹麼，看我就行了。」

這個機場江添只走過出發，沒有走過到達。

盛望這些年倒是往來過不少次，每回都行色匆匆，唯獨這次例外。

肉眼可見大少爺心情不錯，頗有幾分皇帝出巡的架式，毫無顧忌地在他哥面前吹牛皮：「別的地方不好說，機場我是真的熟，可以給你當活體導航儀，免費。」

江添推著行李車「嗯」了一聲：「免費的容易出問題。」

「放屁。」盛望伸手說：「要不你給錢也行。」

江添從口袋裡掏出手機，拍在他手裡，又在他收緊手指之前抬了起來，「先證明一下。」

「證明什麼？」

「值得收錢。」

「你問，隨便問個店我都能給你指出來。」

江添又「嗯」了一聲，問：「西在哪裡？」

盛望：「……」

好，整段垮掉。

大少爺馳騁江湖好幾載，跑過國內外不少地方，依然分不清東西南北。活體導航儀剛營業就遭遇滑鐵盧，一分錢也沒騙到。

春運期間哪哪都忙，停車場裡人滿為患，私家車、網約車堵成了長龍，根本分不清誰是誰。

盛望打了小陳叔叔的電話，就「車究竟在哪裡」開啟了問答式拉鋸戰。

小陳換了無數種描述方式，最後崩潰道：「就跟在一輛白車後面，打著雙閃。」

盛望說：「叔，這裡最多的就是白車，哪輛不打雙閃？要不你給個範圍，我倆一路找吧。」

小陳又說：「K區偏北。」

盛望沉默兩秒，直接把手機塞給他哥，「你來，我只認左右前後。」

他哥還不忘問一句：「你不是活體導航麼？」

「倒閉了。」

結果江添只花了兩分鐘就找到了車，活體導航直接從倒閉變成了自閉。

小陳倒是毫無變化，頭髮依然是最簡單的樣式，這個季節的衣服也是萬年不變的翻領短夾克。

他從車上下來幫忙拎行李，看到江添的時候步子頓了一下，然後笑著感慨道：「又長高了，帥倒還是這麼帥，啊？」

有些地方就是這樣，簡簡單單一個人、一條路、一棟建築，就能讓人夢迴年少。

江添坐在小陳車後座，看著盛望靠在旁邊昏昏欲睡，就有這種感覺。以至於某個瞬間，他甚至想要把袖子擼到手肘，好像他身上穿的還是那件藍白校服似的。

小陳另外還有事，把他們送到白馬弄堂的院門口，便順著另一條路開走了。

江添站在門口看盛望輸密碼，發現這麼多年下來，還是當初他被告知的那一串，而開門之後，屋裡淺淡的清潔劑味也一如以前。

這幾年裡，江添每次想起這棟房子，鼻前總會浮現出這股味道。那是他對這裡最後的記憶，並不大好，以至於只要聞到，他就下意識覺得自己剛剛跑過了幾萬里。

好在當初遍尋不到的那個人此刻就站在身邊，說笑著，觸手可及，於是那股氣味也變得溫和起來，不再那樣空曠冷清。

他扣住盛望手指的那一刻終於清晰地意識到，他們將擁有很長很長的時間，長到可以慢慢覆蓋曾經失落的、難過的、空茫一片的那些年。

樓房採光很好，但只要打掃過，又半天沒人，屋內就會變得陰冷起來。

盛望跟以前一樣，換了鞋就開始找遙控器，一路走一路開空調。甭管他人窩在哪裡，反正該開的一個都不能漏。夏天要涼到裹被，冬天要暖到穿單衣，也不知道是什麼與生俱來的毛病。

江添跟在他身後，剛剛門口的那點不適應在某人的各種小動作裡慢慢消退，一點都沒剩下。

大少爺捉賊似的直奔二樓，擰開江添住過的臥室門一看，說：「我就知道！」

「什麼？」江添問。

「我不是說收拾一間就夠了麼。」盛望把門徹底推開，朝裡面抬了抬下巴說：「喏……老同志一點沒配合，讓孫阿姨理了兩間。」

十來歲的時候，他覺得盛明陽從不聽他說話。

現在看到這些行為，卻只覺得有點好笑。

盛明陽展現了一個商人應有的圓融，儘管有八百個不樂意，在整理江添臥室這件事上，還是充分體現了長輩的大度。床單、被套都是嶄新的，也沒有讓孫阿姨換下就了事，至少被子是曬過的，蓬鬆暖和……

當然，想讓江添老實睡在這邊的心理也昭然若揭。

盛望又擰開了自己的臥室門，結果更想笑了。

因為床上不倫不類地放了兩床被子，一看就不是孫阿姨的整理習慣。

他衝江添招了招手，彎腰查看了一下兩床被的邊角，然後捏著其中一個被角說：「看見沒，這種被套沒扯好還凹了一塊的，不用問，肯定是我爸自己弄的。」

由此可見，孫阿姨本來只在這邊鋪了一床被，盛明陽想想覺得不行——萬一倆人非要擠一間呢？於是又倔強地加了一床。

盛望從這個凹陷的被角裡，看到了老同志的掙扎。

他搭著江添的肩笑了半天，然後掏出手機對著被角拍了一張照，微信發給盛明陽。

這手我不要了：爸，你幹的？

片刻之後，盛明陽回覆道：我哪來這工夫

這手我不要了：哦

這手我不要了：那我問孫阿姨去，一年不見，她手藝怎麼退步了

兩句話一逼，老同志那點面子和矜持徹底粉碎。

盛望剛回覆完，他就一個電話追過來了，語氣很是無奈：「到家了？」

「剛進門。」盛望說。

「我這裡走不開，你們中午湊合一下。」盛明陽沉吟片刻，終於主動提到了另一個：「別點外賣。我記得小添會做一點的吧？廚房有菜。或者你們給孫姐打個電話。」

再次從他口中聽到「小添」這樣的稱呼，江添有幾分意外。

盛望朝他哥眨了眨眼，衝著手機說：「我們一會兒去趟梧桐外，丁爺爺昨天到的家，午飯應該就在那邊解決了。」

「行，晚上我訂的包廂，位置夠。要是老人家願意，就一起吃頓年夜飯。」盛明陽慣來這樣，別的不說，該有的禮貌體面從來一點不落。

盛望「哦」了一聲，又簡單說了兩句。

臨掛斷前，他才使壞似的補充道：「對了，爸——」

盛明陽以為他還有事：「嗯？」

「我剛剛一直開的是免提。」

「你……」

盛明陽默然兩秒，直接掛了電話。

兩人收拾完，到梧桐外的時候已近正午，長巷裡到處都瀰漫著飯菜香，還有牽著孫子、孫女歸來的老頭、老太。

他們看到江添的時候，都會拽著他說一句：「幾年沒有看到你嘍，長大了嘛！」

江添大概這輩子沒做過這麼頻繁的寒暄，偏偏老人家問來問去總是那麼幾句，他被迫成了複讀機。盛望就那麼兩手揣在口袋裡笑著看戲，不幫忙就算了，還故意引老人家多問兩句。

一條直筒筒的巷子他們愣是耗了半小時，好不容易走到頭，江博士臉都癱了。他瞥了某人一眼，問：「好玩麼？」

「還行吧。」盛望眼裡的笑掩都掩不住。

不過很快他就笑不出來了，因為他一跨進那間久違的小院子，花盆前忙著剪枝澆水的老人便回過頭來。

丁老頭繃著臉的時候，嘴角紋路下拉，顯得凶巴巴的不好親近，但他看清盛望的瞬間，那兩道僵直的皺紋就有了弧度，整個人都和藹慈祥起來。他摘了老花鏡，擱下老式的大剪刀，枯枝似的手抓著盛望。

有那麼一瞬間，盛望以為他會叫兩聲「小望啊」，或者叫錯成「小添」，然後像巷子裡那些老人一樣感慨道「幾年不見都長這麼大了」，再寒暄幾句。

誰知老頭只是捏了捏他的肩膀，不滿地說：「你怎麼又只穿這麼點！上課不冷麼？」

盛望懵了幾秒。

江添低頭在他耳邊輕聲說：「老頭別的沒事，就是有時候時間概念有點亂。」

……可能還以為我們每天都來。

盛望「哦」了一聲，反抓住老頭的手。

他垂下頭飛快地眨了幾下眼，直到把眼裡那陣熱意眨下去，才對老頭說：「還行，爺爺，教室有空調，你看我手是熱的。」

除了偶爾犯點糊塗，背有點佝僂，老頭哪哪都好。

嗓門依然很大，板著臉依然很凶，最大的愛好依然是看電視，頻道永遠在軍事、新聞、農業之間來回轉，碰到卡頓就擼起袖子上巴掌。如果再有個像高天揚一樣的熊玩意兒來爬屋頂，他一定還能抄起掃帚把人打下來。

原本盛望和江添打好了商量來做飯，結果剛洗了手，就被老頭趕鴨子一樣轟出廚房。他虎著臉說：「有你們倆什麼事，一邊待著去。」

「我其實還可以。」盛望掙扎了一下，「不信，你讓我試試。」

「去！」老頭一點都不客氣，「回頭再給我來一鍋破肚餃子，誰吃？」

「放心，自產自銷，我吃。」盛望說完伸出一根手指捅了他哥一下。

江添：「……還有我。」

老頭翻了個白眼，「除了小添，誰搭理你。」

盛望勾著江添的肩，斜靠在廚房門邊笑。

老頭拎著菜刀朝他們比劃了一下，然後一記大嗓門，把剛進門的啞巴招來了。

其實這幾年，盛望每次回老家都會路過一下梧桐外。

老頭不在，喜樂趙老闆也不在，他怕啞巴的日子會變得無趣又難熬。只是偏偏不巧，他每次來，這間小院門都鎖著，啞巴永遠不知在哪處忙忙碌碌撿拾廢品，或是照料他的小菜田。

後來盛望才聽趙曦說，他爸媽在北京根本待不住，身體稍微好點了就往江蘇跑，每年有好幾個月的時間在老家待著，一半是放不下喜樂，一半是因為這個孤獨的啞巴朋友。

聽到那話的時候盛望覺得，人與人之間的交情羈絆，往往比看上去的深切長久。

啞巴這幾天很高興，在他的視角中，他熟悉的鄰居、朋友都回家了，一批又一批，熱鬧非凡，是過年該有的樣子。

他最近都窩在喜樂。

趙老闆弄來一大批上好的桂圓蜜棗，他在幫忙分裝封袋。年三十這天抱了兩大包回來，一包給老頭，一包給兩個小的。

盛望和江添其實都不愛吃太甜的東西，但收得很高興。因為他們知道，對啞巴這個年紀的人而言，新年最好的祝福，就是未來的每一天都過得很甜。

兩人不擅長給長輩準備過年禮物，本來規規矩矩買了補品，畢竟他們最希望的就是老頭們長命百歲。但等飯的時候又改了主意，偷偷溜去最近的商城，買了兩個適合老人用的智慧型手機。

丁老頭不用說了，一直都用著，只是給他更新換代一下。

至於啞巴……

他們就是見不得他孤零零的模樣，尤其是熱鬧散去的時候，他站在那裡咿咿呀呀邊比劃邊揮手，看得人都不忍心走。雖然他拿著手機也不能打電話，但好歹可以寫字。

盛望給他調好了輸入方式，一步步教他怎麼用，「想聊什麼就聊什麼，可以給趙老闆發，給老頭發，給我或者江添發。」

啞巴和老頭得了新玩意興奮得不行，窩坐在小籐椅裡面對面發了一下午信息，效率倒是比自創的手語強。

江添指著老頭的背影說：「眼熟麼？」

盛望一腦門問號，「不啊，怎麼了？」

江添：「我眼熟。」

「為什麼？」大少爺認真地問。

結果江博士不鹹不淡地說：「你以前上課悶頭發微信就這姿勢。」

盛望：「……」

他默然兩秒，叼了剛剝完的橘子肉，然後用橘子皮把他哥打了出去。

這天的晚飯訂在一家私房菜餐廳，老闆是個老北京，小時候的盛望特別喜歡他家的炒紅果、水煮蝦球和豌豆黃，三天兩頭下聖旨要吃。盛明陽除了沒時間陪他，什麼要求都能滿足，一來二去就跟老闆有了交情。

其實大了之後盛望的口味就變了，但老同志的資訊更新就像手機換代一樣，總是落後年輕人幾

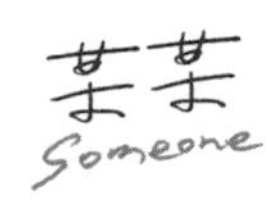

步，還停留在很多年前，固執地記著那三道菜。

這應該是幾年來人最多的一次年夜飯，盛望把老頭和啞巴都帶上了，卻並不熱鬧，畢竟盛明陽同志心裡還有幾分膈應未消，聊天全靠情商撐，內容回想起來乏善可陳，算不上愉快，也算不上沉悶，大多是些無關痛癢的東西。

老同志應酬搞多了，有點「職業病」，總覺得飯局不能白設，多少應該推進點什麼。於是臨到尾聲，他一個沒憋住，試著推了一下……

他搖著杯子裡最後一點酒，狀似無意地問：「小添是不是還沒畢業？」

江添點了點頭說：「還有兩年。」

「那你計劃做完還得走？」

「對。」

老同志「哦」了一聲，抿了一口酒，意味深長地看了兒子一眼，結果親兒子突然開了口：「既然聊到了，我先跟你說一聲。」

盛明陽直覺不妙，端杯子的手指一頓，問：「說什麼？」

盛望說：「我到時候可能也會出去一趟。」

盛明陽簡直滿頭官司，「什麼叫也出去一趟？你出去幹什麼？」

「公司有外派。」盛望說：「我前陣子跟他們聊了一下……」

盛明陽心裡嘔了一口血，默默把杯子放下了。聊了什麼屁話老同志並不想聽，他只知道自己有一瞬間的後悔。

他彷彿打了場花式撞球，一杆子撞了個黑的，在桌沿輾轉曲折老半天，又哐噹撞了個白的，然後雙雙入袋。

當初把江添送出去的時候，誰能想到還他媽能有這麼迂迴的後續，時隔六年多，終於把盛望也拱出去了。

但他說不出什麼反駁的話，畢竟當初的第一杆是他親自打的。

餐廳老闆友情送了他們一份足料羊蠍子，老同志就著聊天吃了一點，吃完就上了火，嘴疼。尤其回家看到那倆小的進了一間房，他就更疼了。

相比而言，盛望心情倒是很不錯。

雖然年夜飯的氛圍離「其樂融融」還差不少，但這都在意料之中。事實上，他們能坐在一桌完整地吃一頓飯，本身就意味著冰山消融的開始。

再加上除夕夜裡十二點整的時候，江添收到了江鷗的微信，內容其實很簡單，無非是祝兒子新年快樂，讓他注意休息。

只是在祝福的結尾額外加了一句話。

她說：都喝了酒吧，記得泡點蜂蜜水，免得明天頭疼。

儘管只發給了一個人，但這顯然不是對一個人說的。也許只是單純的叮囑，無關其他，但盛望看到這句話的時候莫名覺得，再過一年或者兩年，沒準兒他們真的可以圍坐在一起，像多年前梧桐外的那個夜晚一樣，好好吃一頓餃子。

⁂

年初二這天上午，盛望定了個鬧鐘，卻還是不小心起晚了一些。

他睜眼的時候已經八點多了，樓下臥室敞著門，被褥鋪得整整齊齊，盛明陽已經出發去趕早班飛機了，沒來得及跟兒子吃頓臨行早飯。

當然，也可能是故意不想吃，畢竟老同志還在上火，嘴邊起了個大燎泡。

空調剛關沒多久，盛望又一一打開，穿著運動衫、長褲在樓下找吃的。他抓著頭髮在廚房掀了一遍鍋，又轉到了冰箱邊，看到了上面壓著的字條。

盛明陽寫了一筆盛望沒遺傳到的好字，比起江添的，他更厚重圓融一些，一看就是個商務派：

趕航班，歸期不定，如果初七未到家，你跟小添自行出發去北京。——爸爸

盛望捏著字條的時候，江添帶著一身洗漱完的薄荷味過來了。某位大少爺喜歡徹夜開空調，早上起來嗓子又乾又熱，開了加濕器也沒用。

江添從冰箱裡拿了一瓶水擰開，灌了兩口潤了潤嗓子，這才問道：「你爸留的？」

「嗯。」盛望嗓子還透著沒睡醒的沙啞，「你以前沒看過他的字條吧？我來給你翻譯一下，意思就是我走了，你倆好自為之，假期結束就趕緊滾蛋吧。」

江添短促含糊地應了一聲，又用瓶口碰了碰某人下唇問：「你是不是沒喝水？」

「噢，忘了。」盛望就著他的手灌了幾口，「我說我怎麼嗓子這麼啞呢，還以為你趁我睡死偷偷幹了點什麼。」

他說完張口還要喝，江添已經撤了瓶子轉身走了。

大少爺喝了個空，笑著跟過去，「別跑啊江博士，你怎麼這麼不禁逗。」

江添開了電視，拎著半瓶水在沙發坐下，拿著遙控器挑 **APP**，「有本事當著你爸的面逗。」

「那不行，中老年人心血管不通暢，別氣出血栓來。」盛望從他手裡抽了水瓶，說：「況且在盛明陽同志眼裡，他兒子斯文禮貌，並不會耍流氓。萬一有點什麼，肯定是別人的問題。」

他自己說完自己琢磨了一下，衝江添說：「我差不多可以想像你在我爸心目中的形象了。」

江添：「……」

大少爺叼著瓶口，想了想自顧自地說：「你蒙冤了，為了補償，我決定親自動手給你做頓早飯，高興麼？」

江博士並沒有感到高興，他看了某人一眼，掏出手機就開始翻外賣。

盛望把水瓶往旁邊一擱，單膝壓住沙發就去箍他脖子，「你翻外賣什麼意思？」

江添被他箍在手肘間，喉結輕動著低笑起來。

儘管江添對某人的廚藝沒抱一點希望，但還是勉強同意當一次小白鼠，反正當年某人跟丁老頭聯手給他吃過各種奇奇怪怪的東西，也不差這一回。

畢竟是自己挑的男朋友，還能怎麼辦。

江添本想以「幫忙」為藉口去廚房盯著點，但某人直接鎖了拉門，隔著玻璃衝他比了個「請」，示意他離遠點不准插手，他只好作罷。

其實盛望這麼幹是有原因的。

江添一走，他就從長褲口袋裡掏出手機，點開微信跟高天揚他們扯皮。

附中A班大群這幾天跳得歡，原因無他，就是在回校日期上游移不定。班上大部分人初三到初五都有空，選擇餘地越是多，日子就越難定下來。

盛望出於私心，想讓高天揚和宋思銳在群裡不動聲色地引導一下，最好能把重聚定在明天，因為明天是江添生日。

樸實無華高天揚：那好辦啊！群裡說一聲添哥生日不就行了？

這手我不要了：別，太高調了。我怕他知道了去都不去。

大宋：為什麼啊？過生日啊，不是高高興興的麼？

盛望拇指懸在鍵盤上，想起回江蘇前聽到的話……

他們只回來一週，貓兒子匆忙換環境容易生病，所以臨走前把門卡託給了江添那個博士師兄陳晨。陳晨每天餵貓會給他倆發一段小影片，由此跟盛望也熟悉起來，偶爾會聊幾句。那天話趕話剛好提到，陳晨說了一句讓盛望悄悄心疼很久的話。

他說，江添從不過生日，越是準備他就越是躲，常常提前幾天就不見人影了，不知道為什麼那麼排斥。

盛望垂眸站了一會兒，捏著關節打字道：反正別提就是了。

好在高天揚和宋思銳對他們知根知柢，有些事不說也能猜到個七八分。兩人沒再多問，也沒堅持高調，衝盛望比了個「OK」的表情，便鑽回了班級群，幾句話一攪和，就把返校日定了。

盛大少爺擅長安排這種悄然的驚喜，聚會是，早飯也是——此人忙著在微信上扯皮，本就拿不出手的廚藝更是打了折扣，顧頭不顧腚。他拿劈啪亂濺的油鍋沒轍，站在距灶臺八百公尺的地方，仗著個子高手長，拿了個鍋鏟在那比劃。

玻璃門鎖著，廚房煙燻火燎，他瞇著眼睛眨了半天，才想起來抽油煙機忘開了。等到把抽油煙機打開緩一口氣，飯粒和蛋又有點黏底了。

總之……效果就很「驚喜」。

江添按著擔心和好奇心，在客廳等了將近二十分鐘。就在他擱下手機準備去廚房看看的時候，某人端著盤子帶著一身煙火氣來了。

不是形容，是真的煙火氣，江添直接被嗆得咳了兩聲。

他撈過之前剩下的那點礦泉水喝了一口，不動聲色地朝盤裡一瞥，表情登時變得有點木然。

這一攤子黑乎乎的是個什麼玩意兒？

江博士話都到嘴邊了，想起廚師是他家望仔，又默默把刻薄嚥了回去，清了清嗓子說：「你這是……」

盛望把盤子往茶几上一擱，強撐著臉皮，用一種心虛混雜著蛋疼的語氣說：「醬油炒飯。」

江添：「……」

盛望想說你為什麼沉默，但不用問他也知道為什麼。

兩人對著一盤飯愣是搞出了一股默哀的氛圍，僵持幾秒後，大少爺自己先笑了。

江博士頓時也不憋著了，他在盛望笑倒在沙發的時候，指著盤子冷靜地說：「我以為你不想過了，拿機油給我炒的。」

「滾，我認真的。」大少爺坐直起來開始狡辯：「我就是沒把握好那個量，而且孫阿姨這次買的醬油顏色有點重。」

「來，再說一遍。」江添掏出手機開錄音，「回頭放給孫阿姨聽。」

盛望沒好氣地說：「我懷疑你在撩架。」

「我不撩架就得吃這個了。」

「吃一口怎麼了？它看著是慘了點，萬一呢？」大少爺自己先挖了一勺，剛進口又默默把勺子拿了出來，表情萬分愁苦。

江添忍著笑問：「什麼感受？」

盛望：「呸……齁死我了。」

至此某人放棄掙扎，老老實實掏手機點了兩份粥。

自打搞砸了一頓飯，大少爺就變得很老實，心懷愧疚。畢竟他希望這兩天江添能過得完美一點，於是他決定不折騰了，當個百依百順的男朋友。

之前盛明陽在家，他們多少會有點收斂，而且畢竟是成年人了，逢年過節禮節性的東西都得到位，沒有機會單獨出門。

仔細想來，他們都曾在這個城市生活過很多年，但從沒有過光明正大的約會同遊，少年時候生活兩點一線，來去都在附中那片天地間，說是「無所不能」，其實從沒真正「肆無忌憚」過。

現在忽然有了大把時間，總想把那些遺憾慢慢填滿。

盛望說，要不下午出門轉轉？有想去的地方麼？

江添掏出手機翻了幾頁，說：「晚上有燈會，看麼？」

盛望心說，哥，你是不是在玩我？

這裡每年春節到元宵都有燈會，確實是每年最大的活動，但人也是真的多，他們簡直是上趕著去送人頭。

但是幾分鐘前，他剛剛發誓要做一個百依百順的男朋友，於是忍著痛毫不猶豫地點了頭。

但他不知道的是，江添其實對那個也沒什麼興趣，只是以為他想出去玩，所以本著慣著的心理，硬著頭皮挑了一個。

這天夜晚的開始就源於這樣一場烏龍，誰也沒抱什麼期待，還做好了腳被踩腫的準備。可當他們真正站在那裡，在人潮人海中順理成章地牽著手，像周圍無數普通情侶一樣說笑著，慢悠悠地往前走，又覺得再沒比這更合適的選擇了。

經過一片難得的空地時，盛望拽了身邊的人一下說：「哥，看我。」

江添轉過頭時，他舉起手機拍了一張燈下的合照。

旁邊是熙熙攘攘的人流，身後是明明暗暗的燈火，沿河十里，從古亮到今，長長久久。

他想把這張合照也洗出來，夾進那個相冊裡。

人間四季又轉了好幾輪，他們還是在一起。

假日裡，熱鬧總是遲遲不散，頗有點燈火不夜城的意思。

兩人到家的時候已經十一點多了。

盛望摘了圍巾掛在玄關衣架上，哐哐開了一串空調。

「開心嗎？」他問。

江添指著自己被踩了不知多少回的鞋，「你覺得呢？」

盛望快笑死了，推著他哥往樓梯上走，「別心疼鞋了，洗澡去吧江博士。我吃撐了，在客廳溜達一會兒消消食。」

江添看著他星亮的眼睛，有一瞬間想說點什麼，但最終還是抬腳上了樓。

他當然知道盛望忙了一天是因為什麼，但他確實很久沒過過生日了，以至於看到時間慢慢逼近零點，他的神經會下意識變得緊繃起來，像是一場延綿數年的心有餘悸。

說不清是什麼心理，他在衛生間待了很久，擦著已經半乾的頭髮，在洗手臺邊倚靠了一會兒。

直到聽到樓下有門鈴聲，他才倏然回神，把毛巾丟進洗衣機，抓著手機下了樓。

他以為自己依然會有一點不適應，但當他在沙發上坐下，看到茶几上那個風格熟悉的透明蛋糕

盒時，他才後知後覺地意識到，自己不是排斥，只是想念。

他太想讓面前這個人跟他說句「生日快樂」了。

除了盛望，誰都不行。就像個弄丟東西的幼稚小鬼，一定要那樣東西完整無缺地還回來，他才願意跟自己和解。

「我還找的那家蛋糕店，這次翻糖沒裂了，我檢查過。」盛望說。

這次的蛋糕跟幾年前的色調很像，但並沒有擠擠攘攘擺那麼多小人，上面只有他和江添，還有兩隻貓。一隻安靜地趴著睡覺，那是曾經的團長，一隻還在玩鬧，那是團長的延續。

盛望說：「以前幹點什麼就喜歡拉上一幫人，現在不了。」

年紀小的時候喜歡用盛大的詞彙，就連許諾都不知不覺會帶上很多人。後來他才明白，他沒法替別人承諾什麼，何時來，何時走，陪伴多久，他只能也只應該說「我」。

我會陪你過以後的每個生日。

我會一直站在你身邊。

我愛你。

秒針一格一格走到零點，一切的場景一如從前。

還是這張沙發，還是這樣的兩個人。

盛望傾身過去吻了江添一下說：「哥，十九歲了，我愛你。」

他又吻了一下說：「二十歲，我還是愛你。」

「還有二十一歲的你。」

他每數一年就吻一下，從十九數到二十四，從嘴唇到下巴再到喉結，最後一下在心口，他說：「江添，生日快樂。」

江添抵著他的額頭，眉心很輕地蹙了一下，不知道是在緩和那種細細密密的心疼，還是在壓抑洶湧的情緒。

他摸著盛望的臉，偏頭吻過去，從溫柔繾綣到用力，最後幾乎是壓著對方吻到呼吸倉促難耐。他們差點在沙發上弄一次，最後憑著一點理智，進了盛望臥室的衛生間。玻璃門上霧氣濕滑，盛望抓著邊緣的時候，忽然記起很久以前江添說的話，說這裡隔音並沒有他以為的那麼好。

也不知道他想到了什麼，沒過片刻，江添看著一片紅潮從他肩背漫了上去。

這晚氣氛太好，兩人都有點瘋。

盛望衣服剛換沒多久，又被江添推了上去。他跪坐著，咬著衣襬難以抑制地仰起頭，再低下來的時候，眸光都是散的，卻又被燈映得極亮。

❦

滿打滿算他們其實沒睡多久，盛望以為難得的聚會他倆又要踩著點到了，沒想到七點多他就已經不睏了。

聚會約在上午十點，他們收拾完到附中的時候，還不到九點半。

這個城市的冬天溫度並沒有那麼低，如果遇到晴天，甚至會有種春日將至的錯覺，只是灌進鼻腔的空氣依然沁涼。

高中校園跟大學很不一樣，只要沒開學，便見不到什麼人影，是一種空曠的安靜，卻並不會寂寥。就像被大雪覆蓋的密林，有種隱祕待發的勃然生機。

為了配合這種獨屬於中學的氛圍，盛望這天沒穿大衣，特地套了身運動系的外套，又帥又颯，引得零星經過的女生一陣輕呼。

附中高二、高三會在初五開始上課，極少的一部分住宿生已經提前住回了學校。路過籃球場的時候，盛望終於聽到了人聲，伴著籃球砸地的聲響，給這個冬日添了幾分飛揚色彩。

那幾個男生對路過的陌生人也有些好奇，側目看過來，以至於球沒控好，一個手滑砸到了籃板邊沿，直接彈到場外，撞到了江添腳邊。

其中一個男生吹了聲口哨，高高抬起手來做了接球姿勢。

這是校園裡男生間的一種心照不宣，場上的人抬起手，場邊的人就會撿起球拋扔過去，招呼都不用打。

他彎腰撿起籃球，正要扔回去，卻聽不遠處有人打了個響指。他轉頭一看，盛望壞笑著也做了個接球姿勢。

江添「嗤」了一聲，十分偏心地把球扔給了自家人。

剛傳過去，他就看見不遠處A班大部隊踩著臨近十點的時間，零零散散地沿著三號路來了。

高天揚老遠便看到了他們，叫道：「添哥、盛哥！你們居然到得這麼早！」

另外兩個人跟著吆喝說：「怎麼？要打球嗎？」

「行啊！好久沒打，手都癢了。」

江添遠遠衝那群同學抬了一下手。

他轉過頭，看見盛望高高挽著袖子，運了兩下球，在籃框前跳了起來。

籃球在膝彎下一劃而過，從他左手換到了右手，行雲流水地在空中劃了一道弧，它在高高的籃框裡轉了一圈，刷地從正中落下。

有那麼一瞬間，讓人幾乎生出一種錯覺，好像他們還在附中，只是放了一場悠然長假。

三號路依然長得沒有盡頭，梧桐蔭還是枝繁葉茂。

人間驕陽剛好，風過林梢，彼時他們正當年少。

（全文完）

i小說 032

某某3(完)

國家圖書館出版品預行編目（CIP）資料

某某 / 木蘇里著 ; . -- 初版. -- 臺北市 :
愛呦文創有限公司, 2021.09
冊； 公分. --（i小說 ; 32）
ISBN 978-986-99224-7-0（第3冊 : 平裝）. --

857.7　　　110006419

愛呦文創

作　　者	木蘇里
封面繪圖	Zorya
責任編輯	高章敏
特約編輯	茉莉茶
文字校對	劉綺文
行銷企劃	羅婷婷
發 行 人	高章敏
出　　版	愛呦文創有限公司
地　　址	10691台北市忠孝東路四段59號10-2樓
電　　話	（886）2-25287229
郵電信箱	iyao.service@gmail.com
愛呦粉絲團	https://www.facebook.com/iyao.book
總 經 銷	聯合發行股份有限公司
電　　話	（886）2-29178022
地　　址	231新北市新店區寶橋路235巷6弄6號2樓
美術設計	徐珮綺
內頁排版	陳佩君
印　　刷	沐春行銷創意有限公司
初版一刷	2021年9月
初版十一刷	2024年8月
定　　價	360元
I S B N	978-986-99224-7-0